Lo opuesto al amor

PAT MARÍN

Lo opuesto al amor

Grijalbo

Papel certificado por el Forest Stewardship Council®

Primera edición: septiembre de 2023

Printed in Spain – Impreso en España

ISBN: 978-84-253-6413-6
Depósito legal: B-12.002-2023

Compuesto en Comptex&Ass., S. L.

Impreso en Liberdúplex
Sant Llorenç d'Hortons (Barcelona)

GR 6 4 1 3 6

*A Sara, por ayudarme
desde el primer día a cumplir mi sueño
y por sus brillantes ideas, que siempre
me da justo cuando más las necesito*

Prólogo

Prólogo

—Joder, ¿¡por qué!? —maldigo mientras intento, sin mucho éxito, taparme el cuerpo con el vestido arrugado y los zapatos, aunque estoy bastante segura de que ya me ha visto enterita. Grito, frustrada, y la única salida rápida que se me ocurre es esconderme dentro de la bañera, tras la cortina.

En serio, ¿por qué el universo me quiere tan poco? ¿Por qué tengo tanta mala suerte? Seguro que en otra vida fui una persona muy muy mala, eso explicaría que mi vida sexual sea un completo y absoluto desastre desde que llegué a la ciudad.

¿Es que no hay nadie normal en Nueva York? ¿O es que yo tenía las expectativas demasiado altas?

Meneo la cabeza. Eso no es así, rotundamente no.

Tras un mes entero en esta ciudad, mis esperanzas eran más que comedidas cuando he llegado a esta fiesta, pero ahora mismo ya se han perdido todas por el maldito desagüe.

Y encima, claaaro, no podía ser otra persona la que me encuentre en este baño medio desnuda, no, no. ¿Por qué iba a ayudarme un poquito nuestro amigo destino? ¡Está claro que el karma va a por mí! O, yo qué sé, debe de haber una alineación planetaria desfavorable a una chica capricornio como yo o alguna mierda de esas. Sí, soy consciente de que desvarío... ¡Pero resulta que todo es un auténtico desastre!

El chico que ahora mismo se encuentra al otro lado de la cortina es el guapito de cara que no dejo de encontrarme por todas partes. El mismo que acaba de asistir a una estupenda panorámica de mis pezones bajo el sujetador negro semitransparente y que, con ello, ha conseguido una carga de munición extra para seguir metiéndose con mi desastrosa existencia.

Y la verdad es que no le falta razón, obviamente, pero antes muerta que reconocerlo en voz alta.

Eso nunca.

Desde el día que lo conocí en la azotea de nuestro edificio he querido mantenerme alejada de él, pero ¡no hay manera! Y lo peor de todo —te lo dice alguien a quien le han fastidiado el polvo, ¡otra vez!, cuando estaba a puntito de caramelo...—: empiezo a pensar que no es tan capullo como parece.

Ahora sí que se acerca el fin del mundo.

1

Una *mujercita* en la Gran Manzana

Un mes antes

Llevo meses fantaseando con este día y por fin estoy aquí: Manhattan, Nueva York. La ciudad más fascinante del mundo. La que nunca duerme. En la que todo puede suceder. La ciudad de Carrie Bradshaw y *Gossip Girl*. Con la que llevo toda la vida soñando cuando llegara el momento de independizarme de mi ruidosa y numerosa familia, y por fin lo he logrado. Empieza el que va a ser el mejor año de mi vida. Tiene que serlo, porque mis expectativas están por las nubes y no me apetece dar el gran salto para luego estrellarme a la primera de cambio.

El instituto estuvo bastante bien, hasta que todo dio un giro de 180 grados; ahora solo quiero olvidarme de Providence y de la gente que me vio hacer el ridículo para centrarme en la fabulosa isla de Manhattan y en mis estudios en la Universidad de Nueva York.

Pero antes de continuar, mejor que me presente: mi nombre es Jo March. Sí, lo sé, qué graciosos mis padres, ¿no? Podríamos rebautizar mi aventura como «Una *mujercita* en la Gran Manzana». Pero la cosa no acaba aquí, porque además tengo tres hermanas. ¿Adivináis cómo se llaman? Meg,

Beth y Amy. Pues eso, vengo del hogar de las *Mujercitas* gracias a que mi madre era muy fan del clásico de Louisa May Alcott y dio la casualidad de que conoció a un hombre llamado William March. Y se le sumó la suerte de engendrar a cuatro hijas, eso también, claro. Yo soy la segunda, así que me tocó el nombre de «Josephine», y, mira, a pesar del cachondeo que he tenido que aguantar durante la adolescencia, me encanta el personaje. Visto de este modo, podría haber sido peor.

He alquilado un apartamento en los alrededores del campus de Washington Square. Bueno, mis padres han puesto el dinero necesario, obviamente. Hace meses que encontré el piso. Me pareció perfecto, espacioso y funcional, ideal para mi ansiada independencia, pero cuando mi madre dijo que se salía del presupuesto, se me ocurrió que si lo compartía con alguien más podría permitírmelo; además, pensé que tampoco me vendría mal conocer a más gente antes de empezar las clases, porque quiero independencia, pero no esconderme del mundo.

Así que ahora mismo voy a ver a mi futura compañera de piso por primera vez. Se llama Taylor, nos hemos mandado algunos e-mails durante las últimas semanas. Parece divertida, justo lo que necesito, una compinche de fiestas y desmelene.

Me abre la puerta y subo las escaleras arrastrando la maleta. Mañana, mi hermana mayor y su marido me enviarán el resto de las cosas, pero no podía esperar más, me muero de ganas por conocer mi nuevo hogar. Llamo al timbre y espero en el rellano mientras la chica viene a abrirme. Y cuando lo hace… me quedo alucinada.

Frente a mí no hay la persona que esperaba. Para nada.

—Hola, ¿Jo? —pregunta sonriente.

—Pero… ¿Tú quién eres? ¿Dónde está Taylor? No eres la chica con la que hablaba por e-mail —digo con una voz demasiado alta y una inquietud creciente en el cuerpo.

Espero que no me hayan timado. Se oyen tantas cosas... A mi madre no le hacía gracia arreglarlo todo online, pero es habitual cuando te mudas de ciudad. ¿Fui demasiado confiada al permitir que la de la agencia le diera primero las llaves a mi futura compañera sin que yo la hubiera visto antes? Mi madre me matará.

¿Quién coño es este tío?

—Bueno... —responde al tiempo que me mira de arriba abajo, y se ríe sin poder controlarse.

No comprendo nada.

—Creo que ha habido un malentendido. *Yo soy Taylor*. El *chico* con el que te has escrito por e-mail. ¿Tú eres Jo, la futura criminóloga? —Se parte de risa, incapaz de seguir hablando.

Imposible.

¿Mi nueva compañera de piso es un tío alto, negro, con la cabeza casi rapada y el torso musculoso? Joder... Por un momento me quedo tan en *shock* que no me salen las palabras.

—¿Te supone algún problema? —pregunta, limpiándose una lágrima ocasionada por el ataque de risa que le ha dado—. La verdad, yo no tengo ninguno, me parece mejor compartir casa con una chica, soléis ser mucho más ordenadas.

Parpadeo varias veces y obligo a mi cerebro a reaccionar.

—Menuda sorpresa, yo... estaba convencida de que serías una chica, pero queda claro que no... lo eres. —Casi me atraganto con mis palabras.

La persona que tengo delante no es nada femenina, todo lo contrario: un tío grande y atlético. Lleva unos pantalones cortos de baloncesto y unas zapatillas Nike gigantes. El torso desnudo... me quedo mirándolo más de la cuenta porque, joder, menudo espécimen masculino. Su sonrisa ha sido enorme durante el intercambio de palabras, pero en un momento dado se apaga y vuelve a preguntarme:

—En serio, ¿crees que puede ser un problema compartir piso con un chico? No quiero que te sientas incómoda.

Noto en su tono de voz una preocupación genuina y, al oírla mi cuerpo se relaja. No es lo que tenía en mente, pero una vez superada la sorpresa inicial me doy cuenta de que está bien, no pasa nada.

—No, qué va. Será interesante...

—Sí, ¿verdad? Puede ser la hostia de bueno. Nunca he vivido con una chica, pero mientras respetemos nuestro espacio vital y haya libertad para traer acompañantes a casa cuando nos apetezca, me zambullo en este negocio de lleno.

Me río ante su manera de expresarlo. Supongo que estamos en la misma onda.

—No habrá problema, al menos yo no lo tengo; mi padre, en cambio, no sé si opinará lo mismo... —Sigo riéndome mientras entramos en el apartamento.

Lo miro todo con curiosidad, a pesar de que ya vi las fotos en la web de la agencia. Es un pisito de estudiantes de ensueño. Dos habitaciones dobles, un salón comedor bastante decente, cocina abierta y un baño con un plato de ducha enorme. Por las ventanas se ve la escalera de hierro que he observado en la fachada nada más situarme frente al edificio. Es como estar metida en la serie *Girls*.

—Bueno, él no está aquí, ¿no?

—Eso es verdad, y tampoco podría hacer nada, por mucho que quisiera. Creo que voy a llamarlo ahora mismo y así me lo quito de encima. —Saco el móvil del bolso y empiezo a buscar su contacto.

—Una chica valiente, me gusta... Aunque tenemos un problemita con las comunicaciones. Intenté llamar ayer a mi madre y no me dio señal, me parece que la cobertura es una mierda. No va bien ni el wifi.

—¿Qué? ¿Has llamado a la casera?

—Aún no. Estaba esperando un poco por si era algo temporal, de momento me he conectado al cable y he hablado con mi madre por Skype. Eso sí que funciona.

—Joder, espero que no sea así siempre, ya decía mi madre que alguna pega tendría el apartamento…

—Probablemente sea un fallo, no creo que sea permanente.

Cojo el teléfono y marco el número de mi casa. Nada. No me da señal. Luego, el de mi padre; tampoco. Pues vaya mierda.

—Subiré a la azotea, a ver si allí hay algo más de cobertura. Enseguida vuelvo y nos ponemos al día.

—Suerte con tu padre —dice con una nueva sonrisa mientras se sienta despreocupado en el sofá.

—Sí, la necesitaré.

Salgo al rellano y me meto el móvil en el bolsillo de los shorts vaqueros. Nuestro apartamento está en el tercero, el siguiente es el ático y, luego, la azotea. Me muero por verla, siempre he sido una enamorada de los miradores y espero que tenga una buena panorámica de la ciudad. Al llegar a lo más alto, empujo la puerta con ambas manos ejerciendo bastante fuerza porque pesa mucho, y salgo al exterior dándole con el pie a algo que hay en el suelo, sin mirar siquiera qué es. Me giro siguiendo el movimiento de la puerta, que se cierra con un estruendo. Miro al suelo y me doy cuenta de que he movido el tope que la mantenía abierta. Cojo la manilla y tiro, pero no se abre. Joder, joder, joder.

—Mierda —digo en voz alta, como si alguien pudiera oírme.

Tiro más fuerte hacia mí en un intento de abrirla; no puede sucederme esto a los diez minutos de llegar al edificio. No queda mucho para el anochecer y mi cabeza ya hierve ante infinitas posibilidades de lo más terroríficas cuando alguien me toca el hombro izquierdo y oigo el susurro de unas palabras a mi espalda:

—¿Qué tenemos aquí?

Chillo y, por instinto, me giro con la rodilla por delante, derribando al tío que, al parecer, estaba conmigo en la azotea. Le he dado un buen rodillazo en la entrepierna. Primera regla de la defensa personal: no hay que dudar ni un segundo, siempre al punto débil.

—Jodeeer.

El tío ha caído hacia atrás y ha aterrizado en el suelo maldiciendo, con las manos en el paquete golpeado y dolorido. A pesar de ser mucho más alto que yo, lo he pillado desprevenido y se ha desplomado como un saco de patatas. Me pego a la puerta y lo miro desde arriba.

—¿Estás loca? Qué manera de saludar a la gente... —dice medio divertido, medio alucinado.

—¿Y tú? No puedes ir así por detrás y asustar a una chica que no te ha visto... te arriesgas a sufrir un rodillazo en las pelotas.

—Qué agresiva —dice con una sonrisa torcida—. Me gusta.

—¿En serio? ¿En serio te estás insinuando a la tía que acaba de derribarte? —Alucino.

—Bueno, bueno, haya paz. Quizá deberíamos empezar de nuevo y presentarnos como es debido... Estoy seguro de que podemos caernos *muy bien*.

¿Esto está pasando de verdad? Menudo morro que le echa el guapito este. La última frase no podía haber sonado más insinuante. No tengo ni idea de quién es, pero, de primeras, su aspecto me echa atrás. Parece el típico que siempre consigue lo que quiere. Demasiado guapo para mí. Odio a los que son tan guapos, no traen nada bueno, resultan peligrosos. Te lían con su cara bonita y luego...

Los tipos como este son justo aquellos de los que me he propuesto huir este año.

Lo observo desde mi posición aventajada y luego me doy la vuelta para intentar salir de ahí, pero la maldita puerta no colabora ni un centímetro.

—Nos has dejado encerrados… Mmm… Creo que deberíamos sentarnos en las tumbonas y empezar a conocernos.

—Sigue soñando, amigo. Yo voy a avisar a alguien para que nos saquen de aquí.

Cojo el teléfono y busco entre mis contactos el de Taylor. Lo llamo y no da señal. Joder con la puñetera cobertura. Esto nos supondrá un problema, ¡como para tener una emergencia! Qué digo, ¡si ya la tengo!

—A ver, déjame a mí —sugiere el chico.

Se levanta, yo me aparto de la puerta con recelo, la golpea con la mano y empieza a chillar:

—¿Hola? ¡Socorro! ¡Estamos en la azotea!

Luego se vuelve hacia mí y se encoge de hombros. No parece realmente afectado por la situación.

—Mandaré un mensaje, a ver si pueden venir a buscarnos.

—Que tengas suerte con esta cobertura de mierda.

Enarca una ceja, pero lo ignoro y me acerco al muro del edificio. Miro hacia abajo: hay una distancia considerable, no es un rascacielos, pero no me apetece caerme de una altura de cuatro pisos. De repente se me ocurre que igual Taylor tiene las ventanas abiertas…

—Taylooor, ¡Taylor! ¡Socooorro! ¡Estoy encerrada en la azotea! —chillo como una posesa, pero no oigo ninguna respuesta más allá del tráfico de Jones Street.

—Será mejor que nos sentemos a esperar. Seguro que vienen a buscarnos pronto.

Doy un respingo al oír de nuevo su voz a mis espaldas y me giro para enfrentarlo.

—¿¡Se puede saber por qué no dejas de susurrarme desde atrás!? ¡No hay que hablar a alguien por detrás con tanto sigilo! ¿Quieres otro rodillazo?

Levanta las manos y se aleja de mí, retrocediendo con una sonrisa.

—Tranquila, fiera. Mi entrepierna continúa recuperándose del golpe anterior. Chica, cuánta agresividad. Soy inofensivo. Aquí estás segura.

—Sí, claro. No te conozco de nada —le replico.

Me jode su tono condescendiente.

—Ni yo a ti, pero ¿podrías concederme el beneficio de la duda? Te recuerdo que no tengo la culpa de que estemos en esta situación. Yo estaba aquí, tan tranquilo, mirando por la barandilla los edificios de la ciudad cuando has llegado tú y nos has dejado encerrados.

Lo que más me molesta es que lleva razón. Menuda suerte la que me acompaña nada más llegar. Puedo hacer lo que me pide, mantener con él una conversación civilizada, pero como estoy cabreada e irritada, me parece mejor contraatacar. No me gusta quedar por debajo de nadie.

—No estoy tan segura de que no haya sido tu culpa, el tope de la puerta ya debía de estar movido cuando he llegado yo...

—¡Ja! Así que nos gusta echar las culpas de nuestros fallitos a los demás, ¿eh? Vaya, vaya.

—¿Qué dices? ¡Tú no me conoces!

—No será porque no lo haya intentado desde que has entrado por la puerta. De nuevo, ¿quién es el culpable?

Chillo para mis adentros y pongo los ojos en blanco. Es de lo más irritante.

Me siento en una de las viejas tumbonas, que es el único mobiliario de la azotea, y miro el móvil en busca de una solución. Al final, le mando un e-mail a Taylor por si hay suerte y mira el ordenador en los próximos minutos. Pero no se envía. El correo se queda en la bandeja de salida.

—¿Ahora vas a ignorarme? Muy madura.

Arggg. Qué pesadilla de tío. ¿Por qué no se calla? Levanto la vista hacia él y, joder, qué guapo es. Guapo a rabiar. Guapo de los que nos vuelven locas. En serio, cuanto más lejos, mejor. Y me mira con una sonrisita, se ha dado cuenta del camino que toman mis pensamientos.

—Estoy intentando que nos saquen de aquí —espeto.

—Muy amable por tu parte, pero no creo que tarden mucho en venir a por nosotros.

—¿Cómo lo sabes?

En ese momento, la puerta se abre de golpe y aparece ante mí una chica de pelo castaño y con cara de buena persona. Tiene unos ojos grandes y azules y es bastante menuda. Me levanto y corro hacia la puerta sin perder ni un segundo más. Ella nos mira sonriente y se dirige al chico.

—¿Qué has hecho esta vez?

—¿Yo? —El guapito tiene la desfachatez de reírse a carcajadas y señalarme con el dedo—. Mejor pregúntaselo a ella.

Niego con la cabeza para no seguir con esta situación. La chica me mira y yo simplemente le digo:

—Gracias por rescatarme, se estaba volviendo insoportable.

Dirijo una última mirada al chico, que vuelve a guiñarme un ojo, y bajo las escaleras acompañada por el sonido de mis pisadas y con su risa de fondo.

2

¿Quieres probar algo diferente?

—Quítatelo todo.

Esa voz sexy me espolea a hacer lo que dice. Estoy en mi cuarto con Paul, un chico que he conocido en una fiesta de la residencia Brittany Hall. Es un bailarín estudiante de la Juilliard y tiene un cuerpo fibroso que me está volviendo loca. Me desprendo del vestido negro y corto que he escogido para la fiesta de esta noche, y luego, de la ropa interior. No tardo ni veinte segundos en quedar totalmente desnuda y él me observa desde la cama mientras se toca dándose placer. Noto que mi excitación crece en la zona del bajo vientre, hasta el punto de que casi me duele al andar hacia la cama.

Llevo dos semanas en esta ciudad, y las clases ya han empezado. El inicio de septiembre ha supuesto unos días de nuevas experiencias, de conocer gente, de disfrutar de las primeras fiestas. Y de afianzarme en mis dos grandes objetivos: aprobar el primer curso de universidad con una media más que decente y pasármelo bien. Sobre todo, esto último. He venido a Nueva York a liberarme en todos los sentidos. Este año no quiero parejas, enamoramientos ni nada que se le parezca, únicamente pretendo experimentar con el sexo y disfrutar al máximo de mi época universitaria.

—¿Vienes o qué? —Paul me anima a llegar a la cama.

Me dejo caer encima de su cuerpo. Me siento a horcajadas sobre sus piernas y agacho la cabeza para besarlo. Sus labios saben a cerveza barata, y el pelo —más largo que el mío— me hace cosquillas en el cuello mientras me abraza. Me besa con fuerza y ganas y luego me da un mordisco suave en el labio inferior que me humedece mucho más abajo. Mis manos toman vida propia y tocan toda la piel que encuentran a su paso. No quiero perderme ningún rincón, quiero aprovechar cada segundo.

De repente, él me coge con un brazo por la cintura y me da la vuelta, dejándome boca abajo.

—¿Quieres probar algo diferente?

Mi cuerpo tiembla ante la expectativa.

—He estado aprendiendo algunas posturas del *Kamasutra*, ¿te apetece?

La cabeza me da vueltas. ¿*Kamasutra*? No he probado nunca ninguna postura sexual complicada, más allá de las básicas que he ido conociendo en mi último año de instituto. Así que ¿por qué no?

—Claro, ¿qué propones?

—Tú solo déjate guiar…

El chico me coge de los brazos y los acompana para que me agarre los pies; con las piernas dobladas a ambos lados de su cuerpo me siento como en una clase de yoga, aunque se trate de una mucho más sexy y expuesta. Intento girarme para ver lo que hace, pero él me aprieta la espalda contra la cama.

—Shhh… ya verás ahora.

Normalmente no me haría gracia, puesto que siempre quiero llevar el control en todos los aspectos de mi vida. No me gusta que me guíen sin saber hacia dónde me llevan, pero ahora mismo la excitación es tan grande que estoy expectante por saber qué pretende hacer. Detrás de mí suena el rasgado del envoltorio de un condón y luego noto que una mano me tantea.

—¿Lista?

Asiento, pero él me introduce un dedo en el interior y me muerde el hombro antes de volver a preguntar:

—Dímelo.

—Sí... hazlo.

El bailarín de la Juilliard me coge los brazos —que de por sí ya están bien estirados debido a la postura— para tensarme el cuerpo aún más e introducirse en mí al mismo tiempo, de un golpe seco, un golpe que me hace abrir la boca formando una «O» de la que no sale ningún sonido mientras respiro tan hondo como puedo. Primero, él se mueve lentamente, pero no tarda nada en aumentar el ritmo, que va incrementando endiabladamente entre gemidos y palabras subidas de tono. Continuamos un tiempo en esa posición, hasta que sale de mí y me hace girar.

—A ver esta.

Se tumba él y me dice que me ponga de pie encima de la cama. Me da un toquecito en la pierna derecha para que me estire sobre él, con ella sobre su hombro. Como si fuera una gimnasta haciendo un *spagat*. Me mira sonriente, pero ahora mismo estoy tensa como una goma elástica, y esta postura no me resulta del todo cómoda, pero sigo... porque quiero ver qué pasa, si es tan bueno como promete. Me tienta con las manos y vuelve a introducirse en mi interior. Mañana tendré muchas agujetas, ya lo estoy viendo, pero ahora mismo... joder. Chillo.

—Dioooos... Sigue así —le digo a voz en grito.

Él sonríe y se mueve más rápido, desmontando mi cuerpo, moviéndonos al unísono contra el cabecero de la cama; los golpes contra la pared y los sonidos de nuestros cuerpos al chocar son cada vez más fuertes. Gruñe y le caen gotas de sudor por la frente debido al esfuerzo. La experiencia es buena, cumple las expectativas, estoy a punto de llegar al punto más álgido y se nota que él también. Acelera un poco más y luego otro poco. Entonces intenta darme la vuelta para ponerse encima de mí, pero con tanta excitación parece no acordarse de mi postura, no calcula bien, y en su lugar logra darme un tirón en la ingle que me hace ver las estrellas y me caigo de la cama en una posición de lo más desafortunada, pues todo mi peso recae sobre la cadera derecha. Él, sin embargo, no necesita nada más, lo oigo correrse sobre las sábanas sin importarle lo que acaba de suceder. JODER.

Mi experiencia con el *Kamasutra* no ha acabado siendo como prometía. Ahora mismo estoy despatarrada, excitada, insatisfecha y dolorida. ¿Alguien da más?

—Perdona… no he calculado… bien —dice mientras, jadeando, coge aire entre palabra y palabra.

—Joder… ¡Creía que sabías hacer esto!

—Sí, pero esta última postura no la había probado y me has puesto tan cachondo que por un momento se me ha ido la cabeza. Ven, deja que te ayude a terminar.

Intento moverme para incorporarme, pero me duelen mucho la cadera y la ingle. Suelto un gritito de dolor.

—Mira, será mejor que lo dejemos aquí. —No tengo el cuerpo para un fin de fiesta en condiciones.

En ese momento se oyen unos golpes en la puerta y la voz de Taylor.

—¿Va todo bien por ahí? ¿Jo? Ha sonado un ruido como si estuviera a punto de derrumbarse el edificio.

Me llevo las manos a la cara, mortificada. Voy a ser el hazmerreír del piso. ¿Es que la gente no puede follar normal y conseguir que disfrutemos los dos sin tanto lío…?

—Sí, ahora mismo salgo —grito a Taylor para que se quede tranquilo.

Él también estaba acompañado cuando llegué con Paul hace un rato, cosa que me da más vergüenza aún. Espero no encontrarme a nadie fuera en estos momentos tan humillantes. Me vuelvo hacia mi acompañante para acabar con esto.

—Será mejor que te marches, no creo que pueda hacer mucho más.

El chico se viste a toda prisa y tiene la decencia de mostrarse algo arrepentido. Me ayuda a levantarme y a ponerme un quimono fino —que suelo usar de bata—, que me llega por encima de la rodilla. Abro y echo un vistazo afuera, pero Taylor debe de haberse metido de nuevo en su cuarto, así que salimos y lo acompaño hasta la entrada. Abro la puerta y me aparto para que pase.

—Bueno, siento el golpe y cómo ha acabado, pero ha sido divertido, ¿no? Podríamos repetir.

Lo miro como si tuviera tres cabezas. Justo ahora pensaba en cuándo tendré un hueco en la agenda para que alguien vuelva a hacerme una contusión, por muy involuntaria que haya sido.

—Sí, sí. Ya nos veremos. Cualquier día de estos.

O nunca.

—Vale, hablamos.

Y se marcha escaleras abajo como si tal cosa. Qué felices son los tíos.

Me vuelvo para cerrar la puerta, y al apoyar la pierna derecha veo las estrellas.

—Au, joder con el *Kamasutra*.

—Pues sí que ha sido salvaje el polvo…

Esa voz. Lo que me faltaba, ¿no había nadie más para pillarme en tal estado que el guapito de cara de la azotea? Sube por las escaleras y se detiene frente a mi puerta. Levanto la barbilla y lo miro a los ojos.

—Sí, el más salvaje de mi vida. Me ha destrozado —le contesto desafiante.

—Vaya, vaya. Menuda caja de sorpresas.

—Sigues sin conocerme, no tienes ni idea de lo que puedo o no puedo hacer.

—Vale, vale. No te me sulfures. Mis disculpas. Espero que, con magulladuras y todo, hayas disfrutado —me dice con una sonrisilla de canalla.

—Ya te digo yo que sí.

Y le cierro la puerta en las narices. Al volverme apoyo la pierna para avanzar y suelto otro grito de dolor. Al otro lado de la puerta se oye una carcajada.

Será capullo.

3

El pacto de compañeros

Al día siguiente estoy tumbada en el sofá con el cuerpo aún dolorido cuando de la habitación de Taylor sale una chica a quien nunca había visto. Tiene el pelo rosa; los ojos, con un kohl superpotente que perdura a pesar de haber transcurrido toda la noche; una camiseta de tirantes corta y minifalda. Completan el atuendo unas botas militares y unas medias de rejilla. Me mira y cuando abro la boca para decirle «Hola», sonriendo me guiña un ojo y se marcha hacia la salida sin mediar palabra. Es una de esas chicas que tienen un aura misteriosa, de las que esconden más de lo que muestran, o eso pienso.

Tras ella sale Taylor sin camiseta. Me he dado cuenta de que le encanta no llevar nada en la parte de arriba. Parece que la tela sobre el torso le moleste o algo, no estoy segura. Se me escapa la mirada hacia sus marcados pectorales y más abajo, hacia los abdominales bien definidos. No puedo evitarlo. Me llevo la taza de café a los labios y, por no estar centrada en mis actos, me derramo gran parte del líquido sobre la camiseta.

Taylor se ríe y se deja caer junto a mí. Sacudo la cabeza mientras maldigo en voz baja y me limpio como puedo con una servilleta.

—Buenos días, se te ve contento —le digo, corroborando lo evidente.

—Sí, ha sido una gran noche. ¿Cómo acabó la tuya, te duele?

Dejo la taza en la mesita de centro y me tapo la cara con una mano.

Tras cerrarle la puerta al guapito de la escalera, encontré a Taylor, que me esperaba para ver si estaba bien. Me trajo algo de hielo en un paño para que me lo pusiera en la cadera y luego regresó a su cuarto con la chica. En estas semanas, la relación con él se ha ido estrechando, es de las pocas personas que conozco en Nueva York, y me gusta. Es un encanto. Además, resulta que coincidimos en algunas clases de mi primer curso de pregrado, aunque pocas, pues Taylor estudia Cine, y la mayoría de sus asignaturas están orientadas a esa especialización.

—Un poco, nunca creí que el sexo pudiera ser tan desastroso.

—Eso es porque ese tío no tenía ni idea, tienes que buscarte a otro que sepa hacerte disfrutar, que ambos lo hagáis sin sufrir percances —dice riéndose.

Lo miro de arriba abajo y corroboro que es un tío muy atractivo. No tan guapo como el chico de la azotea, pero tiene ese puntillo que te atrae sin remedio, sobre todo su labia; seguro, eso es lo que conquista a las chicas que trae a casa.

—¿Por qué me miras así?

—¿Cómo?

—¿Como si fuera un *bagel* de salmón y quisieras comerme de un bocado?

Me río al escucharlo.

—Qué idiota, ¡no es verdad!

—Vaya que sí, me has dado un repaso, me estabas comiendo con la mirada.

—Que no, solo estaba admirando la belleza objetivamente, sin ningún fin perverso y oculto.

—Mejor, porque no podemos dejar que pase nada entre nosotros.

—Ya lo sé, ¿quién ha dicho que quiera que suceda? —contesto con las cejas alzadas.

—Nadie, pero creo que deberíamos tener esta conversación. Hace semanas que convivimos y creo que nos está yendo muy bien, ¿no?

—Sí. —Asiento con la cabeza para darle énfasis, y es verdad. La convivencia ha sido muy fácil desde el principio.

—Por eso creo que deberíamos pactar algo: no puede haber sexo entre nosotros, nunca.

—No estaba pensando en tenerlo en ningún momento.

—Ya, bueno. A mí se me ha pasado por la cabeza en alguna ocasión, me parece que eres un pibón y no tendría ningún problema en llevarte a mi cama y hacerte disfrutar toda la noche (sin accidentes de por medio), pero, siendo compañeros de piso, creo que no debería suceder. Eso nunca sale bien.

—Lo sé, estoy de acuerdo. Esto no impide que tenga ojos en la cara y que cuando vas enseñando tanta carne pueda deleitarme con tu anatomía, es como si estuviera frente al *David* de Miguel Ángel.

—Gracias por el piropo, compañera. No me quejaré si quieres pasearte por el piso sin camiseta tú también.

Le doy un golpecito en el hombro y se echa a reír.

—Y me alegro de que estemos en la misma onda —añade—. No quiero malos rollos contigo y no busco una relación con nadie. Simplemente follar.

—Yo también.

—¿Tú? ¿En serio? —pregunta, burlón.

—¿Qué? ¿Acaso una chica no puede querer follar sin ataduras con quien le dé la gana? Esa mentalidad es muy anticuada.

—Eh, eh… No he dicho que no puedas; de hecho, creo

que, sobre todo en tu primer año de universidad, es lo que *debes* hacer. Yo pienso hacerlo. Es solo que me sorprende en ti. No sabía que era lo que querías. Hasta ayer no te habías traído a nadie al piso.

—Bueno, he estado adaptándome y no surgió. Tengo que sentirme atraída de verdad por alguien para que se venga conmigo a casa, pero quiero hacerlo más a menudo. No quiero un novio, ni enamorarme. Nada de eso.

—Uy, uy, mi sentido arácnido me dice que me ocultas una historia —dice, dándome un golpecito en la pierna.

—Sí, ahí hay un enamoramiento juvenil y un final desastroso. Ya te lo contaré otro día. El amor lo estropea todo. Paso de volver a sentirlo por nadie. Solo quiero vivir un año lleno de experiencias sexuales y, a poder ser, mejores que las de ayer.

Eso estaría bien, no queremos que te vuelvan a lesionar.

Coge el móvil y le echa una ojeada distraídamente.

—No te molestes, seguimos con una cobertura de mierda —le digo antes de que lo comente él.

—No entiendo qué coño pasa. El lunes volvemos a llamar, porque no es normal que en pleno Manhattan tengamos estos problemas, no me valen las excusas de que a veces hay sitios de la ciudad donde falla más que en otros. Parece un puñetero agujero negro.

—Deberíamos preguntárselo a algún vecino, pero sí que es raro.

Deja el móvil en la mesita y sube los pies al sofá para sentarse mirándome directamente. Me roba un trozo de tostada fría que hay en un plato antes de seguir indagando.

—Y ahora, por favor, cuéntame qué coño te hizo ese tío para tirarte de la cama. ¿Te corriste, al menos?

4

Nadie debería ser tan guapo

Una de las primeras cosas que busqué en el barrio de Greenwich Village cuando llegué a principios de septiembre fue una cafetería decente. Si por la mañana no me tomo un buen café, o dos, no soy persona. Casualmente, en nuestra calle hay un local en el que preparan unas tazas de esas —con *dibujito* incluido— que apetece lamerlas enteras, y no cuestan un riñón. El barrio del campus de la Universidad de Nueva York me encanta, y aunque he salido poco de él desde que llegué a la ciudad, no me importa demasiado porque me siento a gusto. El apartamento también me parece genial, exceptuando el horroroso problema de la cobertura y del wifi. Tener que enganchar el cable al portátil por turnos no resulta agradable, en absoluto, por eso acudo con frecuencia a la biblioteca o a la cafetería de nuestra calle.

Y ahí me encuentro ahora mismo; los martes solo tengo dos clases y me gusta tomarme otro café tras el almuerzo. Frente al portátil —como gran parte de los clientes universitarios del local— y enfrascada en una lectura obligatoria para la clase de Género y castigo, levanto la vista y veo que el guapito entra en la cafetería.

Me lo encuentro continuamente por todas partes, ayer creo que lo vi en los pasillos del Silver Center, el edificio en el que doy la mayoría de las asignaturas. Me intento esconder, pero segundos más tarde, cuando espera el café en la barra, se vuelve y me ve de pleno. Y ¿cómo iba a dejarlo pasar...? No lo ha hecho en ninguna de las otras ocasiones.

—Mira a quién tenemos aquí... a la acróbata sexual...

Qué tío, si cree que me achantaré ante sus provocaciones, va listo.

—Uy, sí, he superado el *casting* para el Cirque du Soleil, el próximo verano me voy de gira con ellos.

Al oírme, suelta una carcajada y todos los clientes vuelven la cabeza para mirarlo. Muchas se quedan embobadas al verlo, porque, en serio lo digo, parece un modelo de pasarela, y cuando sonríe... Maldita sea. Nadie debería ser tan guapo.

—No me cabe duda —dice.

Y se sienta en una silla frente a mí. A modo de interrogación, arqueo una ceja, pero el tío ni siquiera se inmuta.

—¿Cómo va esa cadera? —añade.

—Estupendamente —respondo en tono cortante.

—¿Sí? Me alegro. ¿Tus polvos siempre son tan salvajes? No puedo creerme el descaro de este chico.

—¿A ti qué te importa? ¿Quién te crees que eres? —Elevo la voz porque me saca de quicio.

—Uy, nadie, tranquila. Solo soy tu vecino, un chico muy curioso —declara sonriente, y bebe del vaso de cartón—. Llevo días pensando en qué puede haberte hecho tu novio en la cama como para que estés lesionada durante todo el fin de semana. ¿Te tiró de la cama por el ímpetu?

—Repito: no te importa. Además, no es mi novio. No tengo novios.

—¿No? Estupendo.

Frunzo el ceño al escucharlo.

—Por cierto, llevamos viéndonos unos días y aún no sé tu nombre... —tantea.

—Ni falta que hace…

—Bueno, será mejor que te llame por tu nombre en vez de ¿«contorsionista sexual»? ¿«Amazona circense»? Tengo mucha imaginación y puedo seguir hasta que me lo reveles…

—Tampoco sé yo el tuyo, y no creo que a tu novia, la que vino a rescatarnos el otro día, le haga mucha gracia ver este patético intento de ligar conmigo.

—¿«Novia»? ¿«Patético intento»? —repite.

Se ríe de nuevo y me quedo embobada en esos labios finos que se estiran hacia arriba y en el lunar de la parte izquierda, sobre el labio superior: es hipnotizador.

—Primero de todo, yo tampoco soy de novias —me aclara—. Y si estuviera ligando contigo te enterarías; de momento solo procuro mantener una conversación para conocer a mi vecina de arriba, pero me lo pones difícil. —Se detiene un instante—. Está bien, empezaré yo: me llamo Jared Clarke.

Salgo del ensimismamiento cuando veo que estira el brazo para ponerlo frente a mí, esperando un apretón. Me rindo, creo que no dejará de insistir hasta lograrlo.

—Jo March —digo antes de unir mi mano con la suya, estrechándosela durante unos segundos.

Al descubrir esa sonrisilla en su rostro me doy un golpe mental por haberle revelado también mi apellido. Lo he hecho sin pensar.

—Bueno, bueno… Ahora tengo otro apodo para ti.

—Por favor, no me digas, qué original. ¿«Mujercita»? Nadie me lo había dicho nunca.

—Y ¿«mujercita gimnasta»? —dice sonriendo de oreja a oreja.

Pongo los ojos en blanco. Menudo graciosillo.

—Dejémoslo en Jo, sobre todo si quieres que te conteste cuando me hables.

—Está bien, está bien. Ya me callo. ¿Estudias en la NYU?

—pregunta cambiando de tema, y señala el manual que hay encima de la mesa.

—Sí, supongo que como todos los que estamos en este barrio. Solo tienes que mirar alrededor —digo, y con un movimiento de mano señalo la moderna cafetería, llena de gente joven con portátiles.

—Eso es verdad. ¿Y cómo es que no vives en una residencia?

—¿Por lo mismo que tú? Intimidad. Independencia. Deseaba salir de mi casa y encontrar un poco de paz, por eso no quería meterme en una residencia llena hasta los topes.

—¿Familia numerosa? —pregunta, curioso, mientras sorbe de nuevo el café.

—Sí, tres hermanas más. Cuatro chicas.

Al escucharme, noto que se me sonrojan las mejillas, y cuando él se da cuenta abre mucho los ojos.

—¡No puede ser! ¡¿Os han puesto los nombres de las cuatro mujercitas!? ¿Es así? ¡Dime que sí! No me fastidies... —grita mientras da un golpe en la mesa.

—Pues sí, eso hicieron. Hemos sido el cachondeo del colegio toda la vida, no creo que lo pensaran bien... —señalo, negando con la cabeza.

—Pero si es genial, muy dulce por su parte.

—Todo viene de su primera cita, cuando mi madre descubrió que mi padre se apellidaba March. Siempre ha sido una gran lectora de los clásicos y le encantaba *Mujercitas*. Desde el principio bromearon sobre cómo se llamarían sus hijas, si alguna vez las tenían. Y fuimos naciendo una tras otra. Ya es casualidad...

—Desde luego que sí, una fabulosa casualidad —dice sonriendo.

—¿Y qué hay de ti?, ¿por qué no te has metido en una residencia de novatos? Estás en primero, ¿no?

—Sí, en primero. Pregrado en Negocios. Vivo en un piso…
—Vacila un poco antes de continuar—: Por lo mismo que tú,
supongo, por intimidad.

—Vale…

Lo miro a esos ojos de un azul tan claro que casi parece
traslúcido, y por un momento vuelvo a quedarme ensimismada. Tengo que repetirme una y mil veces que los guapos no
son para mí, que son peligrosos para mi salud mental. Podría
cometer alguna locura a su lado…

Pienso de nuevo que lo mejor es mantener las distancias,
pero entonces… ¿qué hago contándole mi vida?

Sin embargo, también me doy cuenta de que no parece tan
capullo como creía.

5

Mellizos

Al salir de la clase de Introducción a la sociología, me dirijo a la cafetería de la primera planta de la facultad, donde me espera Taylor. Hemos quedado para comer allí varios días de la semana; los otros voy yo a la Escuela de Artes Tisch, donde mi compañero estudia la carrera de Cine. Nada más entrar, veo a Jared en una mesa con la chica que nos rescató de la azotea. Me dijo que no era su novia, pero no me explicó de qué la conocía. Me muero por preguntárselo a Taylor, que seguro que lo sabe porque tiene un alma muy cotilla, pero paso de que se mofe de mí y de que crea que me interesa el vecino.

No me interesa para nada, de verdad que no. Solo es curiosidad.

Tras recorrer el mostrador y servirme algunos platos en la bandeja, me dejo caer al lado de mi compañero de piso.

—Ey, ¿qué pasa? Llegas tarde.

—El profesor de Sociología es un poco rarito, al finalizar la clase se pone a explicarnos con pelos y señales lo que debemos preparar para la siguiente. Algunos huyen tan rápido que no se enteran ni de lo que tienen que hacer.

—Va, de esos hay muchos, pero yo estoy tan entusiasmado con mis asignaturas que no me quejo. Podría quedarme allí haciendo horas extra, sin problema.

—Friki.

—Ya te digo, llevo el título con orgullo —dice riéndose.

Yo también me río. Taylor es un chico con suerte, ha decidido estudiar algo que le apasiona; a los dieciocho resulta difícil saber si tu elección es la correcta, pero cuando habla de guiones y producción cinematográfica y de que pretende convertirse en director de cine, no me cabe duda: él lo tiene clarísimo.

Mis ojos se desvían hacia Jared y la chica. Ella se ríe por algo que le ha dicho él, y me distraigo con la escena por un momento.

—Son nuestros vecinos, ¿lo sabías? —señala mi amigo.

—A él me lo he encontrado alguna que otra vez —digo, restándole importancia.

—¿Sí? Pues ella vive con él. Son hermanos mellizos. Jared y Hannah Clarke.

¿Hermanos mellizos? Vaya, al fijarme más en ellos, verifico que comparten varios rasgos: el pelo castaño, los ojos claros, la complexión delgada y la piel pálida, aunque él es mucho más alto. Así que decía la verdad cuando aseguró que no era su novia...

—¿Te interesa? No le quitas el ojo de encima.

—Qué va. Es un guapito de cara, pero no lo que busco.

—¿No? Pues tiene pinta de saber apañárselas en la cama, además lo tendrías a mano...

—Muy gracioso, pero no me interesa.

Justo en ese momento, él vuelve el rostro y nos ve, entonces levanta el mentón en un saludo silencioso con esa sonrisilla de listillo que me ha dedicado en cada encuentro.

—Yo no estaría tan seguro... —insiste.

Las palabras de Taylor hacen que me vuelva hacia él y le robe tres patatas fritas del plato.

—Que sí, hazme caso —lo rebato.

Sin embargo, desvía la mirada hacia un punto detrás de mí y por un momento parece olvidarse de nuestra conversación. Me vuelvo para averiguar qué le ha llamado la atención y descubro una melena rosa que no veía desde hacía unos días.

—¿Y ella? ¿No piensas quedar otra vez?

—Qué va. Lo pasamos bien, pero ya está. Es una tía divertida en la cama, pero algo se me escapa de ella. No la conozco bien, solo de aquella noche y de verla en algunas fiestas, pero intuyo que esconde algo.

—¿Tú crees? A mí no me da malas vibraciones.

Justo pasa por delante de nosotros y me guiña un ojo. Me parece extraño que me lo dedique a mí y no a Taylor, que fue con quien se acostó.

—No, tampoco va por ahí la cosa, pero es como un rompecabezas del que me faltan muchas piezas. Pero, bueno, no repetiremos una noche juntos, hemos venido a por variedad.

—Claro, ese es el plan —señalo.

—¿Ya has visto a alguien que te guste? —quiere saber.

—Hay un tío que hace la misma ruta que yo por las mañanas, cuando salgo a correr por Washington Square Park. Y no está mal, tiene un polvazo.

—¡Bueno, bueno, pues al ataque! Cuando salgas a correr otra vez, invítalo a tomar algo este finde, ya sabes… Hay que olvidarse ya del bailarín de las posturitas y pensar en el siguiente.

—Quizá lo haga.

—Dale, pequeña. ¡Hemos venido a follar!

Me río ante su comentario. Esa es la idea: follar y experimentar en la Gran Manzana.

6

El corredor

Nunca me ha molestado madrugar. Siempre he sido de las que se levantan con la primera alarma o incluso sin que suene el despertador. Hace casi dos años, además, me acostumbré a salir a correr antes de ir a clase. Me gustaba la sensación de moverme por las calles mientras despertaban poco a poco y dejar la mente en blanco por unos minutos antes de entrar en la vorágine del día. Y también la soledad de ese momento, para qué engañarnos; mi casa, cuando te despiertas unos minutos antes de ir a clase, parece una casa de locos.

En Manhattan salgo a correr desde la primera semana que llegué. Corro por el barrio y casi siempre acabo en Washington Square Park, hago unos estiramientos y, provista con un café para llevar, regreso tranquilamente a nuestro apartamento para ducharme. Taylor no ha querido acompañarme ni una sola vez, no lleva muy bien lo de despertarse pronto.

Esta mañana de viernes sigo la misma rutina de siempre; al girar por Bleecker Street hacia Mercer me doy cuenta de que alguien se ha situado a mi lado, alguien a quien no dejo de encontrarme por todas partes.

—Hola —dice el guapito con una sonrisa.

—¿Me estás siguiendo? Es la única explicación de que te encuentre en todos lados, incluso en mi carrera matutina.

—En realidad no, es casualidad. Yo también corro.

—¿Y por qué no te había visto hasta ahora?

—Supongo que no hemos seguido las mismas rutas —apunta, encogiéndose de hombros mientras trota junto a mí.

—Ya, si tú lo dices…

No me lo creo en absoluto. Nunca he creído en las casualidades.

Avanzamos juntos y en silencio un par de calles más, hasta llegar a la Cuatro, donde giro hacia el parque. Él me sigue, cómo no. Detrás de nosotros veo a algunos corredores más, pero a nadie que conozca.

—¿Buscas a alguien? —pregunta Jared.

—No, qué va.

Enarca una ceja, como si no confiara en mis palabras, pero continúo corriendo por la acera, desde donde ya se distingue la entrada del parque. Y cuando cruzamos el umbral de la zona arbolada, veo al chico que me encuentro cada mañana. Pasa por nuestro lado y, al adelantarnos, me dedica una enorme sonrisa seductora y se nos avanza unos pasos, dejándome una panorámica perfecta de su culo respingón, los anchos hombros y esas piernas musculosas.

—¡Madre mía, qué sutileza! Ese tío quiere meterse en tus bragas —comenta Jared, dándome un codazo suave.

—¿Tú crees? —pregunto en un tono demasiado esperanzador.

—¿En serio? ¿Te van los musculitos? Nunca lo habría imaginado.

—De nuevo, no tienes ni idea de lo que me va o deja de irme, no me conoces como para hacer afirmaciones tan tajantes.

Qué tío, siempre hablando como si me conociera.

—Ya, ya. Es solo mi percepción. Ese pavo no te pega, y no creo que te pueda dar lo que buscas.

Me paro en seco y lo miro, ceñuda.

—¿Y qué se supone que busco, según tú? Venga, dime. Como has acertado en todas tus predicciones… —contesto, irónica.

—Buscas diversión en la cama, y no a alguien que te acabe tirando de ella… —dice mientras se ríe a carcajadas.

El muy canalla. Le doy un golpe en el brazo y sigo corriendo tras el corredor atractivo de las sonrisas.

—Pues si ese tío quiere meterse en mis bragas, se lo permitiré, y gustosa —declaro mientras acelero la marcha.

—Si es lo que quieres… pero no saldrá bien, te lo digo yo.

—Te equivocas.

Dicho eso, lo dejo atrás y voy en busca del rubio musculoso. Me fijo un momento más de la cuenta en lo grande que es, cachas como un jugador de fútbol y con el pelo rizado y rubio. Justo antes de alcanzarlo, miro por encima del hombro a Jared, que se ha parado en medio de la plaza y me observa fijamente. El corredor no se parece en nada a él. Y eso aún me atrae más.

—Hola, perdona. ¿Qué tal estás?

Hablamos durante quince minutos y quedamos para vernos ese mismo sábado en un bar de copas de la calle Ocho.

Objetivo cumplido. Chúpate esa, guapito.

Al día siguiente llego al bar diez minutos tarde. He dudado mucho sobre la ropa que debía ponerme. Quería algo sexy que invitara a terminar la noche en mi cuarto, pero que a la vez me hiciera sentir guapa y cómoda. Así que, tras descartar los tacones de más de diez centímetros, he optado por unos más bajos y un vestido extracorto de color aguamarina. Con el pelo no puedo hacer muchas cosas debido al corte *pixie* que llevo, pero me lo he peinado todo hacia la izquierda y me he maquillado ligeramente.

Cuando entro en el bar él ya está allí. Me da un beso en la mejilla y nos sentamos a una mesa apartada del resto, al fondo del local. La conversación no es muy fluida, que digamos, lo justo para pasar el rato, y al menos no me saca de quicio como cierto guapito.

Odio que Jared se meta en mi mente cuando no quiero. Esta noche he recordado varias veces su frase «No saldrá bien, te lo digo yo». Maldito. ¿Qué sabrá él? ¿Por qué tiene que meterse en mi vida?

Cuando la charla ya no da más de sí, el corredor —que resulta llamarse Ryan— me suelta una de las frases más sobadas de la historia:

—¿En tu casa o en la mía?

Estaba claro que pretende meterse en mis bragas, pero no me molesta porque yo también lo quiero, quiero pasármelo bien con gente que pueda darme una buena noche, y punto. Es evidente que Ryan y yo no llegaríamos a nada, pues su conversación es más bien aburrida y no muy original, pero para una noche de sexo, me vale.

Esta vez vamos a su casa, que queda a la vuelta de la esquina; es un apartamento grande de tres habitaciones que comparte con dos amigos que todavía no han regresado a casa. Nos besamos en el portal, en el ascensor y en la puerta de su piso. Besa bien. Punto positivo. La cosa promete.

Entramos a trompicones. Se quita la camiseta al llegar al salón. No me fijo en casi nada más, solo en sus enormes pectorales y esa tableta de chocolate de seis onzas perfectas que quiero morder.

Su cuarto es el primero de un largo pasillo. Abre la puerta y me coge a pulso, como si no pesara más que una pluma, para empotrarme luego contra el armario.

Madre mía. ¿Estoy viviendo algún tipo de fantasía sexual? ¿Quién no ha querido alguna vez que la empotren contra un armario? Solo este simple gesto ya me está poniendo malísima. Su boca no deja de explorarme los labios, el cuello y el lóbulo de la oreja. Con una mano me sujeta las piernas mientras la otra se cuela por debajo del vestido y asciende por mi vientre. Joder. Tengo la piel de gallina debido a la anticipación.

—Vamos a la cama —le digo cuando siento que voy a estallar en mil pedazos.

Él obedece y me deja caer en su cama *king size* para, acto seguido, bajarse los pantalones y deshacerse de una patada de los zapatos y de los calcetines. Sus calzoncillos son unos bóxers azules con el logo de Superman en el centro, lo que me hace soltar una carcajada en el momento más inoportuno, pero es que, joder, no me lo esperaba.

—Aquí está tu Superman...

Por Dios. Me río por dentro. Espero que no advierta que estoy a punto de reírme en su cara otra vez, ahora por la frasecita. Joder. ¿No quería divertirme con el sexo? Pues toma una escena cómica en directo.

Se sube a la cama y coloca una pierna a cada lado de las mías. Me tira del vestido hacia arriba hasta deslizarlo por los brazos, y sale disparado hacia el suelo de la habitación. Mi ropa interior es de encaje y conjunta con el vestido. Tengo la piel mucho más bronceada que la suya, así que destaca el contraste cuando con la mano me acaricia los pechos hasta deshacerse del sujetador. Nuestros labios vuelven a chocarse y su lengua invade mi boca haciéndome estremecer hasta los dedos de los pies. Toco su tableta de chocolate y tengo la intención de adentrarme en los calzoncillos cuando me coge por la muñeca y aparta la mano.

—No hay tiempo para eso, me está poniendo muchísimo verte en mi cama.

Sonrío, pues llega el turno de que se introduzca en mí y

me haga ver las estrellas. Me tumbo hacia atrás y lo miro sonriente. Deslizo lentamente las braguitas por las piernas. Él se baja de la cama de un salto para volver en pocos segundos con un condón en la boca. Arranca el envoltorio y se quita los calzoncillos.

—Mejor date la vuelta, quiero ver ese bonito culito tuyo.

Ehhh, vale. Le gusta al estilo perrito. Está bien, es una buena postura para llegar al orgasmo, no me quejaré. Mientras hago lo que me pide, oigo que se pone el condón, y lo miro con disimulo justo antes de que se me pegue al cuerpo y se introduzca en mí. La sensación no es como esperaba. Apenas he notado nada. Tiro el trasero hacia atrás para que pueda adentrarse más. ¿O es que no lo ha hecho?

—Más, más adentro —reclamo, poniéndome más recta para pegarme a su torso y facilitar la unión.

Él entra y sale de mí, pero sigo sin sentir muchas cosas por ahí abajo. ¿Qué sucede?

—Sí, sí. ¿Te gusta duro? Puedo hacerlo durísimo —dice sin esperar mi respuesta.

Por supuesto, él ya está en un nivel muy superior al mío.

—Hazlo y tócame —le pido, para ver si eso ayuda.

Él me da un tirón en el pezón que pretende ser sexy, pero no acaba de lograr el objetivo. Una nueva estocada y sigo sin estar cerca de correrme. ¿Qué coño pasa aquí? Dos empujones más y se corre en el interior del condón acompañándose de un gruñido en mi espalda. Se deja caer encima de mí y con el peso me tumba sobre el colchón.

¿En serio?

—Muchas gracias, Jo. Ha sido un polvo fantástico —dice justo antes de levantarse de la cama.

Frustrada y cabreada, me giro para verlo y me doy de bruces con la razón del problema.

7

Mala suerte

—La tenía como un cacahuete, ¿cómo es posible?

Ante mis palabras, Taylor suelta una carcajada de lo más sonora. Estoy segura de que se oye hasta en la luna.

—No puede ser que tenga tanta mala suerte con los tíos. Imposible —añado.

—Ay, Jo —logra pronunciar, y se desternilla tumbándose en el sofá y todo, sin poder seguir hablando.

Le doy una patada con el pie descalzo en la pierna, el sitio que me queda más cerca, y me quejo:

—Cállate, no es gracioso.

—Un poco sí. El tío la tenía tan pequeña que ni la notabas.

—Me resulta increíble, nunca me había sucedido eso.

—Has estado con un micropene… —dice llorando de la risa, el muy canalla.

—No puedo creérmelo. En serio, me la metió y fue como si nada. Porque sabía que estaba dentro, pero era… ¡No era nada!

—Calla, calla, ¡que me da algo! —me suplica, y vuelve a reírse.

Entierro la cara entre las manos.

—Vale, vale, ya paro —señala, dándome una tregua—. A ver, no es para tanto, si la tienes pequeña, debes ayudarte con las manos, con la lengua, con lo que haga falta para no dejar insatisfecha a tu pareja.

—¿Te ha sucedido alguna vez?

—¿Quééé? No, no. Yo tengo un tamaño por encima de la media, ¿quieres verla y comparar? —dice riéndose al tiempo que se lleva la mano a los pantalones de chándal.

—No, no. Me lo creo. Te he visto en calzoncillos.

—Como quieras. —Y se encoge de hombros, como si no hablara de enseñarle la polla a su compañera de piso—. ¿No ayudó a que te corrieras?

—El muy desgraciado me dijo: «Muchas gracias, Jo. Ha sido un polvo fantástico». ¡Pero, tío, no puede ser que no te hayas enterado de que aquí solo tú has tenido un final feliz! Por más que lo pienso, no me lo puedo creer.

—Te ha tocado otro tío egoísta, pero encima demuestra la teoría de que el tamaño sí que os importa.

—¿Importarnos? Mira, no lo había pensado antes de anoche, pero creo que hasta cierto punto es verdad.

Taylor abre la boca para hablar, pero lo freno con un movimiento de la mano y continúo:

—Aunque no lo es todo. Si ese tío hubiera usado todas sus armas disponibles, como bien has dicho, ambos habríamos disfrutado a pesar del tamaño. Pero no fue así, porque era un capullo.

—Eso es, no te tortures. Solo has tenido mala suerte. Ya verás como el siguiente será mejor.

—Espero que el universo te escuche, porque, como la cosa siga así, mi Satisfyer echará humo estos días.

—¿«Satisfyer»? —dice con los ojos como platos y la voz aguda.

Ahora soy yo quien se ríe de él.

Un par de horas después estoy sentada en las escaleras de la entrada del edificio, en busca de cobertura. El problema persiste y ya empieza a suponernos un gran engorro. Taylor ha salido a comprar un cable más largo que le permita conectar el ordenador portátil al rúter del comedor y que llegue a su cuarto. Es como vivir en la edad de piedra, sin wifi; no puedo creerme que nadie sea capaz de darnos una solución y que llevemos un mes así. Se lo pregunté a la señora mayor que vive en el bajo, y me dijo que ella no usaba «esas moderneces». Tengo que seguir investigando.

Llamo a mis hermanas por videollamada cuando encuentro unas rayitas de cobertura, y la conversación se reconduce hacia mi cita de anoche, como no podía ser de otra manera.

—Se le quitan a una las ganas de continuar intentándolo, con gente como ese tío...

—Jolines, Jo, sí que es mala suerte. Primero, el que casi te rompe la cadera, y ahora, este, que se necesita la lupa de Sherlock para encontrársela. No puedo creérmelo —dice mi hermana Amy, partiéndose de risa.

Amy es la menor, pero con tan solo quince años está a mil vueltas de todo.

—No digas tonterías, cariño. Han sido dos malas experiencias, la siguiente seguro que sale mejor —procura animarme Meg, siempre tan maternal.

Mi hermana Meg vivió sus momentos de desenfreno en la universidad, pero ahora está felizmente casada y tiene un bebé con Tom. Se cree que todas somos sus polluelos.

—¿Quién me lo asegura?

—Nadie, eso no funciona así —contesta Beth.

Mi otra hermana pequeña —la que sigue después de mí— es la más clara de todas. Siempre dice lo que piensa, y me encanta.

—Hay que arriesgarse o buscar a alguien que conozcas bien, Tom es mi mejor amigo… —declara Meg.

—Eso te funcionó a ti, pero no siempre sale bien —digo, ahora seria.

—Mejor ríete y ya está. Otra noche más para escribir en tu diario de experiencias sexuales. Puedes poner al lado: «Fallida. Dos de dos». —Beth se parte de risa otra vez.

Miro alrededor, no vaya a ser que los vecinos del barrio estén escuchando la conversación, pero no. En domingo por la mañana pasa poca gente por esta calle.

—Qué graciosa, me alegro de que te divierta mi penosa vida sexual, ya me lo contarás cuando te toque a ti.

—Yo tengo el radar de capullos activado, es más difícil que me suceda —replica ella, haciéndose la digna.

—Habló la lista, ¿acaso no tuviste un problemita con un tal Jamie? —apunta Amy, con una sonrisa de oreja a oreja.

—Cállate, enana, no me lo recuerdes.

Me río al pensar en Jamie. Beth tuvo que lanzarse por la ventana de su casa cuando llegaron sus padres sin avisar. Se puso tan nervioso que casi la tira, desnuda y todo.

—¿Quién es ese Jamie, el hijo de los Thompson? —pregunta Meg, quien no conocía la historia.

—Sí, pero ya se acabó —contesta Beth, fulminándonos con la mirada a través de la pantalla—. No estamos hablando de mí, sino del chico con el pene de pitufo de Jo.

Ahogo un gemido al oírla y añado:

—Incluso Papá Pitufo la tendría más grande, y, como es más sabio, seguro que la sabría usar mejor que este…

Mis hermanas se ríen al unísono y tengo que apartarme un poco del teléfono para que no me dejen sorda. En ese momento me doy cuenta de que un chico se ha acercado a la escalera. Como no podía ser de otro modo, y para acabar de rematar este fin de semana de lo más humillante, se trata de Jared. Viene hacia mí sonriente, lo que me indica que debe de haber oído mis últimas palabras. Joder. La que me espera.

—Chicas, será mejor que lo dejemos. Hablamos en otro momento, ¿vale?

—Cuídate, Jojo, ¡a la tercera va la vencida! —grita Beth antes de abandonar la videollamada.

—Queremos saber cómo va el siguiente capítulo, ya nos contarás. —Amy me dice adiós con la mano y se desconecta.

—Te quiero, cariño. Disfruta a tope de la experiencia universitaria. —Meg me guiña un ojo y es la última en colgar.

Me quedo con una sonrisa nostálgica en los labios. Cuando nos vemos por videollamada, cuelgan una tras la otra, es una de nuestras costumbres; y siempre es Meg quien permanece hasta el final, con sus buenos deseos. Se nota que se ha convertido en madre hace relativamente poco, y sustituye gustosa a la nuestra, ausente casi siempre.

Una sombra tapa los rayos de sol que me calentaban la cara hasta este momento. Casi me había olvidado de Jared.

—¿Por qué no me harías caso...?

Sus palabras me hacen poner los ojos en blanco. Veo pasar a otro chico que iba andando junto a él, lo sigo con la mirada hasta que dobla la esquina. Lo hago sobre todo para ganar tiempo y no contestarle una bordería.

—Ha sido mala suerte.

—Sí, sí, ya he oído que la tenía más pequeña que Papá Pitufo, eso es la hostia de mala suerte. O el karma, ¿eh?

Intento controlarme, de verdad que sí, mantenerme seria frente a él para que no me suelte el típico «te lo dije», pero no me aguanto ni un segundo más. Me río. No puedo parar. El sonido de mi risa se oye en toda Jones Street y parte de Bleecker, seguro que llega hasta la gente que camina por la Séptima Avenida.

Jared sonríe y se sienta en las escaleras, a mi lado. Me tapo la boca con las manos y niego con la cabeza.

—Nunca había visto una polla tan pequeña, ¡no me lo podía creer!

—Es que… mira que te lo dije, mucho músculo y picha pequeña.

—Eso es un tópico, no todos serán así.

—Bueno, mira lo bien que te ha salido a ti. ¡Te ha tocado el premio gordo! —Suelta una risita y continúa—: Bueno, gordo, gordo, no; más bien estrechito…

—Calla, calla… —Me río y le doy un golpe en el hombro, lloro de la risa. Literalmente—. No se trata de eso, precisamente lo hablaba antes con mi amigo Taylor, no solo cuenta el tamaño, sino el uso que se le da. El tío empezó muy bien, pero acabó rápido y mal. No puedes ser tan egoísta.

—La gente no entiende que el sexo es mucho mejor cuando las dos personas disfrutan.

—Sobre todo la gente que solo quiere un rollo de una noche. Después de ese día no lo volverás a ver, así que se la suda todo. Vamos, espero no encontrármelo muchas veces más cuando salga a correr.

—No sé si eso será posible, pero siempre puedes cambiar la ruta.

—Paso, me gusta el recorrido, no cambiaré mi rutina por un tío que no significa nada para mí, ni siquiera fue un polvo decente.

—Así se habla.

Jared se queda observándome un largo momento y yo le correspondo. Nuestras miradas conectan y sonreímos. El primer día que lo vi me pareció un guapito un poco metomentodo; ahora me lo sigue pareciendo, pero también empieza a caerme bien.

Tras varios minutos con él, se levanta y se marcha a su casa.

—Nos vemos, Jo.

Mientras sube las escaleras hacia la puerta del edificio lo observo con disimulo. Este chico no muestra de buenas a primeras todo lo que es. Tiene sus puntos divertidos y ese componente de tocapelotas que me saca de quicio, pero advierto que prácticamente no sé nada de él. Siempre que hemos hablado ha sido sobre mí, pero de él no sé nada.

Cojo el móvil y aprovecho la cobertura para hacer una búsqueda en las redes. Instagram y TikTok. Nada. ¿Será un rebelde de Twitter? Nada. Facebook, descartado; es de ancianos. San Google me devuelve miles de resultados de varios Jared Clarke, pero ninguno es el que estoy buscando. Qué raro. ¿No está en las redes sociales? Oye, es totalmente lícito, pero también muy muy raro cuando tienes dieciocho años. Su halo de misterio se acaba de multiplicar por mil.

¿Esconderá algo y por eso no quiere compartir nada con el mundo?

8

La chica del pelo rosa

Los miércoles, Taylor y yo vamos juntos a la facultad, pues compartimos la primera clase del día, una troncal de Escritura. Esta mañana, en la puerta del Silver Center, nos encontramos de frente con Jared y su hermana Hannah. No lo he visto desde nuestra conversación en la escalera; no ha venido a correr conmigo ninguna mañana y, aunque lo negaré ante un tribunal, es posible que lo haya buscado por la calle cada uno de los días. Maldición. No quería hacerlo, no quiero que me parezca atractivo, pero soy una chica con ojos en la cara y, últimamente, también frustrada sexualmente.

—Hola, ¿cómo va todo? —saluda Taylor, el más sociable de los cuatro.

—Bien. ¿Qué tal vosotros? Jo, ¿todo bien? —me pregunta Jared, con una pequeña sonrisa en su rostro cincelado en mármol.

—Todo bien, guapito —digo remarcando su apodo.

Hannah sonríe ante nuestras interacciones, pero arruga un poco el entrecejo debido a mi tono y a la reacción de su hermano: Jared sonríe como un canalla y me sigue el rollo como hace siempre. No me cuadra que la hermana lo mire de esa manera, pero, como ya he dicho, es un chico con un halo misterioso y aún desconozco a qué se debe.

51

De repente oigo un golpetazo; Taylor, a mi derecha, da un respingo. Alguien le ha dado un cachete en el culo. Sonrío y, al volverme para ver al autor, descubro a la chica de la melena rosa. Fijándome mejor... no solo es rosa: tiene las raíces oscuras, luego pasa a un rubio decolorado y, finalmente, las puntas de rosa chicle. Vaya maltrato, aunque también llamativo. Desde luego, esos looks no se ven todos los días. La chica se ríe ante el falso gesto de dolor de Taylor y nos mira con curiosidad, igual que nosotros a ella.

—¿Qué pasa, chicos? Taylor... —lo saluda por su nombre en un tono seductor.

Sin embargo, yo sé que no habrá nada más entre ellos, o al menos eso dice mi compañero de piso.

—Willy, ¿cómo va? —Él se vuelve hacia nuestro pequeño grupito y nos la presenta—: ¿Conocéis a Willy? También estudia en vuestra facultad, Literatura inglesa.

—Sí, creo que os he visto a todos —contesta la susodicha.

—Y nosotros a ti, eres difícil de olvidar —apunta Jared.

Hannah asiente, pero no dice nada. Parece una chica tímida, casi no he oído su voz, aparte del primer día en la azotea. La he oído reír junto a su hermano, pero cuando hay más gente no suele mostrarse muy abierta. Nos observa a todos con sus enormes ojos azules.

—Bueno, eso va bien. Dejar huella es mi rollo, que se lo digan a Taylor —dice jocosa al tiempo que da un codazo a mi compañero.

—Espero que el sentimiento sea mutuo, no quiero quedar en mal lugar.

—Tranquilo, estás en mi top de encuentros sexuales del mes —dice, guiñándole un ojo.

«Pues qué suerte tienes, querida».

Jared parece leerme el pensamiento, ya que intenta reprimir una sonrisilla y mis ojos se entrecierran como adverten-cia. Hannah se olvida un momento de Willy y Taylor, parece no quitarle ojo a su hermano cuando él me mira.

—Por cierto, este viernes hay una fiesta en la residencia de Broome Street. Todos abren sus habitaciones y compar-ten bebida y espacio. ¡Estáis invitados si os queréis pasar un rato!

—¿Vives allí? —le pregunto con curiosidad.

—Qué va, no me prestaría a dejar entrar a tanta gente des-conocida en mi cuarto si no fuera para echar un polvo; yo es-toy en otra. Os invito porque me han pedido que haga correr la voz. Si digo la verdad, me la suda si a esa gente tan confia-da se le llena la residencia de extraños. Aunque todos somos desconocidos hasta que dejamos de serlo. En fin, si queréis venir, invitados estáis, mi misión aquí ha concluido. Adiós.

Y tal como llega, se va.

Qué chica más extravagante.

—Jo, ¿quieres ir? —me pregunta Taylor.

—Puede ser interesante, nunca he estado en una fiesta de ese tipo, de puertas abiertas.

—¿Vosotros os animáis? —pregunta mi compañero a los hermanos Clarke.

Justo cuando creía que iba a oír la voz de Hannah por se-gunda vez, su hermano se le adelanta:

—Puede estar bien. Seguro que nos pasamos.

—Jared…

El susurro de su hermana me hace mirarla sin compren-der nada. ¿No quiere ir a la fiesta?

—Hannah, está bien. *Podemos* ir —declara él, enfatizan-do la palabra «podemos».

Y el misterio que rodea a estos dos se acrecienta aún más en mí. ¿Por qué parece que ella quiera protegerlo de algo? ¿O es al revés? ¿Quizá ella es tan tímida que no suele asistir a fiestas, y él quiere que se abra más? Las preguntas bailan en mi cabeza al ser testigo de la interacción de los mellizos.

—Bueno, vamos a clase, que al final no llegamos —dice Taylor, y me toma del brazo.

—Sí, claro —contesto, saliendo del trance—. ¡Nos vemos, chicos!

Entramos en el edificio y nos dirigimos a los ascensores para subir a la segunda planta, donde tenemos la primera clase de hoy. Mi cabeza sigue pensando en los hermanos Clarke; puede que su reacción haya sido normal y yo esté exagerando, pero me parece que hay algo extraño, algo que no nos han contado.

9

Encerrado

Jared

—Tranquila, no pasará nada.

—Jared, ya sabes que no deberías asistir a ese tipo de fiestas con tanta gente, no es lo que acordamos cuando vinimos a Nueva York.

—Ya, pero ¿no resultará más extraño que nos quedemos encerrados en casa en vez de simular que tenemos una vida normal?

—No sé… nuestra vida no es como la de los demás.

—No hace falta que me lo recuerdes… —le digo, ceñudo, y me aparto de la puerta para facilitar la entrada al resto de los alumnos.

—No te enfades, sabíamos que al regresar a Estados Unidos las cosas serían así. Aún es todo muy reciente, no podemos arriesgarnos a que suceda algo.

—Lo sé, pero quiero ir a la fiesta. Ven conmigo. Pasaremos desapercibidos, no me meteré en jaleos ni me dejaré ver mucho por ahí.

—¿Entonces para qué quieres ir?, ¿por qué tanto empeño?

Buena pregunta. ¿Por qué precisamente ahora quiero acudir a una fiesta de una residencia en la que no conozco a nadie, cuando tras un mes aquí no hemos ido a ninguna? Precisamente por eso. Quiero vivir. Salir. Recuperar un poco de la libertad que me han quitado, sin que se me cuestionen todos los movimientos. No quiero quedarme encerrado en ese apartamento con mi hermana, como si yo… fuera malo. No lo soy. Soy un chico de buena familia, normal, con una hermana superprotectora, aunque yo también lo soy con ella si la situación lo requiere. No me gusta estar encerrado, siento claustrofobia en esta jaula de barrotes dorados.

Y luego está Jo. Esa chica de pelo corto, rubio, y cara de hada sexy que atraviesa la bruma de mis pensamientos más de dos y tres veces al día, aunque ¿quién las cuenta? Yo no. Esa chica tan graciosa cuando se enfurruña, a quien me encanta chinchar, sobre todo con sus problemillas sexuales. Sonrío al pensar en nuestra conversación del domingo en las escaleras. Por primera vez noté que se relajaba conmigo, que se mostraba más «ella» que en nuestros encuentros previos.

—¿Me escuchas? Jared, estás en las nubes. ¿Es por esa chica?, ¿la vecina de arriba?

La voz de mi hermana me devuelve a Waverly Place.

—No, no es por ella. Al menos, no solo por ella. Quiero verla, pero también me apetece tomarme una cerveza con gente de mi edad sin que parezca que estoy cometiendo un delito, joder.

—No es eso y lo sabes. No tengo que explicarte cuánto nos ha costado que nuestros padres nos dejaran volver a Nueva York en lugar de mandarnos a algún agujero perdido en el fin del mundo. No podemos fastidiarlo por una chica.

—No es por ella —repito más serio.

De verdad que no. Ella solo me ha llamado la atención, nada más. Mucha gente lo ha hecho en algún momento de mi vida, por una cosa o por otra; a veces ha salido bien y otras mal, pero no quiero cerrarme al mundo como pretende mi padre o como querría mi madre para preservar su salud mental. No es así como quiero vivir.

Así que pienso ir a esa fiesta.

—Iré. Tú puedes hacer lo que quieras, pero si te quedas más tranquila, ven conmigo para cerciorarte de que me comporto como el buen chico que soy.

Quizá desde fuera no lo parezca, pero se debe sobre todo a los prejuicios de la gente; igual parezco un chulo que tiene pasta y se cree por encima del bien y del mal, pero no tienen ni puta idea. La gente no me conoce de verdad, y no lo lograrán sin intentarlo.

Sonríe un poco, eso ya es un triunfo para mí. Quiero a mi hermana melliza, desde el primer segundo, pero necesita relajarse. Ya sé que no resulta fácil en su situación y tras lo que arrastramos por mi culpa, pero debe intentarlo con más resolución.

—Está bien, iremos. No es que no me fíe de ti.

Enarco una ceja, pues no es lo que parece, en absoluto.

—¡De verdad que no! También quiero ver qué se cuece en esa fiesta —insiste.

Claro, claro. A ella nunca le han atraído las fiestas, es más de novelas y mantita en el sofá. Así que sonrío y le doy un beso en la cabeza, agradeciéndole en silencio lo que siempre está dispuesta a sacrificar por mí.

10

El tercer acto

—Joder. Era eso.

Al entrar en una de las zonas comunes de la fiesta del viernes, en la residencia Broome, las palabras de Taylor no me aclaran nada hasta que alzo la vista del vaso y veo a Willy. Más concretamente, a Willy enrollándose con una chica, apoyadas en la pared del salón.

—Vaya, ¿no lo sabías?

Parece que la chica del pelo rosa tiene gustos dispares.

—Evidentemente, no. Conmigo se lo pasó bien, le gustó, ella misma me lo dijo, pero está claro que ahora mismo también disfruta con esa chica.

—¿Celoso? —le pregunto divertida.

—Qué va, más bien sorprendido. No me importa en absoluto; de hecho, no pienso marcharme de Nueva York sin experimentar una sesión de sexo con dos mujeres a la vez, es mi mayor fantasía. ¿Crees que estarían dispuestas?

Pongo los ojos en blanco al escucharlo, siempre tiene que añadir un toque de humor.

—Por favor, qué básicos sois los tíos. ¿Un trío?, ¿en serio que esta es tu mayor fantasía?

—Ya sabes, cariño, nosotros no nos complicamos, dos chicas es la fantasía de cualquier tío hetero y funcional, si no pregúntaselo a cualquiera. Mira, acaba de entrar tu vecinito. —Señala con la cabeza hacia la puerta—. Seguro que él está conmigo.

Miro a Hannah y Jared, que entran en el salón observándolo todo con curiosidad. La estancia está llena de gente; en muchos, el nivel de alcohol en sangre supera ya algún récord, y eso que la fiesta ha empezado hace apenas una hora. Jared me ve enseguida y la comisura de sus labios se eleva en una pequeña sonrisa que le devuelvo con discreción. Este chico aparece en todas partes, pero no puedo distraerme de mi objetivo de hoy: el tercer intento. Desvío la vista y me siento en el primer sofá que encuentro. Allí hay un par de chicos hablando de un partido de baloncesto que, según parece, tendrá lugar mañana por la noche en el Madison Square Garden. No me apasionan mucho los deportes, pero puedo llegar a interesarme por deportistas como ellos. Bueno, eso es lo que parecen a simple vista, aún no hemos hablado, pero ahora mismo le pongo remedio. Bebo un trago de la copa que he cogido antes de entrar —y que está cargadita de alcohol, por cierto— y saludo:

—¿Qué tal?

Los chicos se giran y sonríen abiertamente. Uno es moreno y bastante musculoso, descartado. Con Ryan, el corredor, ya he tenido suficiente músculo para una temporada. El otro es pelirrojo, por sus largas piernas parece alto, tiene la cara llena de pecas de color canela y una sonrisa de dientes torcidos que me hace gracia. Atractivo, pero no guapísimo. Justo lo que busco.

—Ahora mejor. —Por suerte, es este último el que contesta.

Mi sonrisa se hace más amplia.

—Qué bien, ¿cómo te llamas? —le pregunto con curiosidad.

—Ben. ¿Y tú?

—Jo, encantada de conocerte.

A lo largo de la noche me dedico a charlar con Ben, quien resulta mucho más interesante de lo que esperaba cuando me he sentado junto a él. Estudia música, quiere ser cantante, pero no uno cualquiera, sino de ópera. Me parece un encanto. Su familia es de Escocia y sus padres vinieron hace años a Estados Unidos, así que, a pesar de que él nació aquí, sus raíces están patentes tanto en su físico como en su acento. En algún momento noto la mirada de cierto guapito, que está sentado en otro de los sofás del salón; levanto la vista y encuentro esos ojos azules. Ha permanecido ahí sentado prácticamente la noche entera, observando. No solo a mí, claro, pero no se ha movido del sitio. Es raro. ¿Un tío con tanta seguridad en sí mismo no debería ligarse a todas las tías de la sala? Desde luego, parece el típico que se las lleva de calle. Eso me dice mi intuición, y no suele equivocarse.

—¿Jo? ¿Estás bien? ¿Quieres que vayamos a un sitio más privado?

Ben acompaña la última pregunta de una caricia que asciende por el interior de mi muslo descubierto por la minifalda de mi vestido verde botella. La piel se me eriza. Me gusta este chico. Es majo en las distancias cortas, atractivo, y cantante. Igual le pido que me cante al oído…

Sonrío y asiento. Vamos allá. Tercer acto. Este tiene que ser el definitivo. Taylor ve que me levanto para dirigirme a la puerta de la mano del pelirrojo, y me muestra su sonrisa orgullosa y un guiño que no pasa desapercibido a mi acompañante. Me insisto a mí misma que no debo mirar a los mellizos, que no debo mirar a Jared, pero mi cuerpo es traicionero y, ya en el umbral, dispuesta a salir del salón, lo hago. Fijo la vista en él. Su mirada de ojos azules choca con la mía un instante, su sonrisa burlona ha desaparecido. De repente está más serio, arruga un poco la nariz; el motivo… ni lo sé ni me importa en este momento, ahora mismo solo quiero llegar a una habitación de la residencia y desnudar a Ben de pies a cabeza. Me siento deseosa de saber qué me depara esta nueva experiencia.

Andamos un par de pasillos, Ben se para frente a una puerta y saca una llave del bolsillo. La introduce en la cerradura, pero antes de abrirla me dice:

—Eres preciosa. Tengo muchísimas ganas de hacerte cantar.

Bien, eso es bueno, supongo. Cantar, gritar, gemir… mientras sea de placer, me vale.

—Entremos y veamos de lo que eres capaz —lo reto.

El chico me sonríe enigmático, pero no en plan psicópata —menos mal—, en plan bien, con el rollito divertido y sexy que ha llevado toda la noche. Entramos y descubro una habitación individual con una cama bastante grande.

—¿Tu cuarto?

—Sí, aquí estaremos tranquilos.

Coge mi mano derecha y me lleva con suavidad hacia la cama.

—Supongo que ha sido una suerte que te tocara una habitación para ti solo, ¿verdad?

—No te creas, en la residencia hay bastantes. Van estupendamente para situaciones como esta.

Se acerca y posa los labios en mi clavícula, luego sube hasta el lóbulo de la oreja y lo mordisquea. Guau. Lo noto entre las piernas. Sabe lo que se hace. Bien, bien.

—Dios —ahogo un gemido.

—Gracias, no es la primera vez que me llaman así —dice sonriente.

Bueno, bueno, mejor que no vaya de sobrado, primero tengo que comprobarlo.

—Quítate la camiseta y a ver si puedo corroborar el apodo.

Se levanta de un salto, coloca el teléfono en una base y empieza a sonar una música sensual mientras se quita la camiseta negra. Me lo como con los ojos, tiene un torso definido pero bastante larguirucho, así que no resulta excesivo como Ryan, el corredor. El vello que lo cubre es pelirrojo... Me siento en la cama, expectante, con curiosidad, nunca había estado con un pelirrojo. *¿El resto* lo tendrá igual?

—Desnúdate tú también, necesito ver el color de tus pezones. Me estoy volviendo loco solo de imaginarme lamiéndolos.

Coño, sabe cómo poner cachonda a una tía con unas pocas palabras clave. «Desnúdate», «pezones», «lamiéndolos». Guau. Me siento húmeda solo de pensar en sus labios sobre ellos.

Hago lo que me dice, me subo el vestido verde deslizándolo lentamente por el cuerpo, él no me quita ojo de encima y eso me hace sentir de lo más sexy. En esta ocasión llevo un conjunto negro de ropa interior con algunas transparencias en los lugares adecuados, por lo que puede intuir el color de mis pezones de un simple vistazo.

—Joder, tú sí que eres una diosa.

Se me acerca con los vaqueros desabrochados y descalzo. En algún momento ha tirado las zapatillas a un rincón y no me he dado ni cuenta. Se baja los pantalones y, justo después, los calzoncillos.

Joder, sí que tiene todo el vello pelirrojo. Sonrío porque me parece adorable y cañón. Quiero cabalgar encima de él. Quiero sentirlo dentro de mí, no quiero más expectación, quiero que el tercer acto llegue a la cumbre aquí y ahora.

—Ven aquí, por favor, necesito montarme encima de ti.

—Sus deseos son órdenes para mí, mi diosa.

Sonrío al oírlo y me quito la ropa interior de un par de

tirones. Él se tumba en la cama y alarga el brazo hacia la mesilla para sacar un condón y ponérselo del modo más diestro, no tarda ni diez segundos en hacerlo todo. Me siento a horcajadas sobre él y de repente se me ocurre una cosa.

—No te gustarán las posturas raras del *Kamasutra*, ¿no?

Por un instante, Ben me mira sin entenderlo, luego sonríe.

—A mí me va lo que tú quieras, podemos probar alguna.

—No, nada elaborado. Empecemos por lo básico, que no quiero romperme una pierna.

Arquea una ceja ante mi comentario.

—No preguntes, como si no hubiera dicho nada.

Me dejo caer sobre su cuerpo y me froto un poco sobre su polla. Él sonríe de nuevo y suelta un gemido ronco que me pone los pelos de punta.

—Joder, Jo. Me estás poniendo malísimo. ¿Lista para el concierto?

Me río ante su manera de llamar a los polvos. Estoy lista para la sonata, claro que sí.

Me dejo caer y me la meto de un solo movimiento. Lo siento completamente dentro y necesito unos segundos para habituarme, pues tiene un tamaño considerable, y después de la de la última vez... Suelto una risita al recordarlo.

—¿Te hace gracia mi polla? —pregunta haciendo grandes esfuerzos para no elevarse y clavarse en mí.

—No, tranquilo. Tu polla es perfecta.

Me muevo y ambos maldecimos a la vez. Joder, esto sí que sienta bien. Promete muchísimo. Me muevo arriba y abajo con las manos en sus pectorales para apoyarme bien. Él me agarra con ganas de la cintura para colocarme en el sitio indicado. La presión aumenta con cada embestida, se sienta y me atrapa un pecho con la boca, como había prometido. Noto cómo mi humedad aumenta con ese simple gesto. Siento su movimiento de cadera cada vez más endemoniado, más rápido, los sonidos del buen sexo invaden la habitación por encima de la música que sale de los altavoces. Abro la boca y emito unos gemidos agudos que no quiero guardarme para mí, estoy a punto de ver las estrellas, no me creo que por fin vaya a ocurrir. Mi primer orgasmo en un polvo majestuoso, justo el tercer acto que me merezco. Justo ese hormigueo conocido trepando entre mis muslos. Él palpita en mi interior, gruñe y de repente abre la boca y suelta un:

—Me cooorrooo.

Me quedo lívida del susto y doy un bote sobre su cuerpo. ¿Acaba de entonar ópera al correrse? ¿Acaba de gritarme literalmente en el puto oído al correrse en mi interior, como si estuviera en el escenario de un maldito teatro? Me quedo quieta por un momento, incapaz de reaccionar. Sus movimientos se ralentizan y resopla al terminar. Se deja caer en la cama y yo sigo sin creerme lo que acaba de suceder. Me han cortado el rollo con un canto de ópera. ¿Cómo se puede ser tan raro? Me aparto de él; enfadada, no, algo mucho peor. Estoy frustrada y cabreada porque esta vez era un polvo glorioso y me lo ha fastidiado en el último momento. Joder.

—¿¡Es que no puede haber nadie normal en esta ciudad!? —grito al tiempo que salto de la cama.

—Oye, creí que estábamos disfrutando los dos.

—¿Perdona? ¿A ti te parece normal soltar un aria al correrse?

—Supongo que no, a veces me emociono de más al excitarme, y me has puesto muy cachondo con ese cuerpo de pecado.

—No me jodas. ¡De verdad, no entiendo qué os pasa a los tíos!

Me levanto y empiezo a recoger mi ropa interior. Me visto en movimientos bruscos, echando humo por las orejas.

—Venga, no te enfades. Ha sido un polvazo, deberías estar contenta. Si acabo cantando es que me has hecho disfrutar... —proclama, y se estira como un gato en medio de su cama, satisfecho.

—Ah, ¿sí? ¿Es por eso?

Vamos, no me jodas. Otro cretino.

—¿Me ves contenta? —le pregunto.

Cojo el vestido del suelo con una mano, los zapatos con la otra y me dirijo a la puerta.

—Venga, Jo, no te enfades. Ven aquí, puedo comértelo, si eso te hace sentir mejor.

¿En serio que acaba de decirme eso? Aprieto las manos y los dientes, me vuelvo y lo fulmino con la mirada.

—¡Que te den, gilipollas! Aprende a tratar a las mujeres y luego hablamos.

Doy media vuelta y salgo de la habitación, muy digna, con un portazo. Digna, pero furiosa. Una vez en el pasillo, me doy cuenta de que sigo en ropa interior. Mierda. Abro la siguiente puerta —que sé que es un baño— y, veloz, me meto dentro. La luz está encendida y me encuentro de cara con la persona que menos quiero ver en este momento: Jared.

—Joder, ¿¡por qué!? —maldigo mientras intento, sin mucho éxito, taparme el cuerpo con el vestido arrugado y los zapatos, aunque estoy bastante segura de que ya me ha visto enterita. Grito, frustrada, y la única salida rápida que se me ocurre es esconderme dentro de la bañera, tras la cortina.

11

Estás loco

—¿Qué ha ocurrido esta vez?

Noto la sonrisa de listillo en su voz y aprieto aún más los dientes. He logrado esconderme y sigo en ropa interior, con el vestido en el regazo y los zapatos de tacón tirados en un rincón.

—Olvídalo, Jared. Déjame sola.

Odio que se note la humillación en mis últimas palabras. Niego con la cabeza, aunque no esté en su campo visual; no puedo permitir que me vea en una nueva situación de mierda.

Intuyo que se acerca, la cortina se mueve un poco, como si hubiera puesto la mano sobre ella. Se me acelera la respiración y me dispongo a vestirme de una vez para evitar que me vea las tetas de nuevo.

—Dime qué ha sucedido, no te dejaré aquí cuando lo estás pasando mal.

Joder. ¿Por qué me lo he tenido que encontrar a él?, ¿no hay más gente en esta ciudad? Me pongo rápidamente el vestido, contoneándome dentro de la estrecha bañera.

—Nada, solo que el tío con el que me estaba acostando ha empezado a entonar ópera cuando se corría, lo normal en mi desastrosa vida sexual —digo de carrerilla.

Y abro la cortina en el último momento para verle la cara, justo antes de que se parta de risa.

Será cretino…

Me quedo allí dentro, sentada, y lo fulmino con la mirada mientras de tanto reír se coge el estómago con ambas manos. Aguanto el chaparrón hasta que se deja caer al suelo, junto a mí, y parece encontrar la voz para contestarme:

—Qué ojo tienes, Jo.

—¿La culpa es mía? ¡Encima! Yo soy normal, son ellos los que fastidian todos mis polvos.

Se ríe de nuevo, incapaz de controlarse.

—¡Deja de reírte de mí! —le recrimino.

Intento levantarme, pero su mano me coge el brazo y me frena.

—Ey, perdona. No te vayas. Es que no puedes negar que tu vida es de lo más divertida, son situaciones graciosísimas.

—No para mí.

—Venga, Jo. Hay que tomárselo con humor. ¿Qué vas a hacer? ¿Dejar de follar por un puñado de gilipollas? En esta ciudad hay millones de tíos deseosos de meterse contigo en la cama, si eso es lo que quieres.

—Querer, quiero, pero ¿es que no hay nadie normal? ¿No puede una acostarse con un tío que le haga correrse y ya está? ¿Sin tener que aguantar todo este calvario? Parece que esta ciudad me odie, que no quiera que cumpla mi objetivo, o los tíos con los que me he cruzado son idiotas. No sé qué opción es peor.

—Ni una cosa ni otra. Han sido malas elecciones —dice Jared.

Levanta la mano y deja una caricia en la mía, de esas que te hacen cosquillas. Alzo la vista hacia él para no quedarme embobada en ese gesto tan dulce que me parece impropio de alguien como él.

—Ya, bueno. Quizá me he precipitado al pensar que en Nueva York me convertiría en una Samantha Jones.

—¿Quién?

Pongo los ojos en blanco ante la incultura de este chico. No es una serie actual, pero gracias a mi hermana Meg me hice muy fan de ella un par de años atrás. Este verano he vuelto a ver todas las temporadas.

—¿Carrie Bradshaw? —tanteo.

Niega con la cabeza. ¿En serio?

—¿*Sexo en Nueva York*? ¿De verdad que nunca has visto la serie? ¡Es mítica!

—Ah, sí, alguna reposición he visto con Hannah, pero esa serie tiene muchos años… He borrado de mi mente los nombres de las protagonistas.

—¡Sacrilegio!

Se ríe al ver mi cara de espanto, y sus ojos brillan risueños.

—Así que quieres ser como Samantha, ¿esa es la rubia que folla más de todas?

—Exacto. Es la diosa a la que yo le rezo. Hace lo que quiere cuando quiere y en todo momento, pero, claro, obviamente ella no tiene mis problemas con los tíos.

—Bueno, seguro que eso es porque, primero, es un personaje de ficción, los guionistas decidieron por ella que debía follarse a todo Manhattan y salirle casi siempre bien.

Pongo los ojos en blanco y él me guiña un ojo antes de continuar:

—Y, segundo, tenía unos cuantos años más que tú, ¿quién sabe cómo empezaron sus experiencias sexuales? Quizá se cayó de muchas camas o, cuando iba a la universidad, se quedó sin correrse más veces que tú.

Sonrío al escucharlo. ¿Se está inventando toda una serie de argumentos para hacerme sentir mejor? Qué majo. Cada rato que paso con él aumenta mi sensación de que es un tío normal, simpático, de los que tienen una conversación interesante y divertida. Y se va disipando la imagen que me había formado de él.

—Deberías probar de acostarte con alguien que conozcas más. ¿No tienes algún amigo por ahí con la confianza suficiente como para pedírselo?

—Sí, claro, tengo una horda de amigos heteros dispuestos en cola para acostarse conmigo —digo con mi tono más irónico.

—No necesitas a tantos, con uno te serviría para empezar.

—Tengo a Taylor…

Me mira con intensidad cuando pronuncio el nombre de mi compañero de piso.

—Pero —continúo— tenemos un pacto de «nada de sexo entre nosotros», es uno de mis únicos amigos en la ciudad y no queremos joder la relación.

—Es lógico —contesta, asintiendo—. ¿Y no hay nadie más?

Su mano se ha posado en el borde de la bañera, peligrosamente cerca de la mía.

—No, y tampoco sé si me convence liarme con un amigo. Eso tampoco acaba bien.

—¿No? Solo es sexo. Si los dos lo tenéis claro, ¿qué puede salir mal?

Eso. ¿Qué puede salir mal? ¿Y por qué me lo estoy planteando si no tengo ningún candidato a la vista?

Nos quedamos mirando un largo momento, y al final el silencio se densifica tanto que se puede cortar la tensión a hachazos. Me levanto. Creo que es hora de dar la noche por terminada. Él hace lo mismo y me ayuda a salir de la bañera. Me apoyo en su hombro para calzarme. Y cuando creo que ya está todo dicho y vamos a salir por la puerta, me suelta la bomba:

—¿Y por qué no yo? Si lo que quieres es sexo sin compromiso, yo soy tu hombre.

Me quedo con la boca abierta. Incapaz de darle una réplica a la altura. ¿Me acaba de proponer que seamos follamigos?

—¿Qué? —pregunto.

Y se ríe ante mi expresión pasmada, pues mucho me temo que se parece a ese emoticono con los ojos como platos.

—El sexo se me da genial —prosigue—, conmigo no habrá quejas, y tampoco es que uno de los dos busque una relación. Es un trato perfecto: follar cuando nos apetezca, sin compromisos. Zona totalmente segura.

—Estás loco.

Me doy la vuelta para marcharme cuando mi cuerpo consigue reaccionar. El tío se ha vuelto completamente loco. Acostarme con el guapito del edificio. Puede que me empiece a caer bien, pero de ahí a irnos a la cama... Eso sería un desastre...

¿No?

¿NO?

Encima, menuda seguridad en sí mismo que se gasta. «Yo soy tu hombre»... Doy media vuelta para encararlo.

—¿De dónde te has escapado? ¿De una película de galantes de Hollywood?

Sonríe y niega con la cabeza.

—No es eso. Pero piénsalo un momento. Los dos estamos solteros y solo buscamos pasárnoslo bien. ¿Qué hay de malo?

—Pues que no te conozco tanto o que te conozco demasiado para lo que quiero hacer, no sé qué es peor.

—Es perfecto, porque, mira... —Levanta un dedo para

enumerar sus razones—. No nos conocemos tanto como para estropear nuestra bonita amistad, cosa que tampoco creo que ocurriera, pero bueno.

Arrugo la nariz, conocedora de que eso no es cierto. Levanta un segundo dedo y añade:

—Y tenemos la suficiente química y el buen rollo como para funcionar juntos en la cama. Yo aquí solo veo ventajas.

Sonríe como si nunca hubiera roto un plato.

—Yo, aquí, solo veo una enorme bomba que cualquier día nos explota en la cara.

—¿Pero por qué? Solo será buen sexo, nada más. ¿No es eso lo que querías?

Estoy a punto de asentir con la cabeza cuando advierto que a chicos como él no se les puede dorar tanto la píldora porque se lo creen demasiado, y que su ego me echará de un empujón de este cuarto de baño en cualquier momento.

—¡No puedes ser tan creído! —Niego con la cabeza—. ¿Y si no somos compatibles en la cama? No siempre se logra, por muchas ganas que se tengan.

Jared se me acerca un paso y me echo atrás por instinto. Mi espalda toca la puerta, no me queda margen de maniobra. Él acerca su rostro al mío, tanto que puedo distinguir varios tonos azulados en sus ojos, la nariz recta y totalmente simétrica, los labios finos y apetecibles… justo en ese momento se estiran hacia arriba en una sonrisa de listillo que logra que su lunar a lo Marilyn Monroe me salude burlándose de mí.

La química casi nos ahoga en este baño. No me creo ni por un segundo que seamos incompatibles en la cama. Joder. Creo que seríamos totalmente compatibles. Perfectos. Jodidamente PERFECTOS.

Cojo una bocanada de aire. La tensión es insostenible, como no me controle me lanzaré hacia esa boca que me llama como si una flecha de neón me señalara el camino.

—Me lo pensaré —susurro de repente.

Él parpadea y asiente antes de retroceder, y con ese gesto puedo respirar más tranquila.

—Genial. Me conformo con esto. Hablamos pronto.

Decir que continúo pensando en el tema cuando llego a casa y me meto en mi dormitorio es quedarse muy corta. Doy vueltas en la cama, no logro conciliar el sueño y cuando al fin me duermo, imágenes de nuestros cuerpos desnudos no dejan de inundar mi mente.

A la mañana siguiente me despierto con un pensamiento en la cabeza: quizá, y solo quizá, no sea tan mala idea que Jared se convierta en mi follamigo.

12

Sin presión, ¿eh?

JARED

—Hoy no ha salido a correr.

—¿Quién? —pregunta Hannah desde la puerta del salón.

Joder. Lo he dicho. Ya es suficientemente patético quedarme mirando por la ventana por si veo salir a la calle a cierta rubia, como para que encima mi hermana me pille hablando conmigo mismo.

—Nadie —digo en un intento de que lo deje pasar. Aunque, conociéndola...

—¿Estás acechando a la vecina de arriba? Creía que ayer la habías visto irse con otro.

Sí, se fue con otro, pero acabó en desastre. Y no le he contado nuestra conversación en el baño ni mi proposición... Mejor que de momento no se entere, así evito su nueva charla sobre seguir el plan que otros me han impuesto este curso.

—No es por ella. Solo consideraba si salir a correr o no.

—¿Desde cuándo te gusta correr? En todo el tiempo que hemos vivido fuera, nunca te había visto salir a hacer *running* tan temprano, y mucho menos un fin de semana.

Quizá nunca haya tenido un aliciente de piernas torneadas y culo perfecto.

Pero hoy no ha salido, o al menos, yo no la he visto. ¿Estará bien? ¿Habrá decidido si quiere aceptar mi proposición? ¿Puedo ser más idiota, dándole tantas vueltas al tema?

No, realmente no puedo.

Debería dejarle tiempo y espacio, no pensar tanto en ella, pero, joder, no puedo evitarlo. Cuando anoche la escuchaba hablar sobre todos esos tíos que la habían dejado insatisfecha, solo podía pensar en cómo era eso posible. Estar con una mujer es un privilegio, que deje que la toques lo es, y ya que te lo permite, al menos ten la puta decencia de hacer que disfrute igual que tú o más.

Soy consciente de que con ella no he empezado con buen pie. Desde que nos quedamos encerrados en la azotea sé que la imagen que se ha hecho de mí se asemeja a la que tienen muchas otras personas. Una imagen que, por desgracia, desembocó en este destierro en Manhattan pero que no suele adecuarse a la realidad. ¿Soy un ligón? No de los que más. Por lo general, mi «cara de guapito» —como me ha reprochado más de una vez Jo— me ayuda a ligar sin problemas, pero de ahí a ser un mujeriego... hay un largo camino que no acostumbro a recorrer.

Aunque ayer igual me precipité, al proponerle ser amigos que follan. No la conozco tanto y empieza a caerme bien, quiero seguir conociéndola. ¿Y si por esto me da la patada?

Me muevo por el salón como un idiota mientras Hannah se sienta en el sofá y echa un vistazo al móvil. No me hace caso durante unos minutos, cosa que agradezco, porque en cuanto se fije de nuevo en mí se dará cuenta de mi nerviosismo.

Mejor me adelanto.

—Salgo a dar una vuelta, ahora vuelvo, Hann.

Perezosa, mi hermana alza la vista y asiente en silencio. Es raro que no me interrogue. Puede ser tímida y callada en público, con extraños, pero conmigo... me está encima, me cuida y protege, inevitablemente.

No ayuda lo que pasó hace unos meses, no ayuda en absoluto.

Pero ella también está algo despistada desde la fiesta de anoche. Más tarde debo indagar sobre el motivo.

Ya en la escalera, subo al piso de arriba. Si alguien creía que realmente iba a dar una vuelta, aún no me conoce bien. No creo que engañe a nadie.

Quiero verla.

Llamo al timbre de su casa y me abre la puerta un Taylor descamisado. Únicamente viste unos pantalones cortos de deporte caídos que exhiben la cinturilla de unos bóxers de marca. ¿Acaso este tío no tiene camisetas?

—Hombre, vecino. ¿Has venido a verme? —pregunta sonriente, conociendo de antemano la respuesta.

—Hola, ¿está Jo?

—Está, pero la pregunta es: ¿habíais quedado a estas horas?

«No es tan pronto, llevo un rato haciendo tiempo». Sí, será mejor no soltar estos pensamientos en voz alta, parecería un puto desesperado.

—No, solo quiero verla un momento. ¿Puedo entrar?

Me mira de arriba abajo, sonriendo sin disimulo. Yo hago lo mismo. El tío está en forma. Me pregunto si la norma de no liarse con el compañero de piso seguirá vigente por mucho tiempo, si con la convivencia y la cercanía eso puede llegar a cambiar, si ella podrá resistirse a este cuerpazo. O, mejor, si él será tan tonto de perderse la oportunidad de estar con una tía como ella.

Joder, mejor no estar dentro de mi cabeza, de verdad.

—Supongo que sí. Está en su habitación.

Lo sigo hasta el salón, pero me quedo parado en medio de la estancia sin saber a qué puerta dirigirme.

—Ah, claro, que aún no habías estado en nuestro piso. Es la de allí, la primera de la izquierda.

—Gracias.

Me acerco a su puerta —ubicada justo al inicio del pequeño pasillo que sale del salón— y llamo con los nudillos. Espero un momento, pero ella no abre enseguida. Me vuelvo hacia Taylor, que se ha sentado en el sofá con una taza de café enorme.

—¿Seguro que está aquí?

—Si no se ha escapado por la ventana...

Frunzo el ceño y justo en ese instante se abre la puerta y aparece Jo con un top blanco sin sujetador que deja ver el vientre bronceado y unas braguitas del mismo color. Únicamente.

Está medio desnuda.

Y ya es la segunda vez que la veo así en menos de veinticuatro horas.

Mi cerebro acaba de sufrir un cortocircuito.

—Joder, ¿qué haces aquí? —dice sorprendida, y rápidamente se esconde tras la puerta.

Aparece segundos más tarde con una especie de bata floreada tapándole parte de las piernas y ese vientre pecaminoso.

Yo, aquí sigo. Con cara de idiota.

—¿Jared? ¿Qué pasa?

—Nada. Solo que he visto que no has salido a correr y me preguntaba si te había pasado algo...

Es la peor excusa de la historia. La peor que he dado en mi jodida vida.

Ella enarca una ceja, como si estuviera de acuerdo conmigo. La risa de Taylor se oye a mi espalda. Cállate, tío. Estaría bien un poco de solidaridad masculina.

—No tenía el cuerpo para salir a correr... ¿Tú has ido?

Me examina con la mirada, desde la camiseta de manga corta verde, pasando por los pantalones de chándal grises, hasta las deportivas negras.

—No. Iba a hacerlo, pero quería verte primero... Mira, me gustaría hablar de lo que te dije ayer, ¿tienes un momento?

Me mira con esos ojos azules tan claros y transparentes, y por un momento me desconcentra. Luego se hace a un lado y entro en su cuarto. Cierro la puerta para que Taylor deje de escucharnos. Aunque no sé qué grado de confianza tienen, igual él ya sabe lo de...

—Verás, quería decirte...

Joder, arranca, Jared.

—Quería decirte que igual me pasé al proponerte que nos acostáramos, quizá sería mejor que no...

—Acepto.

¿Qué?

Me cago en la puta.

¿Acaba de decir que acepta acostarse conmigo?

—¿Aceptas?, ¿sí?

—Sí, puede estar bien. Vivimos cerca, nos conocemos un poco y cada vez nos caemos mejor. Creo que podemos intentarlo.

—Eh, vale...

—¿Qué pasa? ¿Ya te has arrepentido? —dice con una sonrisa bailándole en los labios —. Eso sí que sería el polvo más rápido de mi triste historial sexual...

Se ríe de su propia broma, e inevitablemente le devuelvo el gesto.

—No, no. Qué va. Para nada. Solo quiero que estés segura.

—Lo estoy. Total, solo será algo físico. Nada más. Aunque debemos aclarar las normas desde ya. Nada de citas. Ni de dormir juntos.

—Vale... Me parece bien.

Si eso es lo que quiere... No seré yo quien ponga trabas a este acuerdo. Me muero por tocarla por debajo de la bata que lleva puesta. La imagen de su cuerpo medio desnudo me persigue desde ayer y no ayuda que la acabe de ver en bragas. Me muevo en mi sitio en un intento de ocultar lo que esas piernas suponen para mi polla.

—Podemos quedar como amigos con más gente, pero nada de cenitas solos y sexo después. O con amigos o sexo. Mejor no mezclar los dos ámbitos en un mismo día para no confundir el trato.

Asiento. ¿Quién quiere salir a cenar? Comer está sobrevalorado, sobre todo comer comida.

Espero que pronto me deje degustar otras cosas…

—Vale. Pues si quieres, podemos vernos el miércoles por la tarde, es el día que menos clases tengo.

—Me parece bien.

Yo sí que debo ir a clase esa tarde, pero ahora mismo me da igual. Me las saltaré todas sin ningún remordimiento.

—Ahora mis expectativas están por las nubes, y es por tu culpa. Espero que no me defraudes, Jared. Quiero correrme esta vez.

Sin presión, ¿eh?

Para nada.

13

¡Al lío!

—¿Te vas ya? Debe de estar a punto de llegar.

—Tranquila, mujer. La casa queda para ti solita, tengo planes.

—¿Sí?, ¿has quedado con alguien? ¿La conozco? —No puedo dejar la vena cotilla ni cuando estoy a punto de sufrir un ataque de nervios.

Taylor me sonríe enigmático y luego niega con la cabeza mientras se calza las zapatillas deportivas.

—No la conoces, no la conozco ni yo, de hecho. He quedado con una chica por la nueva app que te dije el otro día, si lo del guapito no sale bien, deberías probarlo. Hay gente con muchas ganas de pasar un buen rato —me dice, guiñándome un ojo.

—Qué suerte tienes. ¿Es que a ti no te cuesta nada?

—Pues no. Todos tenemos talentos naturales, los míos son el baloncesto, el cine y follar.

—Y yo que creía que uno de los míos también era follar…

—Puede seguir siéndolo. ¡No me jodas, Jo! ¿O sea que te vas a la cama con perdedores y encima eres tú la que se siente mal? Ya lo hemos hablado, cariño. Es cuestión de compatibilidad, de respeto y de no ser un imbécil. Tengo un buen pálpito con Jared, ya verás.

Me acerco a él y me siento en el sofá a su lado, sobre mi pierna doblada. No me he arreglado mucho: un simple vestido largo, y voy descalza. Espero no llevar puesta la ropa durante mucho tiempo, todo sea dicho.

—¿Eso crees? —La esperanza resuena en mi voz y nos envuelve a ambos.

—Y si no, espero que no te joda, porque iré a su piso y le patearé ese culo huesudo que tiene.

Me río y me acerco para abrazarlo mientras le llevo la contraria:

—No es para nada huesudo…

Taylor enarca una ceja, pero antes de que me replique le hablo de nuevo:

—Gracias. Necesitaba destensarme un poco. No quiero pensarlo mucho, pero es inevitable, tras los fiascos anteriores.

—A mandar, ya sabes. Lo digo en serio. No dejes que se meta demasiado en tu vida, tiene pinta de ser de los que pueden herirte de verdad. Tú fóllatelo bien y que te folle hasta ponerte los ojos del revés; lo demás sobra, hazme caso.

—Esa es la idea. —Me río de nuevo.

Levanta el puño frente a mi cara y se lo choco con el mío.

—Muy bien. Me marcho. No me esperes despierta, pero mañana quiero todos los detalles jugosos.

—Lo mismo digo.

Anda hacia la puerta justo en el momento en que suena el timbre. Se da la vuelta jugueteando arriba y abajo con las cejas en un movimiento sexy.

—Tu polvo ya está aquí —dice con voz cantarina.

Pongo los ojos en blanco mientras niego con la cabeza. Voy hacia la puerta. Taylor abre, pasa por su lado y antes de irse suelta la puntillita:

—Haz que se corra, amigo.

—¡Taylor! —le chillo.

Joder, joder. Fulmino a mi amigo con la mirada. Es la discreción personificada.

Jared suelta una carcajada y le contesta:

—No será por falta de ganas, *amigo*. —Hace especial hincapié en esa palabra para seguirle el juego a mi compañero.

—Así me gusta —le dice Taylor.

Entonces me mira, se toca los bolsillos para comprobar que lo lleve todo y me guiña un ojo dedicándome sus siguientes palabras:

—¡Al lío!

Dicho eso, se marcha cerrando la puerta tras de sí.

Me quedo un instante mirando el espacio vacío que ocupaba mi amigo, hasta que un carraspeo de Jared me devuelve al presente. Lo miro y, joder, ¡qué guapo es! Qué asco... podría serlo un poco menos, ¿no? Igual así no me sentiría tan intimidada en este momento. Y eso que nunca he sido una chica insegura. ¿De dónde salen todos estos nervios?

—Hola —dice acercándoseme.

—Hola.

Sonreímos como dos gilipollas. Solo son un par de segundos, pero nuestros ojos se quedan como enganchados sin que nuestros cuerpos reaccionen. ¿Esto no iba de follar? Pues venga, basta de tonterías.

Me doy la vuelta y voy hacia el salón esperando que me siga.

Y lo hace. Menos mal.

Mi cuerpo no es muy curvilíneo, más bien delgado, nada exagerado, y me faltan unas buenas curvas tipo Jennifer Lopez para sentirme una diosa todopoderosa como ella al mover las caderas. Sin embargo, las muevo de todos modos, de forma sensual. Mi hermana Meg siempre dice que todas tenemos algo que nos hace especiales, un toque que volverá a alguien «loquito por nuestros huesitos». Cuando alcanzo el sofá, me giro y lo descubro con la vista fija en mi culo.

Sonrío. Minipunto para mí.

—¿Quieres beber algo? ¿Una cerveza?

—Sí. Bien.

Asiento y me dirijo a la nevera con la sonrisa todavía en los labios. Regreso enseguida y nos sentamos en el sofá con las botellas en mano.

—¿Taylor está al tanto de tus anteriores experiencias?

—Sí, lo sabe todo. Se ha convertido en un buen amigo, en el mes que llevamos en Nueva York.

—Ah.

—¿Te molesta?

—No, no. Solo, que… ¿Seguro que él no quiere estar contigo como algo más que amigos?

—No, ni él ni yo queremos nada serio, ¿recuerdas? Solo algo informal… Fo…

—Follar, sí. Lo pillo. Estamos en la misma onda. Solo quería preguntarlo por si acaso, no querría meterme en medio de nada.

—Oh, puedes estar tranquilo. Muy tranquilo. Él y yo no nos vemos de esa manera.

Doy un trago largo de cerveza, y de una tirada me bebo la mitad. A pesar de mis intentos por mostrarme segura de mí misma, en temas de cama las últimas semanas han hecho mella en mi autoestima, y por mucho que haga caso a Taylor o incluso a lo que me dijo Jared en aquel baño de la residencia Broome, creo que mi cerebro sigue boicoteándome un poco.

Solo necesito una buena experiencia. Algo que me devuelva la plena confianza en mí misma.

—Está bien. No he dicho nada… —apunta.

Da un sorbo a su bebida antes de dejarla sobre la mesita de centro. Me mira y se acerca un poco.

—Este vestido te queda muy bien…

—¿Sí?

—¿Pero sabes qué te sentaría mejor?

Niego con la cabeza a pesar de que intuyo por dónde va.

—Nada.

—Qué manera más sutil de hacer que me desnude. ¿En serio que ligas mucho con estas frases trilladas?

—Bueno, no me quejo. Aunque en realidad yo nunca he dicho que ligara mucho. Creo que te has imaginado muchas de las cosas que piensas de mí.

Frunzo el ceño y me doy cuenta de que es verdad. Soy yo quien en todo momento ha dado por hecho que era un completo *fucker*. Es que solo hace falta verle la cara, la sonrisa, incluso ese lunar… Joder, hay que estar ciega para no desear lanzársele a la boca.

Desde luego, esa no soy yo.

Estoy a un par de segundos de mordérsela.

—No puede ser cierto… —digo, acercándome todavía más.

Nuestros cuerpos quedan a menos de un palmo de tocarse; nuestras bocas, a menos distancia aún.

—Da igual lo que hayamos hecho antes de esta noche. Solo importa el presente. Vamos a pasarlo bien. Para eso estamos aquí, ¿no?

Joder que sí.

Me lanzo a sus labios y le capturo la boca en un beso arrollador. Le tengo muchísimas ganas. Desde que me propuso en ese baño que nos acostáramos, me muero de ganas de besarlo. Y ojalá lleve razón y se cumpla lo que ha dicho. En nuestras manos está.

14

¡Sí! ¡Sí! ¡SÍ!

—¿Vamos a tu cama?

Su pregunta en mi boca me hace vibrar el cuerpo entero. Un estremecimiento de anticipación me atraviesa la espalda de arriba abajo. Es una pasada que unas pocas caricias y unos labios perfectamente capacitados puedan dejar tu cuerpo hecho un flan. En el buen sentido, ¿eh? En el mejor de los sentidos. Asiento con la cabeza y me muerdo el labio inferior sin quitarle la vista de encima. Es jodidamente guapo, ¿lo he dicho ya? Sí, creo que me repito, pero es que, Dios. Está como para lamerlo de arriba abajo.

Lo cojo de la mano y tiro de él hacia mi habitación. Me encanta cómo he ido decorando mi espacio en estas semanas, pero eso carece de importancia ahora mismo; no veo la lámpara morada del escritorio, la alfombra roja del suelo ni la percha colgada de la puerta del armario con el vestido negro que me compré ayer en una tienda del Soho. Tan solo veo a un chico que me está poniendo como una moto y al que quiero desnudar aquí y ahora.

Dejamos la puerta entreabierta, no hay nadie en casa, nos da bastante igual ahora mismo. Solo quiero que se desnude en mi cama y lograr ver las putas estrellas. Me he sentido estafada en tres ocasiones los últimos días y soy consciente de que hay mucha presión esta vez, pero confío...

—Deja de pensar. Vuelve conmigo —me susurra en el cuello mientras sus manos acarician la curva de mi trasero y me acercan a él.

El bulto en sus pantalones me da una idea de su excitación.

—No pienso, estoy... aquí.

La voz me sale entrecortada porque su lengua juega con el lóbulo de mi oreja de una manera deliciosa. Me animo a deslizar las manos por su camiseta y rozarle el torso. Es duro, no tan musculoso como Ryan o tan larguirucho como Ben, pero está en forma; un chico delgado con un cuerpo bien trabajado, o eso se intuye sobre la tela de su ropa. No tardo en comprobarlo.

Tiro de ella hacia arriba y él se apresura a ayudarme. Se la quita en un movimiento fluido, dejándome ver unos músculos bien marcados con una fina raya negra de vello que se pierde en la cintura de sus vaqueros. Es el único vello, no es peludo al parecer. Me he vuelto a quedar ensimismada y su carcajada me devuelve a la realidad.

—¿Apruebo tu examen? —dice en tono burlón.

Alzo la vista a su cara y sonrío con picardía.

—Puede ser. De momento, me gusta lo que veo.

—A mí también, Jo, a mí también.

Se acerca y me besa de nuevo. Nuestros cuerpos se tocan en las partes interesantes, nuestras lenguas se conocen, se saludan y bailan una canción atemporal durante un buen rato. Cada vez me siento más excitada, y ni siquiera me he quitado el vestido, prácticamente no me ha tocado. Solo hay roces, caricias y besos húmedos. El preludio de algo muy bueno.

Aunque todos mis polvos anteriores también empezaron muy bien y luego...

Mi cuerpo se para al instante.

—Ey, ¿qué pasa? ¿Quieres que sigamos?

Joder. Me encanta que me lo pregunte. Me pone muchísimo que se preocupe por ello, que sienta que debe confirmarlo todo antes de continuar. Dice mucho de él.

—Perdona, claro que quiero.

Me cojo el bajo del vestido y me lo paso lentamente por el cuerpo, me lo subo poco a poco hasta deshacerme de él. Debajo no llevo… nada.

—Me cago en… Joder, Jo. Cuando lo he dicho antes no tenía ni idea de que sería tan cierto. Sin nada estás espectacular.

Sonrío y acerca una mano para rozarme el pezón derecho. Noto la caricia hasta en la punta de los pies. Después la sustituye por la lengua, dándome un suave lametón. Me besa un pecho y luego el otro, y yo no dejo de tocarlo, en la espalda, en el trasero, en la entrepierna. Gimo y echo la cabeza atrás cuando no puedo más. Estoy a punto de correrme simplemente con sus besos en mis pezones.

¿Cómo es posible?

Baja la mano por mi vientre y se pierde entre las piernas. Acompasa los movimientos y dibuja círculos arriba y abajo, casi en el mismo sentido. Con la boca y con los dedos. Me empiezan a temblar las piernas, mi cuerpo entero las acompaña, estoy a punto de correrme y casi espero un puñetero desastre en este momento. Abro los ojos para verlo bien. Él se detiene un segundo, levanta la vista hacia mí y sonríe. Me dedica una de esas sonrisas matadoras que deben de lograr que las chicas caigan desmayadas a su paso, por mucho que él diga que no liga mucho. ¡Venga ya!

Desciende el rostro de nuevo y besa toda la piel que encuentra; sobre los pechos, el canalillo, el pezón otra vez. La otra mano se mueve en círculos entre mis piernas y chillo cuando no soporto más la presión. Chillo porque parece que por fin lo voy a lograr. Parece que al fin conseguiré liberarme.

—¡Jared!

Joder, joder, joder.

Gimo con la boca muy abierta y echando todo el cuerpo atrás mientras me estremezco de pies a cabeza y el vello se me pone de punta ante la increíble sensación de colmarme de placer. ¿Así que esto son unos buenos preliminares?

En serio. Si ha logrado esto tan solo con la mano y la boca, ¿qué sucederá cuando entre en juego su polla?

Jared me coge de la cintura para que no me caiga, pues resulta difícil mantenerse en pie, y me apoyo en sus hombros mientras recupero la respiración.

—Pues sí que te ha gustado verme desnuda... —le susurro en el oído.

Él suelta una carcajada y asiente con mucho ímpetu.

—Ya te digo.

Muevo la cabeza arriba y abajo sonriendo como una boba. Correrse es lo que tiene, te deja el cuerpo lánguido y el cerebro frito por unos instantes. Ahora solo pienso en bajarle los pantalones y devolverle el favor. Decidida, dirijo la mano al botón de los vaqueros y los desabrocho sin problemas. Él me deja hacer y me mira, ahora con los ojos más azules; la excitación los ha oscurecido, su tono marino brillante me está volviendo loca. Se los bajo y él me ayuda. Me empuja suavemente hasta que quedo sentada en la cama observando cómo patea las zapatillas y tira los pantalones. Los bóxers negros que lleva no dejan mucho espacio a la imaginación, y cuando se los baja, inevitablemente fijo la mirada en su polla...

—Espero que no pienses que me parezco al del micropene...

¿Pero qué...?

El sonido de mi risa llena el dormitorio, me tapo la cara con las manos y me tumbo en la cama sin poder acallar las carcajadas. ¿Cómo es posible que el muy capullo me venga con esas en un momento tal?

Él se ríe también y se sube a la cama encima de mí. Reposa los brazos en mis costados y deja que me ría con ganas.

—No lo piensas, ¿no? —me pregunta a la altura de mi rostro.

Me quito las manos de la cara y pongo los ojos en blanco.

—¿Qué quieres que te diga? ¿Que me gusta tu polla? ¿Que la tienes grande? ¿Eso es lo que buscas? Creía que tenías mucha más seguridad y autoestima.

—Uy, la tengo. De eso no me falta. Solo bromeaba.

Baja el rostro, me deposita un beso húmedo en la clavícula y me mira de nuevo para añadir:

—Al menos ya he cumplido con lo que teníamos en la lista de hoy: te has corrido. Ese era el objetivo, ¿no?

—Objetivo cumplido. Aunque... —me interrumpo mientras le voy pasando una mano por la espalda de arriba abajo—. Aunque igual el reto es hacerlo contigo dentro de mí.

—¿Tú crees? ¿De esa manera te cuesta más?

—¿Yo? —Me ofendo—. No tengo ningún problema allí abajo, si es a lo que te refieres.

—No he insinuado nada de eso, solo preguntaba. Quiero saber qué te da placer. A algunas chicas les cuesta llegar al orgasmo con penetración, solo digo...

—Ya, tienes razón, perdona. No es eso. Me he corrido así; de hecho, casi siempre lo había logrado antes de llegar a esta ciudad y elegir muy mal a mis parejas sexuales...

Me incorporo un poco sobre los codos y él echa la cabeza atrás para mirarme a los ojos. En un momento me he vuelto a poner tensa. Cierto, no me resulta del todo fácil correrme de esa manera, noto que me he puesto a la defensiva muy rápido, y Jared es un tío avispado que lo pilla todo al vuelo.

—Lo sé, esa panda de idiotas. Olvídate de ellos. Escucha, solo quiero saber cómo te gusta, qué te gusta y dónde te gusta. No quiero quedar reducido a otro nombre tachado en tu lista negra. Quiero hacerlo bien... porque me pones muchísimo y me gusta que mis parejas *sexuales* queden totalmente satisfechas —dice, remarcando la palabra «sexuales», posiblemente para evitar confusiones.

—¿Lo han hecho? ¿Se han quedado todas satisfechas?

—No he tenido quejas.

Aventura las manos por mi vientre en dirección sur. Me vuelve a besar el cuello. Mi cuerpo, que es un traidor, quiere que siga, quiere que lo haga de nuevo. Se me pone la piel de gallina otra vez.

—¿Quieres probar si juntos lo logramos?

Nos miramos a los ojos y no tardo en decidirme. ¿Qué voy a hacer? Esto era para divertirnos, para follar sin compromisos y sin complicaciones. Solo él, su polla y yo.

Sonrío ante mis pensamientos pervertidos y asiento mientras desciendo la mano hacia su pene. Se lo acaricio lentamente y él suelta una maldición. Continúo unos minutos más mientras él me besa el cuello, la oreja y de nuevo uno de los pechos. Pronto me aparta la mano del miembro.

—Vale, vale. Vamos a por un condón antes de que nos quedemos sin ver qué pasa si probamos los dos a la vez.

Alargo la mano hacia la mesilla de noche, donde tengo una caja de condones. Ante todo, hay que ir preparada, no puedo fiarme de que todos los tíos sean responsables, aunque deberían. Se lo doy y se lo coloca en pocos segundos. Me tumbo y abro las piernas, a la espera de su siguiente movimiento.

—¿Lista?

Asiento y respiro hondo. Me parece demasiado mono en este momento, está muy serio y concentrado.

Él se acerca y se introduce en mí suavemente pero con firmeza. Abro la boca ante el movimiento e, incapaz de evitarlo, señalo:

—Vale. Ya puedes metérmela.

La seriedad de su rostro se crispa y las comisuras de los ojos se arrugan cuando suelta una carcajada.

—Pequeña diablilla, me la has devuelto, ¿eh?

Me río a pleno pulmón hasta que se mueve en mi interior y con ello se me corta la risa. Sale y entra de mí, esta vez más fuerte, como si quisiera despejar cualquier duda.

—¿Así mejor? —dice resollando.

Gimo como respuesta. Joder.

Se mueve despacio pero contundente. Entrando y saliendo de mí. Su boca busca la mía mientras tanto. Sus manos se pierden por mi espalda para levantarme y dejarme sentada. Ambos lo estamos. Es una posición muy íntima, mirándonos a los ojos, moviéndonos como si fuéramos uno. El cosquilleo está allí, pero no acaba de llegar a buen puerto. Jared me abraza y me arrima todavía más. Me besa en los labios. Acelera los movimientos de su pelvis.

—¿Estás cómoda? ¿Prefieres cambiar?

Me gusta que se ocupe de la otra persona, pero parece que piense demasiado. ¿Le habré transmitido toda la presión y ahora es él quien no encuentra las teclas correctas?

—Estoy bien. Pero si quieres te guío yo… —sugiero.

Su último movimiento me levanta de la cama y me hace gritar.

—O mejor sigue, sigue, no vas nada mal —lo animo entonces.

Desliza la mano por mi vientre hasta rodear el clítoris, se acompaña de los movimientos de su polla en mi interior.

El hormigueo regresa, el vientre se me estremece con todas esas sensaciones. Ahora soy yo la que le echa los brazos al cuello para juntarnos aún más. Joder. La cosa se pone intensa. Mi cuerpo vibra, el suyo también. La cama cruje y la boca de Jared emite unos suaves gruñidos que están acabando conmigo.

Aceleramos los dos, a un ritmo tan rápido que temo que esta vez acabemos ambos al suelo, aunque si el orgasmo es como sospecho, no creo que nos importe la caída... Gimo más fuerte, sin pudor.

—Joder, Jared. Sigue más. Más. ¡Más!

—Jo... no podré aguantar mucho más. Dime que estás a punto. No me quiero correr antes que tú.

Su mano abandona mi entrepierna y, manteniéndola entre nuestros cuerpos, me pellizca un pezón. Y juro que es el disparador que necesitaba.

Cierro los ojos con fuerza y le clavo las uñas en los hombros cuando por fin me sobreviene el orgasmo de pies a cabeza. Me estremezco y aprieto los muslos mientras me corro como no lo había hecho con nadie.

—¡Sí! ¡Sí! ¡Sí!

—Joder, Jo... —Maldice mi nombre con el último empujón al correrse segundos después de mí.

Cuando nuestros cuerpos se quedan quietos tras el increíble orgasmo, me dejo caer atrás con él aún en mi interior. Él se tumba encima de mí, apoyando el peso en los brazos para no aplastarme. Respiramos al unísono, o más bien jadeamos en busca del aire que nos ha robado el placer segundos antes. Lo miro a los ojos, pero prácticamente no lo veo.

Esto ha sido A-LU-CI-NAN-TE. ¿Así que una se corre de esta manera cuando encuentra a alguien con quien comparte esta química tan brutal?

Jared resopla y me deja un beso suave en el cuello. Sobran

las palabras ahora mismo. Preguntar si ha estado bien sería una tontería. Ha sido la hostia.

¿Puede que el mejor polvo que he echado hasta ahora?

Y me jode tener que darle la razón.

—Madre mía, Jo.

—Lo sé.

Alza el rostro para mirarme a los ojos.

—Parece que lo hemos conseguido.

Me mira con intensidad y siento que ya ha llegado el momento de separarnos.

—Sí, lo hemos hecho.

Me intento incorporar y él pilla la indirecta, sale de mí y se levanta. Se deshace del condón y yo cojo el quimono de flores para taparme el cuerpo desnudo. En unos segundos, el ambiente cargado de electricidad ha dado paso a la incomodidad.

—Bueno, pues ha estado bien. Gracias por todo, pero un trato es un trato. Mejor que lo dejemos aquí, mañana tengo clase a primera hora y me gustaría dormir un poco.

Me dirijo a la puerta de mi cuarto y la abro por completo.

Jared me mira y asiente.

—Claro.

Observo cómo se viste a toda prisa sin perder la sonrisa en ningún momento. Cuando acaba, pasa por mi lado y me mira una vez más.

—Ha sido un placer. Hasta la próxima.

Se aleja dando grandes zancadas y peinándose el pelo castaño. Sin darse la vuelta. Sin un beso. Como queríamos.

Así que, nada, misión cumplida.

15

La teoría del agujero negro
y el mejor perrito

—Seguimos igual. No entiendo el problema que tiene este edificio. Es como vivir en un agujero negro en el espacio-tiempo sin poder conectarnos con otros dispositivos electrónicos. ¿Es que estamos en una novela cutre de ciencia ficción? —Me quejo de nuevo a Taylor al salir de casa.

Lo espero en el rellano mientras cierra el apartamento con llave; asiente con la cabeza.

—Yo ya he llamado tres veces, Jo. No sé qué más hacer. La instalación de wifi y cable de telefonía no es uno de mis fuertes.

—Lo sé, no es por tu culpa. Pero me jode tener que estar enganchada al cable para hablar con mis hermanas o no poder llamarlas cuando me dé la gana. ¡Es un atraso!

—Una mierda, sí. Debe de haber alguna antena rota, algún cable suelto, no sé, ¡algo!

Bajamos por las escaleras hasta el siguiente rellano, el del segundo piso. Aquí vive Jared. Mi mirada se desvía hacia la puerta del segundo B, justo debajo de nuestro apartamento. ¿Estará aún ahí dentro? Hoy he vuelto a saltarme la carrera matutina para ponerme al día con Taylor sobre nuestras experiencias de la noche anterior.

—Al final no tengo que patearle el culo, ¿eh? Mi in-

93

tuición con él era acertada —dice, cambiando de tema.

Me detengo en medio del rellano sin contestarle enseguida. No tiene que hacerlo, no. El de anoche fue un polvo en condiciones, así debería ser siempre el sexo: complicidad, risas y orgasmo final, o muchos orgasmos, según se diera la noche. No quiero toda la parafernalia que envuelve el amor y las relaciones, pero sí que quiero eso. Lo de ayer. Química. Buen sexo.

—¿Hola? Taylor llamando a Jo por el método tradicional de voz, muy necesario en este edificio... ¡Oye! —Me da un golpe en el brazo—. Pues sí que te dejó bien follada el guapito.

Le devuelvo el gesto mientras me río y niego con la cabeza.

—Calla, no es eso. Solo estaba pensando.

—¿En lo grande que la tenía?

—¡Taylor! Yo no he dicho eso...

—No hace falta, se te nota en la cara...

Me sonrojo. ¿Cómo coño se me iba a notar *eso* en la cara?

—Tienes cara de bien follada o satisfecha, como quieras llamarlo.

Pongo los ojos en blanco.

—Oye, que yo también colaboré a que se corriera, no es que me follara a mí como si fuera una muñeca inanimada.

—No, claro. Espero que le dieras caña a ese culito huesudo.

Me río ante la manía de llamarlo así, pero cuando voy a contestarle con alguna frase ingeniosa, nos interrumpe un repartidor de Amazon que se dirige al segundo A de la planta en la que estamos.

—Buenos días.

—Hola —decimos al unísono.

Cruzamos el rellano, dispuestos a continuar hacia la calle. Al final con la tontería llegaremos tarde a clase, pero para ser persona necesito mi ración de café extragrande. Consulto la hora en el móvil y si han actualizado el portal de la universidad con una nota que estoy esperando… Se abre la puerta del segundo A.

—Joder, la puñetera cobertura. Es que nunca me acuerdo, aunque estuviéramos hablando de ello hace un segundo.

—Ya ves, lo tenemos tan metido en el sistema que sin pensarlo buscamos en Google cualquier cosa y ¡¡jódete! No funciona —dice Taylor riéndose.

El repartidor le da un paquete a una chica menuda de origen asiático muy guapa que nos mira un momento y nos saluda con un gesto de cabeza. Se lo devuelvo y, al alcanzar las escaleras, contesto a Taylor:

—¡Como para que nos surja alguna urgencia y necesitemos llamar! Moriremos antes de que alguien nos ayude.

—Ya está aquí la mente de criminóloga… No tiene por qué pasarnos nada.

—No es eso; no tiene por qué, pero… puede suceder, y deberíamos poder llamar a la policía, a una ambulancia o a lo que sea para mantener nuestra seguridad.

—Deberíamos…

—Luego volveré a llamar a la compañía y me van a oír. ¡Esto no puede ser!

—Pues, buena suerte… Yo ya me he resignado a vivir en el agujero más profundo de Manhattan.

—¡Venga ya!

—Vamos, Jo. Que este tema no te amargue la mañana, con lo contenta que estabas con tus múltiples orgasmos de anoche… —dice, y me da un toquecito en el hombro mientras se ríe.

Eso es verdad.

Debo intentar relativizar y que el trabajo conseguido con el buen sexo de ayer no se vaya al traste.

—Es cierto, mejor hablemos de lo grande y diestra que tenía la polla Jared, que de la falta de cobertura en el edificio...

—¡Lo sabía! ¿Lo ves?, ¡llevabas cara de polla grande!

Me río a carcajadas.

—Qué idiota eres...

—Sí, sí, pero mi radar funciona perfectamente para eso. ¿Lo volverás a ver entonces?

—Supongo. Habrá que repetir. No vaya a ser que fuera una noche de suerte.

Abre la puerta de la calle y salimos al exterior.

—Esperemos que no. Ahora que por fin has encontrado a alguien como Jared, que ha logrado manejar su polla correctamente dentro de ti, no lo puedes dejar escapar.

—¡Taylor!

El tío se ríe sonoramente, y yo me quedo muy quieta y con el rostro encendido, al darme cuenta de quién está subiendo por la escalera de la entrada.

Hannah.

La hermana melliza de Jared.

La hermana del chico que me brindó dos orgasmos anoche y del cual mi amigo acaba de chillar que no lo puedo dejar escapar.

Intento sonreír para quitarle importancia, pero Hannah me mira fijamente, muy seria. Cojo a Taylor del brazo y nos apresuramos hacia mi cafetería de confianza. Mejor no abrir más la boca y cagarla de nuevo.

Agradecería mucho que la teoría del agujero negro fuera cierta y me tragara ya mismo.

Esa misma tarde quedo con mi compañero para probar la comida de uno de los sitios más emblemáticos de la ciudad: el Gray's Papaya. Lo he visto en varias películas, además, mi padre —que de adolescente vivió una época en la ciudad— me aconsejó que probara sus perritos calientes sin falta.

—Creo que atravesar la ciudad hasta el Upper West Side para comernos un *hot dog* es una auténtica tontería, con toda la variedad de opciones que tenemos en nuestro barrio.

—¡No te quejes! Son salchichas famosas.

—Cuanto más famosas, peor.

Señala el local de la célebre salchichería con la mano y niega con la cabeza.

—Ni siquiera hay sitio para sentarse.

—¡Venga ya, no te tenía por un señorito! Podemos sentarnos a comerlo en una plazoleta aquí al lado, antes de que anochezca del todo.

El sol cae a lo lejos, tras la ciudad, y las calles se bañan de esa luz anaranjada que te avisa de que el día llega a su fin.

Menea la cabeza, pero me sigue con la boca cerrada.

Pedimos un par de perritos cada uno y unos zumos extragrandes. No sé si es buena idea mezclar salchichas con zumos de fruta, pero no me marcharé sin mi zumo de papaya y mis perritos cubiertos de chili. Me encanta el picante, y estos tienen pinta de ser explosivos.

—Seguro que están sobrevalorados, siempre sucede, con estos sitios que cogen tanta fama.

Niego con la cabeza mientras agarro la bolsa con la cena y salimos a la calle. Cierto, el local es diminuto, tan solo hay un enorme mostrador y dos o tres taburetes altos pegados a la cristalera que da a Broadway.

—Pruébalo antes de criticar, señor *quejitas* —le digo antes de dejarme caer en un banco de piedra de Verdi Square, justo al lado del metro de la Setenta y dos.

Sonríe al oír el apodo. Y es que aunque se queje, Taylor bromea más que otra cosa, en las cinco semanas que lo conozco nunca lo he visto realmente serio. Por fin me hace caso, yo espero a ver su reacción antes de hacer lo mismo.

—¿Y bien? ¿Asqueroso? ¿Maravilloso? ¿Del montón?

—Se deja comer —dice con falsa desgana.

—¡Ja! ¡Lo sabía! Mi padre nunca falla en cuestiones de comida.

—Pero ¿cuánto hace que tu padre comió aquí? Seguro que ha cambiado diez veces de dueños.

—Es un sitio emblemático, fijo que no.

—¿Siempre tienes que tener la última palabra? ¡Qué mujer!

Sonrío y le doy un mordisco al perrito. Joder, la mezcla de la cebolla crujiente, la salchicha, el chili y el kétchup es estupenda. Puede decir lo que quiera, pero esto está increíble.

—No te oigo, mis papilas gustativas están de fiesta.

—Exagerada.

—Quejica.

—Me gustaría llevarte a Chicago ahora mismo, fliparías con la buena comida, ¡la mejor pizza del mundo! Y mi madre hace la mejor lasaña que hayas probado, entre muchas otras cosas.

—Eso me gustaría probarlo.

—Claro que sí, nada supera la comida que hace mi señora madre.

—¿Tú también cocinas?

—No, nunca he tenido la necesidad, con ella en casa. Además, la cocina es su territorio; siempre me echa si me ve trasteando.

—Vaya —me río.

Imagino a un Taylor mucho más joven huyendo despavorido antes de que la madre le dé un azote con el trapo de cocina por haberle roto un plato.

—¿Y tu padre? —quiero saber.

Sus ojos se desvían a algún punto detrás de mí, a las personas que corren de un lado a otro en la ciudad que nunca para. Nunca me ha hablado de su padre y siento curiosidad por saber dónde está. No vive con ellos, eso seguro, pero no se ha abierto ninguna de las veces que he sacado el tema.

—Mi padre… no sé si cocina.

—¿Y eso? ¿Desde cuándo no vive con vosotros?

—Nunca lo hizo —dice solemne—. No tengo padre. El hombre que dejó embarazada a mi madre se largó en cuanto lo supo.

—Joder, Taylor. Eso es muy duro, no debería haber insistido.

Creía que nunca lo vería serio.

Ahora me siento mal por él. Y por su madre.

—No importa —dice, y da otro mordisco al perrito—. Él nunca ha existido para mí. ¿Por qué iba a sentir que me falta algo cuando mi madre siempre me ha ofrecido todo lo necesario?

—No deberías. Está claro que es una mujer extraordinaria, sobre todo… si ha tenido que soportarte todos estos años —le digo intentando arrancarle una sonrisa para que vuelva el compañero bromista que conozco.

Las comisuras de sus labios se curvan despacio hacia arriba y los ojos le brillan, así que me doy por satisfecha.

—Ella es mi mayor fan, ¿sabes? Nunca diría que ha tenido que «soportarme», es la persona más importante de mi vida, y yo de la suya.

—Entiendo lo que dices, es bonito cuando tienes una relación tan estrecha con alguien de tu familia.

—Pues sí, mi madre siempre me ha apoyado, también cuando he querido ser director de cine o guionista, aun sabiendo que es una profesión muy complicada y que la gente negra encuentra todavía más trabas. De todos modos ella siempre ha creído en mí y me ha animado a luchar por ello.

—Claro que sí, estoy segura de que conseguirás grandes cosas.

—Al menos lo intentaré. Ella se merece que le regale el mundo entero, y cuando sea millonario gracias a mis películas le daré el dinero para que monte su propio restaurante, que sé que es su sueño desde que yo iba en pañales.

—¿Y pondrá *hot dogs* como estos en el menú? Porque debería, este chili me hace arder.

—Siempre quieres tener razón, ¿eh? —afirma, riéndose—. Mi madre hará lo que quiera porque es una chef increíble y convierte en un festín cualquier cosa que toca.

—Pues a ver si te visita un día o aprendemos a hacer algo, porque cuatro años a base de comida rápida, aunque sea como esta, nos producirá una úlcera.

—Lo que yo decía, ¡vivo con una exagerada!

16

El estudio de las partes interesantes del cuerpo

Me cruje el cuello y hago movimientos para destensarlo, primero a la derecha y luego a la izquierda. Me cruje, en serio. Llevo cinco horas metida en la biblioteca estudiando para el examen de Desviación y control social que tengo en dos días. El temario me pone los pelos de punta. ¿Qué se considera una desviación social? Me pregunto quién exactamente ha redactado estos manuales y apuntes online. A medida que estudio sobre sociedades y personalidades, más me convenzo de que mi decisión de ser criminóloga fue la adecuada. A veces el mundo da mucho asco. Si con el tiempo puedo ayudar a mejorarlo un poquito, me daré por satisfecha.

Levanto la vista de los apuntes y ahí está él. Dos mesas más allá, en la octava planta de la enorme biblioteca Bobst. Son las once de la noche, y a pesar de haber picado unas patatas fritas y medio sándwich, tengo hambre. Quiero acabar de estudiar el temario y preparar un par de fichas más antes de irme. Soy buena estudiante, desde siempre. Me organizo y resumo los temas en tarjetas, para aprendérmelos. Desde niña me resulta fácil recordar datos de todo tipo. Incluso las estadísticas más inútiles o escalofriantes, como cuál es el estado con más horas de sol o cuántos miles de personas se suicidan cada año en nuestro país.

Y aunque en el instituto también había distracciones con pene, tener a Jared a dos mesas de mí y echándome miraditas constantemente me desconcierta por completo. Quizá sea hora de dejarlo por hoy y relajarme un poco. O quizá solo necesite levantarme un momento, ir al baño, refrescarme la cara y volver al trabajo. El temario sobre las desviaciones de la sociedad no se aprenderá solo.

Opto por la segunda opción y me encamino al baño. Ve que me levanto y procuro reprimir una sonrisa. Ignoro qué estará estudiando él, pero su nivel de concentración deja mucho que desear. Hace rato que cada vez que alzo la vista encuentro su mirada clavada en mí. Eso no indica que haya aprendido mucho esta tarde.

Agito la cabeza para dejar de pensar en él y dejarlo a su aire, y entro en el baño de chicas. Me echo agua en la cara, en la nuca. Me estiro todo lo alta que soy, alzando los brazos para destensarme tanto como puedo. Tras unos minutos salgo al pasillo. Giro a la izquierda para volver a mi mesa, pero, al pasar frente a la siguiente puerta, alguien me coge del brazo y me mete dentro de un cuarto, cerrando la puerta detrás de nosotros. Por un momento alucino. Repito: llevo cinco horas estudiando cosas no muy bonitas de la sociedad. Pero cuando una mano me acaricia la cintura y levanto la vista para descubrir quién es, mi cuerpo se relaja.

—Hola, empollona.

—Hola, guapito. ¿Ya te has cansado de mirarme desde tu sitio?

—No quería desconcentrarte, pero ya he visto que tú tampoco estabas muy metida en el temario.

—Claro que sí. He avanzado mucho.

—Me alegro por ti. Pero ya es hora de un descanso, ¿no? —me susurra en el cuello con una voz ronca y sexy que augura cosas muy buenas.

—Tengo mucho que estudiar aún —contesto en un suspiro cuando su boca encuentra el punto de unión exacto entre mi cuello y el hombro.

—Yo puedo ayudarte, creo que deberíamos dedicarnos al estudio de las partes interesantes del cuerpo. En eso seguro que sacaría un sobresaliente.

Me río al escucharlo. Qué morro tiene el tío. Decido seguirle la corriente. Siento que, con unas pocas caricias y besos, mi cuerpo ya está listo para un nuevo asalto.

—¿Sí? ¿Y por qué parte quieres que empecemos?

—Oh… Tengo varias ideas que podrían funcionar.

Me mira a los ojos y me enseña esa sonrisa torcida que pone a veces, la de chulito. Aún me cuesta creer que no sea un mujeriego, cuando es evidente que esto se le da tan bien. Me recuesto en la puerta de la sala de estudio vacía y dejo que me observe con hambre el cuerpo. La luz está apagada, pero nos vemos debido a la claridad de los edificios que rodean el nuestro. La biblioteca está ubicada en la misma Washington Square, y en la octava planta hay salas con enormes ventanales que dan a la ciudad. Las luces amarillentas se adentran en la pequeña sala, favoreciendo que vea a Jared a medias. Entre sombras. Y si el tío de normal es guapo, ponle esta luz tan sexy y logrará que tus bragas caigan fulminadas.

Bueno, si llevas vaqueros como yo, igual solo las mojas.

¿Estoy perdiendo la cabeza con una solo mirada encendida? Puede ser.

—¿Qué tal esta? —tantea.

Y su mano me acaricia la forma del pecho izquierdo sobre el jersey fino que llevo puesto.

Echo la cabeza atrás dando un golpe contra la madera de la puerta.

—¿Te gusta? Yo creo que este estudio es mucho más interesante que el que nos espera en las mesas, ¿no crees?

Pongo los ojos en blanco cuando su dedo me presiona con destreza el pezón, dibujando círculos. Incluso con ropa de por medio lo está consiguiendo. Es increíble.

—¿Jo? ¿Me escuchas? ¿En qué planeta estás?

—Mmm… En el que estén tus gloriosas manos.

—Vaya… Así que «gloriosas», ¿eh?

—Ehhh…

No coordino bien lo que digo, y este chico no necesita que le agrande su ego descomunal.

—Vamos a ver qué más encuentran estas gloriosas manitas mías.

Con los dedos me acaricia el vientre hasta encontrar el botón de los vaqueros ajustados. Me maldigo por no haberme puesto falda esta mañana, pero ya estamos a principios de octubre y el tiempo está cambiando. Soy una chica friolera —aunque venga de la parte norte de la Costa Este— y me estremezco solo de pensar en el invierno que nos espera.

Jared me desabrocha los pantalones y los desliza por mis piernas con una mirada diabólica. No del todo, me los deja a la altura de las rodillas y a continuación hace lo mismo con mis braguitas.

—La puerta está abierta… —le recuerdo.

—Y nosotros apoyados en ella. Nos enteraremos si alguien viene. Aunque no quedaba ya mucha gente, no creo que tengamos tanta mala suerte y justo quiera entrar alguien en esta sala. Vamos, relájate. Déjame hacer que el estudiar con tanto esfuerzo haya merecido la pena…

Joder con la voz sexy. Me humedezco un poco más mientras me muerdo el labio inferior en un intento de esconder la sonrisa que ya pide paso en mi rostro.

—Chica traviesa, me gusta.

Me guiña un ojo y su cabeza castaña se pierde por mi

cuerpo hasta asentar la boca justo en mi centro. Justo ahí. Donde más la necesito.

Suspiro hondo. Cojo aire. Sé que lo necesitaré para lo que viene a continuación. Su lengua juega con mis nervios y lo oigo gemir en mí. El sonido me estremece y mis manos salen disparadas hacia su pelo. Aprieto más su boca hacia mí y el sonido que desprende se vuelve más ronco.

—Joder, Jared. Ahí, justo ahí.

Se separa para mirarme y se lo permito.

—Quiero un helado de esto todas las noches, Jo. Mi sabor favorito a partir de hoy.

Gimo y empujo su cara de nuevo entre mis piernas. Se ríe, el muy capullo, y luego se ayuda con las manos para exponerme más a él mientras me devora.

Lametones. Mordisquitos. Besos húmedos. Dedos traviesos.

Todo eso y más hace que en pocos minutos mis piernas parezcan gelatina y suelte un grito demasiado alto.

—Shhh... ¿No eras tú quien tenía pudor de que nos encontraran aquí? Controla esa boca, empollona.

—Vale, vale, pero no pares. No ahora que estoy tan cerca...

—¿Por quién me tomas? Quiero comerme hasta la última gota de este helado tan rico.

—Joder.

Ahogo otro grito tapándome la boca con la mano. Noto cómo mi vientre se estremece, mis piernas casi dejan de sostenerme y se acerca un hormigueo cada vez más profundo.

—Eso es, no te cortes, Jo.

Y no lo hago. Chillo en mi mano y me corro de una fuerte sacudida. Mi cuerpo entero se estremece en oleadas de placer que nunca me creí capaz de experimentar de pie, apoyada en una maldita puerta, pero joder si puedo. Jared me sujeta para que no me vaya al suelo con los temblores de mi cuerpo y luego trepa hasta la altura de mi rostro. Aparta con suavidad la mano que me había llevado a la boca para que no me oyeran. Sus labios brillantes se me acercan y me besa. Con fuerza, mezclando mi sabor con el suyo. Gimo de nuevo en sus labios.

Este chico conseguirá matarme a orgasmos.

Y que conste que no es una queja.

Unos golpes detrás de mi cabeza logran separarnos.

—¿Hay alguien ahí?

—Mierda… —susurra en mi boca con una sonrisa—. Pues al final sí que nos pillan.

—¡Jared! —lo reprendo con un grito contenido.

Sus manos y las mías se apresuran, chocando entre ellas, para subirme la ropa y colocarlo todo en su sitio. Abrimos la puerta enseguida y nos encontramos de cara con un hombre de seguridad.

—¿Qué se supone que estáis haciendo? Vamos, la biblioteca va a cerrar.

—Sí, ya nos íbamos —dice Jared sonriente mientras me tira de la mano hacia las mesas donde tenemos nuestras cosas.

Corremos sin detenernos ni un segundo a comentar la jugada, hasta que salimos a la calle. En cuanto la puerta del enorme edificio de la biblioteca Bobst se cierra a nuestras espaldas, estallamos en carcajadas.

—Joder, casi nos pillan. Eres una mala influencia, yo no soy así, para nada.

Toda la vida he cumplido las normas. Soy una chica de esas que esperan a que el semáforo esté verde para cruzar. No me gusta pasar por alto las reglas establecidas porque sí, creo que las han puesto por alguna razón; normalmente, por nuestra seguridad. Vale, sí, igual hablo como una persona mayor, seria y aburrida, pero cuando la gente prescinde de las normas y hace cosas que no debe, puede llegar a destruir muchas vidas. Un conductor borracho que se salta un semáforo, por ejemplo. A veces la gente las ignora y trunca la vida de otros. Por eso siempre me he cuidado de no hacerlo.

Enrollarme con Jared en la sala de una biblioteca donde cualquiera podría habernos pillado medio desnudos no es algo que habría hecho el año pasado. O eso creo. Este chico despierta en mí algún tipo de instinto que me incita a dejarme llevar y que podría llegar a ser peligroso.

Ya decía yo que los guapitos estos lo son, si lo sabré yo.

—¿Yo soy una mala influencia? No te he oído quejarte con muchas ganas ahí dentro.

—No, tu lengua me ha distraído.

—Así que mi lengua, ¿eh? —me pincha, en un tono de voz nuevamente seductor y con una sonrisilla en los labios.

Dios. Dame un respiro, guapito. Mejor contraataco:

—No te lo tengas tan creído. Sí, sabes usar la lengua…

—Y no te olvides de las manos gloriosas.

Joder. Tengo que aprender a cerrar la boca en plena sesión de sexo, todo lo que digo se vuelve luego en mi contra.

Como respuesta, pongo los ojos en blanco.

No hay por qué ocultar mis virtudes ni luchar contra ellas. Algunas cosas se nos dan mejor que otras, yo soy un incompetente en cuanto a estudiar y saber qué coño quiero hacer con mi vida; en cambio, bajar y comerte…

—Vale, vale. Te entiendo. No sigas. ¿No sabes a qué te quieres dedicar?

—No, aún no lo tengo claro.

—Bueno, yo no me preocuparía. Durante este primer curso de pregrado tienes tiempo para decidirte, para descubrir qué es lo que te gusta.

—Eso les he dicho a mis padres, pero ellos no opinan lo mismo.

—¿No? ¿Ya tienen una carrera pensada para ti y la detestas?

—Algo así... —dice serio, y deja de mirarme para seguir el camino hacia casa.

No insisto por ahora, aunque me muero de curiosidad. Este chico me intriga porque no habla mucho de su vida privada, sigo sin encontrarlo en redes y sus padres viven fuera. Me gustaría saber qué pasa por su cabeza ahora mismo... Lo observo sin que se dé cuenta; su expresión se ha vuelto taciturna al hablar sobre su futuro.

—¿Y tú? ¿Tienes claro a qué te quieres dedicar?

—Bueno, la verdad es que... sí. —Lo digo con tiento, como si no quisiera echar más leña al fuego.

—¿Y es?

—Criminóloga.

—¿En serio? ¿Quieres ser policía? Nunca lo habría imaginado.

—En realidad me gustaría ser agente del FBI.

Se para en medio de Washington Square Park y se me queda mirando con la boca abierta. No entiendo el motivo.

—¿En serio? —repite.

—Pues sí. No sé por qué te sorprende tanto. Es una profesión como cualquier otra, y no nos conocemos tanto como para que conozcas mis aficiones o puntos fuertes...

—Lo sé, lo sé. Discúlpame. Pero me ha pillado por sorpresa. Es un curro muy duro, tratar con delincuentes peligrosos. No sé qué imaginaba qué querías hacer, pero, desde luego, esto no.

—Estás cargado de prejuicios. ¿Por qué no querría dedicarme a ello?, ¿porque soy una chica?, ¿porque soy inocente y delicada como una flor? ¡Venga ya!

—Nadie ha dicho que seas inocente y delicada, recuerda

que me pegaste un rodillazo en las pelotas en cuanto nos conocimos. Yo no lo he olvidado.

Suelto una risita. Es verdad, la imagen vuelve a mi cabeza y no puedo dejar de sonreír.

El momento de tensión se desvanece tan rápido como ha llegado.

—Mira, la verdad es que quiero ser criminóloga desde hace unos años, antes quería ser escritora de novelas de misterio.

Jared enarca una ceja mientras cruzamos la calle Cuatro.

—¿Y qué te hizo cambiar una profesión con crímenes ficticios que escribes tranquilamente en tu casa por una en la que tendrás que estar frente a los delincuentes reales?

Me encojo de hombros. Es un tema delicado. No me gusta hablar sobre ello, me trae malos recuerdos. Sin embargo, soy consciente de que ese hecho tan importante en mi vida cambió mi modo de pensar y probablemente me convirtió también en otra persona.

—Hace cuatro años, cuando tenía catorce, hubo un incidente en mi instituto de Providence. Un alumno de último año... entró una mañana con un arma semiautomática.

—Oh, joder... Jo. ¿Estabas allí? ¿En medio de todo?

—No, estábamos en el aula de al lado. Los disparos sonaban tan cerca que se sentían como explosiones en medio de una zona de guerra. En un momento estábamos tan tranquilos dando una clase de literatura con la profesora Chapman y al siguiente nos metimos todos debajo de las mesas temblando de miedo por lo que sucedía afuera. —De repente me pongo tensa y mi temperatura corporal desciende unos grados. Recordar ese día siempre me hace temblar—. La profesora nos dijo que nos quedáramos allí, que nadie se moviera del sitio en el que estaba escondido. Ella salió; yo tenía el cuerpo totalmente paralizado, pero mi mente… mi mente no paraba de ver imágenes, a cual peor.

—Joder, Jo. Siento que vivieras eso. Entiendo que te afectara tanto.

—Una ve ese tipo de asesinatos en la tele y se dice: «Joder, ¿cómo puede alguien llegar al punto de hacer algo así? ¿Qué le lleva a entrar en un aula con un arma y matar a diez de sus compañeros y herir a otros tantos?». Lo piensas en tu casa mientras son desconocidos, y al día siguiente prácticamente se te olvida. Es horrible, pero es así.

—Ya, es verdad, pero cuando te toca de cerca…

—Sí, cuando te toca de cerca, la cosa cambia.

Jared asiente y me aprieta la mano, quiere darme ánimos para continuar. La conversación se ha vuelto muy seria.

—Cuando por fin nos dejaron salir del aula, el instituto estaba rodeado de agentes de policía, ambulancias y periodistas. Yo solo pensaba en quién habría muerto, cuántas personas, qué habría ocurrido con la persona responsable de esa masacre. Y las respuestas llegaron horas más tarde. Murieron quince alumnos de último curso, y ocho más resultaron heridos. El responsable era un estudiante que había faltado la última semana y que había sufrido acoso durante años, un chico solitario que al terminar de disparar se llevó el arma a la cabeza y acabó también con su vida.

—Joder…

—Sí. Cuando al fin pudimos abandonar el instituto, mi padre aguardaba allí, desesperado por saber de mí. Mi madre había salido antes del trabajo, cosa extraña en ella, y había ido a recoger a mis hermanas pequeñas a la escuela elemental; pero mi padre estaba allí, peleándose con un policía para que le dejara entrar de una maldita vez a buscarme. No nos quedamos dentro mucho tiempo, enseguida nos evacuaron, pero los minutos que estuve bajo aquella mesa me marcaron profundamente.

—Fue una putada que sucediera algo así en tu instituto.

—Ya, pero para mí la putada es que suceda algo así en *cualquier* instituto. Durante semanas tuve pesadillas, soñaba con un chico que no pasaba de largo de nuestra aula, sino que abría la puerta y empezaba a disparar a todos mis compañeros, que mataba a mis amigas, a mi mejor amigo... —Trago saliva al recordarlo—. Y al final llegué a la conclusión de que mi vida sería mucho mejor si yo formaba parte de la solución. No creo que podamos evitar más matanzas en institutos, es algo tan imprevisible... pero quiero intentar ayudar a que haya menos crímenes en general. Ayudar desde una agencia del FBI a que se cometan menos asesinatos, a parar los pies a personas malas que acaban con inocentes por el motivo que sea.

—Te entiendo y me parece una pasada que hayas encontrado ese objetivo en la vida, aunque sea tan peligroso.

—Ya, cada vez que lo menciono, mi padre me recuerda que convertirme en la siguiente Agatha Christie sería mucho más seguro —digo sonriendo—. Pero él sabe cuánto me afectó aquel incidente y nunca me prohibiría dedicarme a lo que quiera.

—Tu padre parece un tío guay.

—Lo es. Es el mejor padre que podría tener...

Mientras andamos por las calles casi vacías de Greenwich Village en este lunes de octubre, mi mente recuerda algunos momentos de aquel año. Cómo me aferré a mi familia con fuerza después de lo sucedido, como crecí de golpe, el cambio que di. Me volví mejor estudiante, más responsable, cumpliendo las normas en todo momento, más que antes, si cabe.

Aquel día de hace cuatro años empezó a formarse la persona en la que quiero convertirme en un futuro.

17

Hacer la colada nunca había sido tan placentero

JARED

¿Cuán patético es bajar a la lavandería del edificio para hacerme el encontradizo con Jo? ¿En una escala del uno al diez? Infinito, probablemente. Esta mañana me ha dicho que tenía que venir a hacer la colada y que podíamos quedar luego para un nuevo encuentro. Desde ayer en la biblioteca, cuando pienso en su sabor en mi boca me pongo a mil. En serio, no me había puesto así de cachondo por una tía desde que era adolescente y sin control alguno tenía erecciones cada vez que una mujer me parecía guapa, sexy o simplemente cuando su olor se colaba en mi nariz. Sí, esa época en la que poco a poco descubres la atracción sexual y lo que puede hacer en tu cuerpo de crío que va madurando.

Pero ahora ya no soy así, puedo controlarme. Normalmente. ¿Y entonces por qué estoy bajando hasta el sótano del edificio a encontrarme con ella por sorpresa? ¿Me apetece echar un polvo? Sí, pero no es solo eso…

Va, en realidad sí. Los dos estamos de acuerdo en que solo queremos sexo.

Esta conversación con mi cabeza me está agotando. Ni yo mismo sé lo que quiero.

Lo único que sé a ciencia cierta es que me apetece verla más.

Entro sigiloso en la lavandería del edificio y la veo apoyada en una lavadora, moviendo ligeramente la cadera. Lleva los auriculares puestos y está de espaldas, así que ni me oye ni me ve cuando me acerco a ella. Sonrío al observar la ropa que lleva: unos pantalones de yoga grises, zapatillas y una camiseta extragrande que le tapa el trasero. Ese culo redondo y precioso que estoy deseando tocar de nuevo.

Darle placer se ha convertido en mi reto personal y en mi nueva droga. Necesito la dosis de hoy antes de volverme loco. Hannah se enteró de que nos acostamos cuando oyó a Taylor hablar de mí el otro día, pero he soportado el chaparrón bastante bien. No es más que sexo entre dos adultos que viven en el mismo edificio. No pasa nada. Se lo he repetido mil veces y ha quedado medio convencida, o eso creo. Ella también esconde algo por ahí, la conozco y sé que alguien le ha llamado la atención, alguien que estaba en la fiesta de la residencia. Pero no ha querido decirme quién es.

Luego intentaré sonsacárselo con más calma. Ahora tengo algo entre manos que requiere de toda mi atención. Llego a la altura de Jo y le pongo las manos en la cadera para acercarla a mi cuerpo.

—¿Qué coño...?

Se gira rapidísimo y con los puños por delante... Mierda, no he calculado que podía darle un susto. Esquivo el puñetazo como puedo y me echo atrás.

—Jared, ¡joder! ¿Es que quieres que te haga daño? He ido a clases de defensa personal y puedo machacarte cualquier día. ¡No puedes ir por ahí asaltando a las chicas por la espalda sigilosamente!

—Perdona, perdona. No era un asalto... no quería asustarte, en serio.

Intento sonreír para restarle importancia, pero ella sigue

seria y respira con dificultad. Se quita los auriculares y los tira encima de otra lavadora.

—¿Qué haces aquí, Jared? ¿No habíamos quedado más tarde?

—Sí, lo sé, pero como dijiste que estarías aquí, había pensado en adelantar un poco nuestro encuentro, aunque, si quieres que me vaya… me voy.

Hago amago de girarme porque no sé si el susto la ha dejado con ganas de patearme las pelotas más que de jugar con ellas…

—Espera, no creo que tarde mucho. Si quieres me paso por tu casa cuando suba…

—O…

—¿O qué? —se interesa, mirándome con perspicacia.

—O podríamos empezar aquí… —le sugiero justo antes de cogerla por la cintura y sentarla encima de la lavadora que tiene en marcha.

—¿Qué? —exclama con voz aguda—. ¿Aquí? ¿En la lavandería?

—Sobre la lavadora, en el suelo de este cuarto, contra la pared… me da igual, Jo. Desde ayer que no dejo de pensar en lo que quiero hacerte, y no quería esperar más. ¿Estás conmigo?

Su boca se abre en un gesto exagerado y parece que por un momento se ha quedado sin palabras. Eso me hace sonreír, porque, por lo poco que la conozco, es difícil que no diga ella la última frase.

Mis manos suben y bajan por encima de sus mallas de yoga.

—¿Jo?

No aparta la mirada de la mía, e identifico el momento exacto en el que decide desmelenarse. Estira las piernas para rodearme la cintura y arrimarme a su cuerpo.

—Eres una muy mala influencia —afirma.

Con los brazos me rodea el cuello y su boca ataca la mía en un beso húmedo que me provoca una erección casi al instante.

Se apodera de mis labios, su lengua juega con la mía a un ritmo que pronto nos hará perder la cabeza, y me ancla las piernas en las caderas sin dejar de presionar. Joder. Esta chica… Nada más rozarme en los lugares adecuados me pone loco.

Mientras nos besamos, su cuerpo se acompasa al mío; mi polla —aún dentro de los vaqueros— ejerce presión entre sus piernas. Abre la boca para coger aire y yo hago lo mismo, y en ese instante suelta un gemido que retumba en la lavandería.

—Joder, Jared. Me pones muchísimo.

—Lo mismo digo... Si no estoy dentro de ti en unos segundos creo que explotaré.

—Y no queremos eso. Mejor bájate los pantalones para que disfrutemos los dos antes de que me quede con las ganas...

—¿«Con las ganas»? —pregunto, rozándome en una nueva embestida que le hace alzar la vista al techo—. ¿Cuándo he hecho yo eso? Sabes que nunca lo haría. Aquí nos corremos todos. Y si no puede ser, al menos te correrás tú.

—Oh, joder —murmura.

Su ritmo aumenta y se frota todavía más con mi entrepierna. Seguro que puedo conseguir que se corra una primera vez solo con los roces, pero quiero que lo hagamos juntos. No hay nada que desee más que oír cómo se corre, arrastrándome a mí también por el abismo.

Me desabrocho los pantalones y los deslizo hacia abajo junto con los calzoncillos. Ella levanta el culo para que haga lo mismo con sus mallas, las cuales acaban en el suelo en un santiamén junto a su ropa interior. Saco el condón del bolsillo trasero —lo he cogido antes por si acaso— y me lo pongo en un segundo. Ella observa todos mis movimientos con los ojos bien abiertos y más oscuros.

—Deja de mirarme así...

—¿Qué? No puedo evitarlo. Quiero esa polla dentro de mí ahora mismo.

—¡Jo! —me río.

No se anda con rodeos y me encanta, me gusta que esté tan desesperada como yo.

—Déjate de remilgos, guapito, y ven aquí ya...

Me acerco entre sus piernas y juego con la entrada.

—Está bien, sus deseos son órdenes, mi reina.

Sonríe al oírme, y cuando me introduzco en ella me rodea de nuevo la cintura con las piernas, clavándome en su interior.

—Joder...

—Muévete, Jared. Fuerte.

Al oír esa palabra de su boca, un estremecimiento me recorre todo el cuerpo. Y le hago caso, pues no puedo evitarlo: entro y salgo de ella a un ritmo de locos, más fuerte y más duro que la primera vez. Esto es follar de verdad, y me encanta. De eso se trata. Aquí está lo que queríamos y lo que he venido a buscar.

—Ahhh, sigue. No creo que pueda aguantar mucho más —me chilla en el oído.

La lavadora parece estar en sintonía con nosotros, porque tiembla cada vez más fuerte, lo que hace vibrar a Jo, y a mí con ella.

—Joderrr, qué bueno. Nunca lo había hecho encima de una lavadora centrifugando —logra decir.

—Ni yo.

Empujo más y abre la boca para marcarme un mordisco en el hombro, con camiseta incluida.

—¡Jared! Más fuerte. Más.

Le hago caso, mi siguiente estocada hace chillar a Jo mientras nos corremos a la vez y la lavadora se vuelve loca de revoluciones. Nos abrazamos, todavía unidos. Nuestros cuerpos siguen moviéndose por inercia, bajando el ritmo poco a poco. Recuperamos la respiración bocanada a bocanada. Sus manos me acarician la espalda como sin querer, estoy seguro de que ahora mismo su cabeza procesa tan poco como la mía.

Tras varios segundos me separo de ella para deshacerme del condón y ponernos presentables, e inevitablemente suelto una carcajada cuando la oigo decir:

—Hacer la colada nunca había sido tan placentero.

18

Nuestra primera sesión de cine

—¿Cómo es posible que nunca hayas visto *Pulp Fiction*? Es cine de culto. Y Tarantino, un puto genio. ¡Los actores son lo mejor, por el amor de Dios!

Me encojo de hombros.

—¿Con qué clase de persona vivo? ¿Odias el cine de calidad?

—No.

—¿Entonces?

—Siempre he preferido leer que ver películas, y más si son de esas tan viejas.

—¿«De esas tan viejas»? ¿TAN VIEJAS? Se llaman «clásicos», Jo, maravillas de nuestra cinematografía. No son viejas, sino películas imprescindibles que toda persona tiene que haber visto al menos una vez en la vida. ¿Has visto la lista de mejores películas de la IMDb? Creo que deberíamos hacernos con ella y verlas una por una.

—Bueno, Taylor, no te pongas así. ¿Qué películas hay en esa lista? A ver, el top cinco.

Taylor abre el portátil, lo tiene en la mesita de centro, conectado a internet con un cable de más de tres metros. Seguimos sin wifi y esa ha sido nuestra *fantástica* solución: cables más largos que lleguen adonde los necesitamos, es decir, nuestros dormitorios, el centro del salón, el baño... Teclea, me mira y carraspea.

—Veamos. La primera es un peliculón donde los haya: *Cadena perpetua*. ¿La has visto?

—Nop.

—¿En serio? ¡No me lo puedo creer! ¿Sabes cuál es, al menos?

—Sí, una de dos presidiarios, ¿no?

—Correcto. Dos de las mejores interpretaciones de la historia, de la mano de Tim Robbins y Morgan Freeman.

—Ya, seguro que es muy buena, pero no me llama. Va de cárceles.

Menea la cabeza, incrédulo, mientras masculla un «increíble».

—A ver, la segunda es un clásico: *El padrino*, la primera parte. Y la cuarta de la lista es su segunda parte, que a mí incluso me gusta más, Al Pacino está increíble.

—Mmm. No me va la mafia.

—Pero, chica, ¿qué me cuentas? No es una mafia cualquiera, ¡es el puto Padrino!

—Ya, «el puto Padrino»... No me interesa.

—Arggg. No te entiendo.

—Son gustos, por suerte hay películas para todo el mundo... Por cierto, te has saltado la tercera posición. A ver, sorpréndeme: ¿extraterrestres?, ¿cowboys?

Mira la pantalla de nuevo y esboza una pequeña sonrisa.

—*El caballero oscuro*.

—¿De verdad? ¿Batman es el tercero en el *ranking* de mejores películas? Superhéroes. Por qué será que no me sorprende...

—Es una de las mejores películas que he visto.

—Pues vaya...

—¿Tampoco has visto esta?

—La he visto… A mi hermana Beth le encanta Christian Bale y me hizo tragar un maratón de películas suyas en un fin de semana…

—Menos mal, ¿y qué te pareció?

—Está muy bueno.

Pone los ojos en blanco, y esta vez parece que se le van a salir por la frente. Sonrío, pues sé que lo hace rabiar.

—¡Es el puto Batman! Un respeto.

—No nos sulfuremos. Está bien, no diría que es la mejor película que he visto, ni una de las cien mejores… pero bueno, a ver, sorpréndeme. ¿Cuál es la quinta mejor película de la lista?

—*Doce hombres sin piedad.*

Frunzo el ceño. Ni me suena.

—Ya, no la has visto, ¿no?

—Pues no. ¿Esa de qué va?

—Va de doce miembros de un jurado que deben deliberar sobre si un joven es culpable o inocente de un asesinato. Son doce hombres muy distintos y trata muy bien el tema de la duda razonable.

—Parece interesante.

—¡Hombre! Menos mal. Es una gran película del cine clásico, de 1957, en blanco y negro.

—¿Qué? ¿Tan antigua? —le digo con voz aguda, haciéndome la horrorizada.

—Mira, Jo. Me estás poniendo de los nervios. Las mejores películas se rodaron antes de que naciéramos, quizá no tuvieran tantos efectos especiales o no se les vieran los pelos de la nariz a los actores debido a la calidad de la imagen, pero fueron revolucionarias en el mundo del cine por una cosa o por otra.

—Ya entiendo por qué te quieres dedicar a eso.

—Exacto. ¡Es mi pasión! Y no puedo creerme que no hayas visto estas películas. Mira cuántas más hay... —Gira el portátil para que vea el resto de la lista—. *La lista de Schindler*, una pasada; *El señor de los anillos*, maravilla; ¡*PULP FICTION*! Ja, ¿lo ves? Lo mejor... *El bueno, el feo y el malo*. ¡El puto Clint Eastwood! Es un maldito genio, como director diría que incluso mejor...

Alterno la vista entre la pantalla y su rostro sin dejar de sonreír. Me encanta cómo habla del tema, la pasión que imprime en sus palabras. Me alegro mucho de que haya podido estudiar lo que más le gusta en el mundo, con esas ganas seguro que llegará muy lejos en el sector. Sin embargo, percibo que todas ellas tienen algo en común.

—¿Así que las mejores películas de la historia son un campo de nabos?

—¿Qué? —Me mira estupefacto.

Suelto una risita ante su cara de dibujo animado japonés. Se rasca la cabeza rapada y espera a que se lo explique.

—¿No te has dado cuenta de lo que tienen en común todos esos «peliculones»?

Entrecierra los ojos cuando esbozo el gesto de las comillas en el aire.

—Todas están protagonizadas por penes, y me juego lo que sea a que también están dirigidas y producidas por más penes. Vamos, un campo de nabos.

—Joder, Jo. —Se queda pensativo; tras mirar la pantalla de nuevo, abre más los ojos antes de contestarme—: ¡Coño, tienes razón!

—La tengo. ¿Y a que no te habías dado cuenta hasta que te lo he dicho?

—Pues, lo siento, pero no. Antes, la dirección de cine, como todo, solo estaba al alcance de los hombres, pero por suerte eso ya ha cambiado...

—Bueno, permíteme que lo dude. Quizá ha mejorado, pero no creo que esté equiparado. He leído muchos artículos sobre la disparidad de sueldos entre hombres y mujeres en el cine.

—Supongo que llevas razón… Siento que ahora mismo debo disculparme por mi género, desde tiempos inmemoriales.

—Tú no debes disculparte, es que a veces lo tenemos tan interiorizado que ni nos damos cuenta. ¿Quién vota esas listas? Los usuarios, supongo. Habría que ver qué porcentaje de hombres ha votado esas películas. Y, ojo, no digo que sean malas, muchas no las he visto, no puedo opinar, pero da que pensar…

Taylor se rasca la barbilla mientras lo analiza. Bueno, al menos reacciona. Sigue mirando la lista en busca de algo…

—*El silencio de los corderos*.

—¿Qué?

—La número veintidós de la lista, y la primera en la que una mujer aparece como uno de los protagonistas.

—Para que veas.

—Es una putada, nunca me había fijado, pero tienes razón.

—Muchos factores han influido en ello, pero, sí, el machismo en la industria del cine da asco, como en el resto de los sectores.

—Sigo pensando que la mayoría son peliculones, pero realmente hay muy buenas películas protagonizadas por mujeres que también merecen esos primeros puestos.

—Lo sé. —Me siento en el sofá cruzada de piernas y cedo—: Está bien. Por hoy dejaré que me ilustres con una de esas maravillas. Venga, la que quieras. ¿Tienes *Pulp Fiction*? ¿O está en Netflix?

Al oírme, asiente y bufa al mismo tiempo. Luego se levanta de un salto. No sé qué he dicho de malo, ambos nos hemos abonado a la plataforma, si apareciera ahí la podríamos ver ahora mismo.

—Creo que está, pero hay que disfrutar las películas de culto en físico, ¡nada de plataformas! Por suerte para ti, la traje en la maleta.

Corre descalzo a su cuarto, lo sigo con la mirada y una sonrisilla en los labios. En las semanas que llevo viviendo con Taylor he advertido que el tema del cine puede resultar espinoso. No comprende que al resto del mundo no le encanten todas las películas que a él le parecen maravillas. Pero así es la vida, no todos compartimos los mismos gustos. Sé que los suyos son bastante variados, que disfruta del cine en general, no solo de un determinado género. Al menos me alegro de haberlo empujado a reflexionar sobre el machismo, a veces somos incapaces de verlo aunque resulte obvio.

Espero que cuando por fin logre hacer su primera película... elija a una mujer como protagonista.

—Prepárate para flipar.

La mete en el reproductor de DVD, ese aparato imprescindible que se trajo de casa y colocó bajo el televisor en cuanto llegó. Me parece normal, pues muchos de sus trabajos consisten en analizar alguna película.

—Está bien. Dale.

Tras animarlo a pulsar el *play*, me arrebujo en el sofá, vestida con unos pantalones cortos y los calcetines de topos hasta la rodilla. Aunque no hace mucho frío en nuestro piso, detesto sentirme los pies congelados. Soy friolera, y si esa parte está helada, lo demás va detrás.

La canción que suena al inicio de la película me resulta conocida. No la he visto entera, pero sí alguna parte, y he oído fragmentos de la banda sonora como para identificarla ahora. Observo de soslayo a Taylor, que me devuelve la mirada. Se me arrima un poco y me pasa el brazo por el hombro.

—Bienvenida a nuestra primera sesión de cine.

19

Un trato es un trato

Resoplo encima de Jared. Madre mía… ahora mismo no siento las piernas.

¿Por qué cada polvo que echamos me parece mejor que el anterior? Es innegable que entre nosotros hay química sexual. Ha sido nuestro polvo más rápido y duro, y, en serio, me tiemblan las piernas. Pero, oye, cero quejas. Solo necesito unos minutos para volver a ser una persona racional. Mi mente se encuentra en otro lugar, allí donde solo existen nuestros cuerpos retozando las veinticuatro horas del día.

Jared se mueve un poco debajo de mí y lo abrazo por la espalda para pegarme más a él. Solo unos segundos, pero el gesto me despierta de golpe de la ensoñación poscoital. Me separo de él lentamente y me dejo caer a su lado, en mi cama.

Nada de abrazos.

Nada de mimos.

Me levanto y me pongo uno de mis quimonos. Permanecer desnuda frente a él después del sexo no entra en mis planes, lo sentiría como una clara muestra de intimidad, mucho más que al follar, porque mientras lo haces todo es intenso, a veces rápido, sudoroso… y no hay tiempo para observar las cosas con mucha atención… Pero cuando acabas, te fijas más en los detalles. Sobre todo cuando el cerebro vuelve a dar señales después del glorioso orgasmo.

Jared me mira con los ojos brillantes, como si le encantara, como si de verdad disfrutara con el simple hecho de observarme mientras me visto. Aunque espero que solo sea producto del buen sexo, me doy la vuelta para no verlo, me calzo unas zapatillas e intento controlar la respiración acelerada. Esto no es bueno. Para nada. Suspiro antes de encararlo de nuevo.

—Gracias por todo, pero ya nos veremos. Tengo que darme una ducha.

—Mmm… Eso suena genial. ¿Puedo acompañarte? —Lo pronuncia con una de esas sonrisas que derriten los polos.

Sabe que con ellas suele conseguir lo que se propone. Aparto la mirada mientras niego con la cabeza. Conmigo no resulta tan fácil, tengo la armadura bien puesta.

—Me temo que no. Un trato es un trato.

—Bueno, pero una ducha puede entrar en ese trato… se pueden hacer muchas cosas bajo el chorro del agua…

Se sienta en mi cama completamente desnudo, sin pudor alguno, e intenta cogerme de la pierna para acercarme a él. Solo me roza detrás de la rodilla porque me aparto con rapidez. No logrará liarme.

—Si vas a follarme contra los azulejos de la ducha, vale, vayamos a la ducha; si tu plan no es ese, mejor dejarlo aquí.

No quiero sonar borde, pero creo que he fracasado un poquito. Mi tono de voz ha sido demasiado cortante, sobre todo después de lo que acabamos de hacer.

Me mira por un rato, más largo que el anterior. Me muevo por la habitación como si sus ojos me quemaran. Joder. Solo es sexo. Nada de complicaciones. No quiero ninguna. Cuando las cosas se ponen serias, cuando alguien te gusta más que cualquier otra cosa o persona, el mundo se vuelve una verdadera mierda, y duele. No pienso pasar por eso otra vez.

Se levanta y se viste sin mirarme.

Bien. Eso es lo que quiero.

No dice nada, hasta que se planta frente a la puerta. Se gira y sonríe, aunque sus ojos no brillan como hace un momento, en la cama.

—Está bien. Ya nos veremos, Jo. Espero que la ducha te siente estupendamente.

Ese tono…

Asiento mientras él sale de mi dormitorio sin esperar una respuesta.

Me siento en la cama revuelta y me llevo las manos a la cabeza. No quiero que se enfade conmigo, no pretendo ser borde con él, solo atendernos a lo acordado. Sexo del bueno y amistad. No es tan difícil, ¿no? Cuando se entremezclan los sentimientos, la cosa se complica. Y este año no lo pienso permitir.

Jared me ha mostrado que es mucho mejor de lo que esperaba: atento, divertido y un encanto siempre. Me hace reír y es realmente bueno en la cama. Sabe lo que se hace, tanto con las manos como con la boca, por no hablar de su polla. Tendría material para un capítulo entero. Aun así, casi dos años atrás me prometí a mí misma que mis relaciones con el sexo opuesto nunca me llevarían a la palabra «amor». Mi hermana Meg me ha dicho muchas veces en los últimos meses que mi máxima nunca sale bien, porque esa palabra que tanto odio es incontrolable. No puedes negar tus sentimientos, y si alguien se te mete bajo la piel, estarás perdida e indefensa, tan solo te quedará aceptarlo.

Pero me niego a creerlo.

Puedo lograr no enamorarme. No digo que no quiera amor nunca más en la vida. Pero desde luego no ahora, en este año. Ni el que viene. Ni al otro. Deseo pasar mi etapa universitaria libre como un pájaro. Solo yo y mis decisiones, sin tener en cuenta a nadie más. Y no soy egoísta, aunque eso haya sonado un poco así; si un amigo o amiga me necesita, me presento voluntaria la primera, para lo que sea. Pero respecto a mi vida y mis decisiones, quiero tomarlas libremente, sin las ataduras que existen en la relación de pareja.

En su día, mis padres nos dieron una lección sobre eso. Mi madre quería trabajar, labrarse una carrera de éxito en el mundo del marketing, y consiguió un puesto de gran responsabilidad en una multinacional. Cuando se quedó embarazada de mi hermana Meg, mi padre decidió junto a ella que sería él quien se reduciría la jornada laboral. Aún hoy trabaja para la misma empresa que ella como asistente, en un puesto de menos categoría, pero nunca ha sentido la pasión que siente mi madre por el trabajo. Ellos tomaron la decisión correcta. Aunque no veamos a nuestra madre tanto como nos gustaría, lo tenemos a él todo el tiempo, y eso me basta. Son un ejemplo de matrimonio bien avenido, de una pareja que habla las cosas y no se machaca mutuamente por perseguir sus sueños individuales.

Pero ellos son un ejemplo raro. Cuatro de las cinco amigas con las que mejor me llevaba en el instituto tienen los padres divorciados. Cuernos. Peleas. Incluso algún maltrato. Queda reflejado en las estadísticas.

Prefiero no arriesgarme.

Finalmente decido posponer la ducha y cojo el portátil; me aseguro de que el cable de internet también esté conectado a la clavija que hay en el salón. Hace unos días que no hablo con mis hermanas y lo necesito. Clico en el icono de videollamada que aparece en nuestro grupo, llamado «Mujercitas».

—¿Qué pasa, Jojo? —pregunta mi hermana Beth, la primera en conectarse esta vez.

Antes de que pueda abrir la boca, aparecen Meg y Amy en la pantalla. Estamos a mediados de octubre y seguro que en Providence ya refresca, igual que aquí en Nueva York, pues van de lo más abrigadas. Beth es la única que va por la calle, creo que las demás están en sus respectivas casas.

—Hola, chicas. ¿Cómo estáis? —las saludo.

—Bien, un poco agobiada con la vuelta al trabajo —me contesta mi hermana mayor.

—¿Y eso? ¿No nos confesaste que tenías muchas ganas de volver a tu vida de persona adulta? —le recuerdo.

—Sí, eso es cierto, pero a veces siento que abandono a mi pequeño.

—No es así en absoluto, y lo sabes —le contesta Beth.

—Lo sé, lo sé. No me lo tengáis en cuenta. Mejor que hablemos de vosotras.

—¿Cómo estáis las demás? ¿Qué tal por el barrio? —pregunto.

—Muy bien. Ya sabes, echándote de menos —dice Amy.

—No seas pelota, enana, si ya estás pensando en quedarte su habitación —le recrimina Beth.

—¿Qué? —espeto con voz gritona—. ¡Ni se te ocurra tocar mis cosas!

—Si no estarás durante tres años, al menos. ¡No es justo!

—Por algo hay un orden, si alguien tiene que quedársela, esa soy yo —indica Beth sonriente mientras camina por una calle de nuestro barrio.

—Nadie le quitará la habitación a nadie, Jo necesita un sitio para cuando vuelva.

—Gracias, Meg —digo con cariño.

—Puede tener un sitio, pero no hace falta que sea el dormitorio más grande. Es un desperdicio de espacio.

—Anda, no os quejéis. Todas tenéis espacio de sobra. Desde que me casé, hay una habitación para cada una, ya es un gran paso.

—Eso es verdad... pero Amy necesita mucho espacio para sus potingues como *influencer* de maquillaje. —Beth se ríe de ella por el tema, como siempre.

Mis hermanas menores no pueden ser más distintas entre ellas. Mientras que Amy es rubia, con la cara en forma de corazón y piel de muñeca de porcelana, Beth se tiñó el pelo de negro azulado y lleva una media melena hasta la barbilla, además se maquilla en tonos oscuros y ahumados, todo lo contrario que Amy, que siempre escoge paletas en tonos claros y comparte todos sus trucos en su cuenta de TikTok. A mi padre no le hizo ninguna gracia al principio, pero Meg y yo les ayudamos a entender que no daña a nadie. Beth es la que peor lo lleva, no le gusta que su hermana se exponga a miles de desconocidos, sobre todo desde que varios comentarios hirientes la dejaron al borde de cerrar la cuenta.

—¡No tengo tantos potingues! Además, están muy bien organizados...

Me río al escucharlas y por un momento siento morriña, es como encontrarme en casa de nuevo.

—¿Y tú cómo estás, Jo?, ¿cómo van las clases? — Meg cambia de tema.

—Bien, las llevo todas bastante bien. Algunas me resultan más duras que otras, pero de momento estamos al inicio, a ver qué tal se me dan los trabajos y exámenes de este semestre.

—Pues muy bien, los estudios nunca han sido un problema para ti —aporta Beth.

—Ya, pero no es exactamente igual que en el instituto. Aquí ha aumentado el nivel de exigencia.

—Cierto, pero estoy segura de que podrás con ello. Solo tienes que adaptarte —dice mi hermana mayor.

—¿Y qué tal con las citas? ¿Sigues viendo a ese chico con el que tienes el acuerdo sexual?

—¡Beth! No lo digas así, que parece que sea otro tipo de pacto... —se escandaliza Meg.

—No me seas mojigata. Todas sabemos de qué tipo de acuerdo hablamos. Follar y follar.

—Qué bruta —le digo riéndome—, pero sí, follar... hemos follado bastante y muy bien.

Meg se tapa la cara con una mano, pero noto que intenta ocultar la sonrisa. Sé que está orgullosa de mí haga lo que haga; no engaña a nadie.

—¿Y os habéis acostado? ¿O habéis quedado para algo más? —quiere saber la romántica de Amy.

—El pacto es tener sexo cuando nos apetezca y quedar para salir si hay más gente, solos no.

—Este trato tan estricto se irá a la mierda en un abrir y cerrar de ojos —dice Beth con una sonrisilla.

—¡Que no! —grito, indignada.

—¡Que sí! Que nos conocemos, Jojo. Dices que no quieres enamorarte, pero te pasaste la vida enamorada del mismo tío; eso se lleva en los genes, no se olvida.

—Que no, joder. A la mínima señal de que las cosas se pongan intensas, corto por lo sano. Este año solo quiero... lo opuesto al amor —suelto, convencida de mis palabras.

—Bueno, tampoco es eso. No hay que cerrarse tan en banda —dice Meg—. Sobre todo porque estás allí sola, sin tu familia y tus amigos de toda la vida, lo normal es que te encariñes de tus compañeros y amigos, y no hay nada de malo en abrirse a alguien un poco más.

—No, si ella ya se abre, ya. ¡Las piernas, seguro!

No hace falta que aclare quién ha soltado el comentario.

—¡Bethany Anne March! ¡No seas ordinaria! Se pueden decir las cosas de un modo más fino...

—Qué fino, ni qué fino. Es lo que hay, solo he dicho la verdad.

—En realidad, sí, yo me abro de piernas, pero el corazón lo tengo a buen recaudo, que me conozco a los tíos como él...

—¿Y cómo es él? No nos has contado mucho.

—Pues está buenísimo, tiene una sonrisa de infarto y una labia que te puede convencer de cualquier cosa.

—¿«Cualquier cosa»? Nena, me reafirmo. Ese trato lo rompes antes de que acabe el mes.

—¡Que no, joder! Hace un momento, sin ir más lejos, le he pedido que se fuera, en cuanto hemos acabado de hacerlo. ¿Ves? Sé pedir a los tíos que se piren, sin problema. Solo es S-E-X-O. No sé de qué otra manera decirlo ya.

—Bueno, bueno, haya paz —interviene Meg—. Si a ti te va bien y él está de acuerdo, pues fantástico, cariño, pero ten en cuenta que también es una persona, ¿eh? No solo una polla andante.

Amy suelta una risita al oír a nuestra hermana mayor pronunciar tal palabra.

—¡Meg! —Beth, en la calle, se tapa el oído derecho con la mano que no sostiene el móvil—. ¡Qué escandalo! ¡Como te oiga tu padre, te castiga por el lenguaje lascivo!

Me río a carcajadas, ¡qué payasas!

Necesitaba esto como respirar.

—Calla, niña. ¡A ver si te crees que no sé lo que es un pene! Tengo un marido y un hijo.

—Hemos despertado a la bestia... —me río de nuevo ante sus palabras.

—No, pero, fuera de bromas, espero que lo tengas en cuenta. Una cosa es acostarte con un tío una noche y no verlo más, pero lo que haces tú es repetir y repetir con el mismo, un día tras otro. Hay que tener las cosas muy claras para que una relación así funcione.

—Ser follamigos es un arte, sí señor. No le hagas *pupa* al bueno de Jared, hermanita.

—Calla, Beth, no lo haré. Ambos lo tenemos clarísimo.

—Si tú lo dices…

Afirmo con la cabeza, y en cuanto voy a contestarle, la pantalla del portátil se queda en negro y pierdo la comunicación.

—Pero ¿qué coño…?

—LO SIENTOOO.

Salgo corriendo de la habitación al oír la voz de Taylor en el salón.

—¿Qué has hecho? —le grito al verlo.

—Me he tropezado, lo siento. ¡Me he llevado por delante el maldito cable de las narices!

—¡Joder! ¡¡¡Odio la conexión de este maldito edificio!!! —vocifero, y regreso a mi cuarto echando humo por las orejas.

Menuda manera de cortar el rollo. En un rato intentaré hablar con ellas de nuevo.

Me tumbo en la cama y miro al techo mientras las palabras de mis hermanas me retumban en la cabeza. Los dos lo tenemos clarísimo, ¿no?

Sí, sí. Seguro.

20

No es lo mismo

JARED

Salgo de casa de Jo con el ceño fruncido. No, no me ha sentado mal que me echara cuando prácticamente estaba aún dentro de su cuerpo, para nada. Es por la manera de decir las cosas. Es por el tiempo que paso junto a ella. He mirado cómo se vestía con esa bata de tejido suave que le cae por el cuerpo como si fuera la seda más cara, y me he quedado embobado. Por un instante, mi mente se ha ido muy lejos de esa habitación, pensaba en los «¿Qué pasaría si fuéramos a cenar en plan cita?», «¿Qué ocurriría si diéramos un giro a nuestra relación de follamigos?»... Pero la burbuja se ha roto enseguida con su «Gracias, ya nos veremos». Como si fuera uno más, como si fuera una polla con patas.

En realidad, es lo que soy.

Es lo que acordamos.

Es lo que le propuse.

Meneo la cabeza mientras bajo a mi piso, destierro los pensamientos fugaces que me asaltan estos días, casi siempre tras nuestros encuentros.

La mujer que vive frente a nosotros entra en su piso en cuanto llego al rellano, me saluda con un movimiento de cabeza y le correspondo sin prestarle más atención.

Entro en el apartamento y llego al salón en un par de pasos. Es pequeño, no estoy acostumbrado a sitios tan enanos, pero nos basta para los dos. Encuentro a Hannah en el sofá viendo la tele, tiene una sonrisa bobalicona en el rostro y agarra uno de los cojines como si fuera su mejor amigo. Sé qué está viendo incluso antes de sentarme junto a ella y mirar la pantalla.

—¿Otra vez con *The Bold Type*?

—Jared... ¡es la mejor serie de la historia!

Me río al oírla tan emocionada. Es una gran fan de las tres protagonistas, ni confirmo ni desmiento que me ha hecho tragarme varias temporadas, y, bueno, podría ser peor.

—Pero ya había terminado, ¿no? ¿Estás viéndola de nuevo?

—He puesto la primera temporada otra vez —dice con la boca pequeña.

—¡Otra vez! ¿Cuántas van ya?

—No sé, nunca son suficientes. Las adoro a todas. Sobre todo, a Jacqueline. ¡Diosa!

Me río de nuevo. Me encanta que esté así, tan contenta, tan ella. En los últimos meses me he sentido culpable muchas veces por lo que le hice a mi familia; por lo que les supuso, sobre todo a ella. Así que, verla así por una serie, me hace feliz.

—Por cierto, antes, cuando salía de clase, me ha llamado mamá para ver cómo nos iba.

El rostro se me crispa un poco y el buen humor se va al traste.

—No me mires así, está preocupada por nosotros.

—Siempre puede llamarme a mí también, no muerdo.

—Lo sabe, pero cree que estás enfadado con ella.

—No es con ella, o al menos no solo con ella, es con toda esta mierda de situación.

—Bueno, me ha dicho que a lo mejor podemos vernos

para Acción de Gracias, ¿no sería genial? Los echo de menos.

Me acerco a ella y le paso un brazo por los hombros.

—Lo sé, siento todo este lío. Sabes que puedes volver con ellos cuando quieras, ¿no? Tú no tenías por qué venir, no estás desterrada como yo.

—No pienso dejarte solo —dice con fiereza. Pone en pausa la serie y vuelve la cabeza para mirarme a los ojos—. En serio, Jared, somos un equipo, somos familia, no pienso dejarte en la estacada, pero debes tener cuidado de que no te vuelva a pasar lo mismo que con...

—¡Ni la menciones, Hannah! ¡No quiero oír su nombre!

—Lo sé, lo sé, pero, de verdad, hay que tener muchísimo cuidado.

—No me pasará otra vez...

—Ya, ¿y de dónde vienes?

—No es lo mismo. Las situaciones son completamente distintas.

—Lo sé, pero me preocupo. No deberías enredarte con nadie, deberías pasar desapercibido, tal como quedamos, como prometimos.

—Solo tenemos sexo ocasional. De hecho, fui yo quien lo propuso; pero, realmente, ella está más de acuerdo que nadie... —mascullo con la voz queda.

—¿Y eso qué significa? ¿Que te arrepientes del acuerdo? ¿Quieres más? Jared... no puedes...

—No, no. Qué va, me gusta tener sexo con ella, no sabes cuánto...

Arqueo las cejas en un gesto seductor; ella niega con la cabeza y se tapa las orejas con las manos para no oírme.

—¡¡No quiero saberlo!! Eres mi mellizo, no quiero saber cuánto te gusta tener sexo con una chica...

—Bueno, a mí no me molestaría saber cuánto te gusta follar con...

—¡Calla! Eres incorregible —señala, dándome un golpe en el hombro.

Me acerco para hacerle algo que me hacía ella a mí de pequeños y odiaba, pero que ahora, a la mínima ocasión, soy yo quien se lo hace: cubrirle la cara de besos a traición.

—Paaara. ¡Déjame, estás loco! —dice, riéndose a carcajadas—. ¡Suéltame!

Oír ese sonido me dibuja una enorme sonrisa en los labios, da igual lo que hayamos tenido que pasar para estar aquí juntos y más o menos felices, todo vale la pena. Incluso la manera en la que vivimos en Nueva York, tan distinta a la que estábamos acostumbrados.

Me aparto de ella un momento, pero no dura mucho. Se acurruca en mi costado derecho y se me abraza. Suspiro. Es mi refugio, lo mejor de pertenecer a esta familia. Por ella haría cualquier cosa.

—Tranquila, ¿vale? No pasará nada.

—No quiero que nadie te haga daño, eso es todo. Deseo que seas feliz, pero no quiero que por un descuido, por un poco de sexo sin amor, todo se vaya... a la mierda.

Niego con la cabeza y la beso en la cabeza.

—Estaremos bien, te lo prometo.

Cojo el mando y le vuelvo a dar al *play*. El trío que trabaja en la revista de moda aparece de nuevo en pantalla, y mi hermana sonríe contenta, como si al ver a las chicas de la serie desconectara de la conversación y de nuestro presente.

Ojalá pudiera hacer yo lo mismo.

A veces, por mucho que lo intentemos y busquemos formas de evadirnos para dejar la mente en blanco, la pesadilla que hemos vivido continúa atormentándonos.

21

La fiesta de la azotea

Llevo una semana sin encontrarme con Jared. Bueno, eso no es exactamente así; nos hemos visto en clase, en los pasillos del Silver Center, en la octava planta de la biblioteca y en varias ocasiones en el rellano, pero incluso coincidiendo con él en todo momento, me da la sensación de que nuestra relación ha quedado en un *standby* causado por mí, o por el modo en que le dije que se fuera la última vez que nos acostamos.

Estamos a viernes, ya hace siete días que lo eché *amablemente* de mi cuarto. No me arrepiento de ello; así las cosas van la mar de bien. Nuestro acuerdo funciona y no hay por qué cambiarlo. Por eso, cuando dos horas atrás me lo he encontrado en la calle y me ha dicho que esta noche hay una fiesta en la azotea de un edificio de Bleecker Street, le he respondido así:

—Podemos ir, pero no en plan cita.

Él ha puesto los ojos en blanco y una sonrisilla de listillo, como si le resultara gracioso que me empeñe en mantener las distancias; luego me ha contestado de tal modo que no he podido renunciar.

—Tranquila, Jo. Ya encontraremos algún rincón escondido para enrollarnos, si te hace sentir mejor.

—Perfecto, entonces, vale. ¿Vendrá Hannah?

—No lo sé, se lo preguntaré ahora.

Su hermana se deja ver poco, por eso he querido saber si vendría; también para protegerme con una barrera, algo a lo que aferrarnos para no estar los dos solos, a pesar de asistir a la fiesta de cumpleaños de un compañero de su clase de Economía mundial.

Como soy así de idiota, le he dicho que nos veríamos allí, que él acudiera con su hermana. Técnicamente, el anfitrión no me ha invitado, pero si el tal Clive es el chico que sospecho, no creo que haya problema. Es un tío muy extrovertido con todos, sobre todo con las chicas.

Cuando llego a la azotea, la fiesta ya ha empezado. Veo que se lo han currado mucho; hay hamacas y sofás con mullidos cojines, una mesa larga con botellas y vasos de todos los colores, todo ello iluminado con un centenar de bombillas que aportan un ambiente estupendo, acompañado de la música que suena por unos altavoces situados estratégicamente. Es una auténtica fiesta de azotea, la primera a la que asisto.

Y me encanta.

Observo a la gente y descubro muchas caras que me suenan de la universidad, otras nuevas y, al final, Jared hablando con el cumpleañero y dos chicos más. Me acerco sin dudarlo. Llevo un vestido corto pegado al cuerpo como una segunda piel y unos tacones bastante altos. La fiesta estaba a menos de cinco minutos de casa; si me matan mucho, me los quito y punto.

—Hola —digo a la altura de su espalda.

Los cuatro chicos se vuelven y me repasan de arriba abajo.

Qué básicos son los hombres heteros. Solo tienes que enseñar las piernas y el escote para dejarlos sin palabras.

—¿Y tú quién eres, bombón? —dice el cumpleañero, con una enorme sonrisa de hoyuelos.

—Jo. Jared me ha invitado. —Señalo al susodicho, que se ha quedado con cara de pasmarote.

—Qué calladito te lo tenías, Clarke. No sabía que escondías a esta preciosidad por ahí… —apunta otro de los chicos, uno rubio que me suena de haberlo visto por los pasillos.

—Nunca he estado escondida —le digo, alzando la barbilla.

—Con carácter. Me gusta, sí, señor.

Entrecierro los ojos ante su respuesta. Por si fuera poco, le da una palmadita en el hombro a Jared antes de continuar:

—Hoy se te ve, desde luego que sí. Si quieres que te vea mejor, solo tienes que pedírmelo, mi cuarto está justo aquí abajo…

Abro la boca para replicarle, pero no me da tiempo porque mi amigo se adelanta.

—No te pases, Jeremy.

Se pone en mi campo de visión y me mira a los ojos.

—¿Vamos a tomar algo? Ven, te acompaño.

Por un momento me quedo ahí plantada, deseando contestar al idiota de su amigo que cree que puede hablarles a las chicas como pedazos de carne, pero al final lo dejo pasar; no merece la pena calentarse. Prefiero beber algo a su salud y buscar un lugar donde hacer lo que Jared me ha prometido. Asiento y lo sigo.

—No le hagas caso, él solo ya se ha bebido al menos una botella de whisky.

—¿Y eso le da derecho a hablarme así?

—Por supuesto que no.

—No sabía que te juntabas con gilipollas.

—Y no lo hago. Compartimos un par de clases, y normalmente no es tan idiota.

—La gente no sabe beber, es una verdad como un templo —digo enfurruñada.

—Tiene usted razón, señorita. —Sonríe y, acercándoseme al oído, susurra—: ¿Qué tal si buscamos un sitio íntimo para que cumpla con mi promesa de la no cita?

Un escalofrío de anticipación me recorre la espalda.

—¿Y Hannah?

—Ha dicho que vendría un poco más tarde. Si vamos a hacerlo, mejor que sea ya, antes de que venga.

Sonrío y asiento. Jared me coge de la mano para conducirme al baño más cercano, en el piso de abajo, donde Clive —el cumpleañero— comparte apartamento con los dos compañeros que se encontraban con él y Jared.

—¡No pares! ¡No pares ahora o te mato! —le grito media hora más tarde.

—Qué agresiva... —dice el muy capullo, riéndose mientras retrocede y se introduce de nuevo en mi interior lentamente.

Demasiado lento para mi gusto.

—Venga, Jared, no hagas eso... —le pido con voz lastimera.

Estoy sentada en la superficie de mármol del baño del apartamento de Clive. Tengo las piernas abiertas, Jared me ha quitado la ropa interior mientras que él únicamente se ha bajado los vaqueros y los calzoncillos.

Esa es la imagen: nosotros follando como desesperados en el baño de unos desconocidos. Y él siendo exasperantemente lento, joder.

—Es para que dure más, nena.

—¿«Nena»? Métemela hasta el fondo y déjate de tonterías, coño.

La carcajada que suelta Jared hace vibrar nuestros cuerpos y un hormigueo de los que me gustan se me expande por el bajo vientre. Joder, su risa también me pone muy cachonda.

Estoy fatal. Este chico acabará conmigo.

—Vaaale, aguafiestas. Agárrate bien.

Intento poner los ojos en blanco, pues cuando se pone chulito es lo único que me nace, pero el gesto se me queda a medias cuando una embestida contundente me levanta el trasero de la encimera.

—Bufff. Ahora nos entendemos, *nene*.

Jared sonríe y mantiene el ritmo. Dentro y fuera. Fuerte. Duro. Más fuerte aún. Mi boca se abre en una «O» perfecta y no tengo palabras. Se me han acabado. Solo puedo sentir.

SENTIR, con mayúsculas.

Placer de primera categoría. Da igual dónde estemos y en qué posición nos pongamos, esto es la hostia. Nunca había experimentado algo igual.

Tres movimientos más, unos cuantos jadeos por mi parte y un par de gruñidos por la suya, y nos corremos de una manera brutal. Primero yo porque es lo que él siempre intenta, y lo consigue; después Jared, con la ayuda de mis espasmos.

Grito y me muerde el hombro para sofocar la maldición que tiene en la punta de la lengua, lo sé. Es muy malhablado cuando se corre. Y me gusta.

—¿Contenta? ¿He ido lo suficientemente rápido para la señorita? —me pregunta al salir de mí y quitarse el condón.

—Cuando lo has hecho, sí. Antes me ha parecido una tortura.

—Ha sido un polvo de la hostia porque primero he ido lento. Se llama «retrasar la gratificación».

—¿Qué te crees ahora, Christian Grey?

—Qué idiota. —Se carcajea de mi comparación—. No

es eso. Lo hace mucha gente y da resultados de puta madre, como acabas de ver.

Hago un puchero, pues tiene razón, pero no quiero dársela.

Antes, muerta.

—Bueno, seguro que hay otras maneras de llegar al mismo sitio sin que me den ganas de asesinarte en plena faena.

—Seguro, las iremos descubriendo… —dice antes de besarme en los labios.

Le echo los brazos al cuello y lo vuelvo a acercar a mi cuerpo. Dios. Es que esa boca me pierde. Se me olvida dónde estamos, a qué hemos venido… me olvido de todo.

—¡Venga, coño! ¡Id a un maldito hotel, que me estoy meando!

El grito procede del otro lado de la puerta. Nos separamos al instante, como si estuviéramos haciendo algo malo. Acto seguido, estallamos en carcajadas mientras el tío de afuera aporrea la puerta.

Nos tomamos nuestro tiempo para recomponernos, asearnos y vestirnos. Cuando estoy lista, me coge la mano y abre la puerta con la otra.

—Todo tuyo, amigo —le dice a un Jeremy con cara de pocos amigos.

Mi sonrisa se vuelve más amplia cuando veo su expresión de estupefacción al descubrirnos.

Salimos a la azotea riéndonos y de inmediato vemos a Hannah de pie, apoyada en una barandilla y mirando hacia el lado opuesto de la enorme terraza. Con un gesto se lo indico a Jared, y nos acercamos hacia ella. Sigo su mirada. Un poco más lejos descubro a la chica del pelo rosa, en esta ocasión acompañada de un chico que se agacha para quedar a la altura de su rostro; según parece, están en un momento íntimo y ella estalla en carcajadas. Sonrío al oírla.

—Hola, hermanita.

Cuando alcanzamos a Hannah me doy cuenta de que aún vamos de la mano y se la suelto rápidamente. Jared me mira con la ceja enarcada y agita la cabeza como si no tuviera remedio.

—Hola, Hannah. ¿Cómo estás? —Prefiero interesarme por ella que lidiar con la sonrisilla de idiota que pone su hermano ahora.

—Estoy bien. Gracias. La fiesta parece muy animada, ¿no?

—Sí, el alcohol corre por las venas de la mayoría. Creo que voy a por algo de beber, de repente estoy exhausto y muerto de sed —anuncia Jared mirándome, y me guiña un ojo, el muy cretino.

—¿Me traes una cerveza? —le pregunta su melliza.

—Claro. ¿Jo? ¿Qué quieres tú?

—Ron con limón, si hay, o una cerveza.

—Seguro que hay, ¿has visto la mesa-barra?

Asiento con una sonrisa. Tiene razón. La mesa está llena de botellas, seguro que han dispuesto lo necesario para mi combinado.

—Ahora vuelvo.

Jared se va y me deja a solas con Hannah. Se nota que es tímida, suele estar bastante callada, y en las pocas veces que nos hemos cruzado no hemos intercambiado más de un par de palabras. Su rostro es pálido, destacan en él unos ojos azules más grandes que los de su hermano; el pelo, castaño oscuro. Viste unos vaqueros con un roto en la rodilla, un jersey de rayas y una cazadora; no se ha arreglado mucho, tampoco parece que se maquille en exceso. La miro; el caso es que me transmite serenidad, paz. No la conozco, pero creo que es maja. Tiene cara de buena persona.

—¿Cómo llevas tu estancia en Nueva York? ¿Habíais

estado aquí? —indago, ahora que se me presenta la ocasión.

No es solo por curiosidad, sino que me gustaría saberlo, pero Jared apenas habla de él.

—Lo llevo bien. Es una ciudad preciosa. Nacimos aquí, pero mis padres viajan mucho por trabajo y hemos crecido en todas partes.

—Vaya... qué bien, ¿no? Yo no he salido de la Costa Este. Lo más lejos que he estado de Providence es aquí, y se debe a la universidad.

—A veces tener un sitio al que llamar «hogar» resulta mejor que dar mil vueltas por el mundo. Todo, en exceso, acaba cansando.

—Pues entonces supongo que estarás contenta al haber regresado a casa.

—Sí, supongo que sí —dice en un tono de lo más enigmático.

—¿Me equivoco?

—No, no. Solo que tampoco considero Nueva York como mi casa. Podría serlo, sin duda, pero de momento me siento de paso otra vez.

—Bueno, al menos estaremos por aquí unos tres años, incluso más, si queremos hacer alguna especialización o máster. Es un periodo considerablemente largo para empezar a pensar en un hogar...

—Sí —dice con una sonrisa de lo más triste, la alegría no le llega a los ojos—. Estaría genial.

No se me escapa el condicional en su frase. ¿Significa eso que no saben si se quedarán hasta finalizar la carrera? Desvía la mirada hacia un punto detrás de mí y me vuelvo para descubrir qué la distrae: Willy. La chica del pelo rosa y el tipo de anchos hombros están cada vez más cerca. Frunzo el ceño y los observo mejor. ¿Por qué ella ya no parece tan contenta? No puedo verle la cara, pero creo que él la acorrala contra la pared.

Entonces él se le aproxima a la boca y ella lo golpea en el hombro.

¿¡Qué coño!? Oigo que Hannah jadea bajito a mi lado, ella también lo ha visto.

Salgo disparada sin pensar en nada más. ¿Qué se cree ese tío? ¿Qué pasa con los niñatos de esta fiesta?, ¿no saben comportarse?

Noto que Hannah me sigue a pocos pasos de distancia, pero fijo la vista en Willy y en el armario que tiene prácticamente encima. Nadie parece percatarse de su incomodidad ni del miedo que detecto en ella cuando entrecruzamos nuestras miradas unos segundos antes de alcanzarla.

—¡Apártate de ella, tío! —chillo a su espalda.

El chico mira por encima de su enorme hombro y descubro unos ojos vidriosos a causa del alcohol. No es excusa, joder. Bebe, pero no tanto como para olvidar quién eres y agredir a alguien inocente. En serio, ¿es que la gente no sabe divertirse sin caer en un coma etílico? El chico sonríe y, sin decir nada, se vuelve hacia Willy.

—Venga, nena. No vas a dejarme así ahora, ¿no? Tú lo quieres tanto como yo...

Willy lo empuja y le dice que se aparte, pero a lo sumo logra moverlo un par de centímetros. Es un tío enorme. Un puto armario. Ella sola no podrá con él. Con ambas manos lo cojo de un brazo y tiro de él hacia mí, para separarlo de ella.

—¡Ha dicho que pares! ¿Es que no te entra en la única neurona que tienes? —le grito cabreada.

El armario se vuelve de nuevo hacia mí, esta vez con una sonrisa maligna en los labios. Agita el brazo que le tengo cogido y se suelta sin apenas esfuerzo. La fuerza del movimiento me hace saltar un paso atrás.

—¡Vete por ahí a molestar a otros! Aquí tenemos una fiesta privada que montarnos —dice lascivo y riéndose de su propia broma.

En ese momento, cuando ya estoy a punto de volver a la carga, aparece Jared junto a mí. Lo miro por el rabillo del ojo, a su lado está Hannah con cara de susto. Willy traga saliva y se me acerca poco a poco.

—Hombre… ¿Qué pasa, niño bonito? ¿Quieres unirte a la fiesta?

—Me temo, amigo, que tú ya no estás invitado, será mejor que te pires.

Willy se sitúa por fin junto a mí y se encara al tipo.

—No es no, gilipollas.

El muy capullo se ríe sarcástico, como si le pareciera la broma más graciosa del mundo. Incapaz de evitarlo, me meto de nuevo en medio, entre la chica del pelo rosa y él.

—¡Pírate ya! ¿O quieres que te dé una patada en las pelotas? —chillo al tiempo que lo empujo con las manos a modo de advertencia.

Obviamente, al lado de este tío hinchado de esteroides lo mío ha sido como una pluma cosquilleándole por encima de la camiseta. Arggg.

—Yo, de ti, le haría caso, sabe cómo dar una patada certera —le advierte Jared con la voz sonriente.

Lo miro un segundo y me guiña el ojo. Jared, no bromees, hay demasiada tensión en el ambiente. Tras él asoman entonces Clive y dos chicos más —distintos a los que estaban antes con él— que también parecen jugadores de fútbol.

—¿Hay algún problema? —pregunta el cumpleañero.

El tipo los mira con esa sonrisa horrible que me pone los pelos de punta y menea la cabeza como si se diera por vencido, como si considerara que no merece la pena pegarse con cuatro tíos por ella. Empieza a irse, pero cuando pasa al lado de Willy, suelta:

—Eres una calientapollas de manual, tu cara de guarra te delata.

Al oírlo, Willy y yo avanzamos un paso para encararnos con él, pero Jared y Clive tiran de nosotras hacia atrás.

—Ey, ey, quietas… Será mejor que lo dejemos aquí —nos detiene la voz de mi follamigo.

Miramos fijamente cómo el armario se marcha dando tumbos hacia la puerta que comunica la azotea con la escalera. Continúo fulminándolo con la mirada hasta que desaparece por la puerta. Al volverme, veo que Hannah no aparta la vista de Willy. No ha abierto la boca en toda la discusión, pero realmente le ha afectado presenciarlo. Respira agitada, como si le hubiera ocurrido a ella.

Dirijo la vista hacia Willy y nuestras miradas se cruzan de nuevo. Está asustada, incluso le tiemblan ligeramente las manos, de un modo casi imperceptible si no estás a dos palmos de ella como yo. Me acerco y apoyo una mano en su brazo.

—¿Estás bien? —susurro.

Asiente con la cabeza, aunque no es cierto. Puede que el mundo en el que vivimos —tan machista a veces y tan peligroso para una chica joven que simplemente quiere disfrutar en una fiesta universitaria— aún no sea seguro para nosotras. Odio que sea así. Odio que en pleno siglo XXI tengamos que mirar por encima del hombro cuando regresamos solas a casa de madrugada y, sobre todo, odio que digas que NO y un capullo como ese se crea en el derecho de interpretarlo de otra manera.

—Bueno, creo que podríamos dar la fiesta por terminada —anuncia Jared a nuestra espalda—. Os acompaño a casa, si queréis.

Willy asiente casi sin mirarlo y se pone la chupa de cuero que hay en una silla cercana. Hannah le coloca una mano en el hombro y le da un apretón con intenciones de reconfortarla; Willy le dedica una pequeña sonrisa antes de andar hacia la salida seguida del resto.

22

Lo igual llama a lo igual

—¿Estarás bien? —le pregunto a Willy, frente a la puerta de la residencia donde vive, a tan solo tres calles de nuestro edificio.

—Sí, tranquila. Hoy mi compañera se iba a casa de su novio, así que tengo la habitación para mí sola... —Su cuerpo se estremece con la última palabra.

Pienso que, de encontrarme en su lugar, no me gustaría pasar esta noche sin compañía, dándole mil vueltas a la cabeza.

—¿Quieres que me quede contigo? —le ofrezco, por si piensa como yo.

Me mira con los ojos abiertos como platos, como si no se esperara tal pregunta. Yo tampoco imaginaba que la noche acabaría de esta manera, pero ha ido así, y no me parece correcto que esté sola.

—¿De verdad lo harías? —contesta esperanzada.

—Claro, por supuesto que sí. —Me vuelvo hacia los mellizos—. Me quedo con ella, ¿vale? Id sin mí. Hablamos mañana. —Las últimas dos palabras se las dedico a él.

—¿Estáis seguras? —Jared vacila y se nos acerca más.

—Sí, en la residencia no sucederá nada más por hoy.

—Ya hemos tenido bastante dosis de capullos por una noche —mascula él antes de asentir.

Sonrío al oírlo y asiento. La verdad es que sí.

—Muy bien. Pues hablamos mañana.

Aprieta la mano a Willy y, al pasar por mi lado, con los dedos roza intencionadamente los míos. Se me tensa el cuerpo, pero es de esas tensiones agradables que te dejan un hormigueo increíble en el cuerpo.

Maldito. Un solo roce y ya me tiene. Me mira a los ojos antes de darse la vuelta para marcharse, como si supiera lo que logra con el mero tacto de su mano.

—Adiós, chicas —se despide Hannah con su dulce voz.

Los veo alejarse y pienso que quizá deberíamos haberle dicho a la hermana de Jared que se uniera a esta fiesta de chicas improvisada, pero entonces miro a Willy, su rostro sigue un poco ceniciento, así que niego con la cabeza para mí. Ella solo necesita tranquilidad, creo que la fiesta de hoy ha sido suficiente para una buena temporada, seguro que habrá más ocasiones para vernos las tres.

—Vamos, es en la segunda planta.

Asiento y la sigo hasta la recepción, luego, hacia el ascensor y finalmente por el pasillo de la segunda planta.

—Es aquí. Perdona el desorden, esta noche he tenido un pequeño dilema con la ropa y me he probado unas cuantas opciones —dice, señalando el pequeño montón de prendas desparramadas en la silla del escritorio y parte de la cama.

Acto seguido, las pone todas encima de la mesa para que nos sentemos en la cama.

En ese momento me doy cuenta de que prácticamente no sé nada de ella. Solo que es la chica con la que se acostó Taylor al inicio de curso, que es bisexual y —por las pocas interacciones que hemos tenido— que tiene un carácter de lo más cañero, aunque hoy no lo parezca. Quizá me he venido muy arriba al acompañarla a su cuarto, pero en mi familia somos de ayudar, si alguien tiene problemas. Mi padre siempre nos ha dicho que hay que estar ahí para la gente que nos necesita; sobre todo, para aquellos que, por proximidad o afinidad, podemos ayudar más fácilmente. Me lo repetía a cada inicio de curso durante los primeros años de colegio: aunque no conociera bien a una compañera, yo podría ayudarla mejor que mi profesora, porque en el fondo nuestra situación era muy parecida y «lo igual llama a lo igual». Le encanta usar esta frase en múltiples circunstancias.

—No te preocupes. Deberías ver mi habitación —digo para quitarle hierro al asunto e intentar acercarme.

Sonríe un poco y, tras quitarse la chaqueta y dar una patada a las botas militares, se sienta a mi lado, en la cama.

—Gracias por lo que has hecho esta noche, Jo. Normalmente me sé defender solita, pero hoy... me he paralizado por un momento, y él era tan grande que no podía... no conseguía... —Se le entrecorta la voz a medida que las palabras salen atropelladas de su boca.

—No te justifiques, es normal. Él tío era un maldito armario enorme, lo hemos empujado y prácticamente ni se ha movido. El muy cabrón seguro que se escuda siempre en su tamaño para hacer lo que le da la gana.

Se muerde el labio y asiente.

—Es que en otra situación le habría dado un rodillazo en los huevos y se habría enterado de quién es Willy Harris, pero hoy, no sé... me ha pillado desprevenida. Me lo estaba pasando bien, ¿sabes? Hasta que he dejado de hacerlo.

—La gente puede cambiar su actitud en lo que dura un parpadeo, y eso es peligroso, sobre todo cuando casi no conocemos a la persona que tenemos delante.

—Ya. Los líos de una noche están bien, pero a veces resultan escalofriantes.

—No debería ser así. Para ellos, desde luego, que no lo es

—digo indignada. Me levanto de la cama y me deshago de la chaqueta de punto grueso.

—Tienes razón. Es una mierda que sigan ocurriendo cosas así.

—¿Verdad? ¿Por qué por el hecho de ser mujeres tenemos que ir siempre con miedo o con pies de plomo? ¿Por qué los tíos no pueden comportarse como personas civilizadas en un país libre?

—Parece el discurso de una futura presidenta... —Sonríe un poco más.

Yo dejo de fruncir el ceño para responder al gesto.

—Qué va, pero es que me indigna. Vine a esta gran ciudad que tanto me gusta gracias a las películas y la televisión, pensando que aquí lo pasaría de puta madre y que habría gente enrollada con la que disfrutar... y la hay, pero también está lleno de capullos retrógrados como el tío de la fiesta.

—Bueno, es normal. Siempre habrá de todo, gente de todo tipo, es así y punto. Pero podemos procurar estar juntas y luchar para que las cosas cambien de una puta vez... —acaba, furiosa y con los puños apretados.

Dejo que se desahogue porque lo necesita, lo necesitamos. ¿Cuándo aprenderá el mundo que, seas del género que seas, todos somos iguales?

Y de repente se me ocurre que quizá esto la toque más profundamente de lo que me ha parecido en un principio. Igual le ha traído recuerdos de otro momento...

—¿Te había sucedido antes algo similar?

—¿Me estás preguntando si alguna vez han intentado agredirme o violarme? —contesta, elevando la voz.

—No, no. Eso no, es que...

«En realidad sí que es eso».

—Bueno, sí. Lo siento, posiblemente me haya tomado demasiadas confianzas. No es asunto mío.

Se toca los brazos como si quisiera infundirse calor y fuerzas para contestar mientras cruzan por mi cabeza un millón de posibilidades, a cuál más aterradora.

—No, nunca me había ocurrido. Al menos, nada grave, siempre he sabido quitarme a los moscones de encima.

Aliviada, trago saliva.

—Lo que pasa es que me ven con ropa llamativa y escotada, y se creen con derecho a pensar que este cuerpo —remarca, señalándose a sí misma— puede ser suyo si les da la gana, pero la cosa no funciona así.

—Claro que no. Tú puedes vestir como te dé la gana, faltaría más. Todas podemos hacerlo sin tener que ir acojonadas por si nos ocurre algo.

—Por suerte no es algo habitual, soy capaz de mandarlos a paseo… casi siempre. Me habéis visto en mi momento más flaco, lo siento.

—¿Lo sientes? Willy… —Me vuelvo a sentar junto a ella y le palmeo la mano que tiene apoyada en la rodilla izquierda—. No hay nada que sentir. Mira, no nos conocemos demasiado y no tengo muchas amigas aquí en la universidad, pero puedes contar conmigo siempre que quieras, ¿vale? Cuando quieras —recalco.

Cada vez que he visto a la chica del pelo rosa me ha dado la impresión de que es una mujer valiente, fuerte, decidida y con un carácter explosivo. Siempre ha proyectado esta imagen. Me guiñó un ojo al salir del cuarto de Taylor la noche que se acostaron, ha estado en muchas fiestas en las últimas semanas, ha sabido darle la contestación adecuada a los que se le han puesto por delante. Pero… siempre hay más capas de las que mostramos. Detrás de las botas de estilo militar, de las medias de rejilla bajo unas minifaldas de todos los colores y de las camisetas extremadamente escotadas, quizá haya una chica como yo, a veces insegura, a veces todavía demasiado joven para asumir que el mundo está lleno de capullos machistas que se creen dioses, en el mal sentido.

—Gracias —murmura en voz baja y mirándome a los ojos—. Lo mismo digo.

Y siento que sellamos un trato, como si nos diéramos un apretón de manos con las palabras.

23

La misma canción de siempre

JARED

Este domingo se cumplen nueve semanas de nuestra llegada a Nueva York, y Hannah me ha arrastrado a un sitio llamado Sarabeth's para tomar un *brunch*. Una chica de su clase de Política internacional le ha comentado que es uno de los mejores sitios de la ciudad y tengo ganas de comerme unas buenas tortitas caseras, unos huevos benedictinos y un plato gigante de beicon crujiente. A pesar de haber vivido en muchos sitios, en ningún lado lo hacen como aquí. Lo echaba mucho de menos.

Nos ofrecen una mesa de dos, está en una fila donde varias parejas de todo tipo degustan los manjares en un ambiente de lo más festivo y animado. Resulta contagioso. Sonrío apenas imagino el sabor de esas esponjosas tortitas cubiertas de sirope de arce. Las voy a bañar en él en cuanto me las sirvan. Mi hermana me mira sonriente cuando dicto a la camarera mi lista de peticiones; ella se decanta por una tortilla con verduras y una tostada francesa con fruta. Me encantan estos momentos de hermanos. Antes, cuando vivíamos con nuestros padres, teníamos pocos, pero cuando nos escabullíamos a comer juntos o a tomar algo sin supervisión era de lo que más disfrutaba. Ahora, al vivir solos en un apartamento, disponemos de muchos más. Sin embargo, toda la movida que nos trajo aquí no me deja disfrutarlos por completo.

—¿Te gustan las clases que has escogido? —me pregunta tras meterse un trozo de tortilla en la boca.

—Bueno, más o menos.

—¿Y eso?

—Ya sabes, algunas más que otras. Nada que me apasione.

—No pasa nada si aún no has descubierto tu pasión. Tenemos dieciocho años, creo que podemos permitirnos un tiempo para encontrar aquello que nos gusta y se nos da bien en la vida.

—¿Estás segura de que nos dejarán ese tiempo? Más bien creo que nuestro padre nos da margen por la situación actual, pero que cuando todo pase, volverá a la carga para que siga con el negocio familiar.

—No lo sabes... Jared, puede que esto le abra los ojos y te deje pensar...

—Hannah, parece mentira que no lo conozcas. Con lo mucho que te afecta directamente.

Mi hermana resopla. Una situación peliaguda y, por desgracia, muy típica. Una pareja de hermanos, chico y chica; en nuestro caso, ni siquiera soy el primogénito porque somos mellizos y ella salió treinta segundos antes que yo, así que, técnicamente, es la mayor. ¿Y qué hace el anticuado de su padre? Obligar al hijo varón a seguir con su profesión, y dejar que la chica se dedique a algo más de su estilo... Odio tal actitud, sobre todo porque ella se muere por seguir sus pasos, pero él no lo ve porque es un cabrón machista y chapado a la antigua.

Bueno, quizá no tanto, pero está ciego y sordo, no importa cuántas veces le haya dicho que no quiero ser como él, el hombre continúa insistiendo.

—Quizá cambie de idea. Yo aún confío en ello.

—Porque tú eres una buena persona y tienes ilusiones. Y también, la niña de papá...

—¡Qué va! Si lo fuera de verdad no tendríamos esta conversación.

—Bueno, para él eres su niñita, y esa niñita puede hacer lo que quiera en la vida.

—No todo, obviamente.

—Obviamente... —me río, aunque no tiene mucha gracia.

En nuestro mundo, las apariencias son lo más importante. Tenemos dinero, nuestros conocidos también, la prensa se regodea cada vez que uno de nosotros sale a la calle; siempre intentan sacar algo... Todo muy sórdido. ¡Ni que fuéramos hijos de un actor famoso o de una estrella del rock!

Nada más lejos de la realidad.

—¿Has hablado con Jo? —cambia de tema.

—Sí, hablamos ayer un rato en el rellano, me la encontré cuando volvía de la residencia de Willy.

—¿Y qué tal estaban? —quiere saber, aunque esquiva mi mirada, como si le diera apuro preguntar.

—Bien, parece que Willy se sentía mejor al día siguiente. La verdad, creía que alguien como ella le daría un rodillazo en las pelotas a ese capullo, pero entiendo que a veces el pánico nos paralice, ese tío era un idiota enorme.

—No debería tener que defenderse de nadie, ese chico no puede ir por ahí agrediendo. Es asqueroso que haya tíos así.

—Pues sí —contesto con los dientes apretados—. Llegas a ser tú, y no respondo de mis actos.

—Anda, calla, macarra —dice riéndose.

—¿No me crees? Le habría dado su merecido. Aunque casi no llego, Jo ya tenía la rodilla preparada...

—Sí, ¿no? Aluciné con ella. Yo me quedé como un pasmarote, pero ella corrió allí a rescatarla sin ningún miedo.

—No te puedes meter con ella, sabe cómo defenderse, y eso me encanta. —Sonrío al pensarlo.

Mi hermana me mira fijamente, primero seria, pero luego se le eleva poco a poco la comisura del labio.

—Te gusta.

—¿Qué? Va, lo típico. Me gusta tanto como para acostarme con ella o ser su amigo…

—Ya, ya —me corta—. Amigo… Tus ojos no dicen lo mismo y esos dos pozos azules siempre me gritan lo que tú te quieres callar.

—Imaginaciones tuyas.

—Ojalá lo fueran…

—Hannah, no te preocupes por mí, en serio.

—Pídeme algo que pueda cumplir, que esto resulta imposible —masculla.

Continuamos comiendo, en silencio durante un par de minutos, sumidos en nuestros pensamientos, hasta que el sonido del móvil de Hannah nos devuelve al restaurante.

—Es mamá.

Me tenso al oírlo.

—Hola —dice sonriente a la pantalla de su teléfono. Es una videollamada.

—Hola, mi amor —contesta nuestra madre desde el otro lado del mundo, desde una ciudad que queda a miles de kilómetros—. ¿Cómo estáis? ¿Has salido a comer fuera?

—Sí, estamos tomando un *brunch* riquísimo.

—¿«Estamos»? ¿Estás con él ahora mismo?

—Sí. ¿Quieres verlo?

Niego con la cabeza, pero mi hermana es una cabezota sentimental y sé que no lo dejará pasar.

—Claro. Me encantaría hablar con él.

Trago saliva y aparto un poco el plato; de pronto, las tortitas ya no me apetecen tanto.

Hannah pone el móvil boca abajo para que nuestra madre solo vea el mantel de lino blanco, y me hace señas para que le coja el teléfono. Sigo negando con la cabeza, pero insiste. Hay pocas cosas que pueda negarle a mi hermana. Joder. Cojo el teléfono y la cara dulce de mi madre me devuelve la mirada.

—Hola, cariño. ¿Cómo estás?

Sus palabras me transportan varios meses atrás, a un momento en el que ella llamaba a la puerta de mi habitación y me abrazaba, consolándome —o consolándonos— por la mierda que se nos venía encima.

—Bien. Como siempre —respondo algo seco.

—Estás muy guapo, echaba de menos ver tu cara. Echo de menos que estéis aquí…

—Eso tendríais que haberlo pensado antes de desterrarme a esta ciudad. —No puedo evitar soltarlo.

—Cariño…

—Jared…

Ambas me hablan a la vez. Sé que es injusto que lo pague con ella. En realidad, solo una persona tiene la culpa de todo y, desde luego, no es mi madre, pero estoy rabioso. Odio todo esto. Ella no ha hablado más conmigo porque no ha querido; me llamó algunas veces, pero cuando no se lo cogí pasó a llamar a mi hermana y ahí se quedó. A Rose no le gustan los enfrentamientos, y mi hermana es igualita que ella: tranquilas, algo tímidas, curiosas por naturaleza, no les gusta discutir… y también muy cariñosas. Son mis personas favoritas en el mundo, aunque a veces me joda su complacencia.

—Yo también te echo de menos —le confieso finalmente porque soy… gilipollas, o un buen hijo, no sabría decirlo.

—Espero que estéis bien, que os estéis cuidando y dejándoos cuidar como acordamos…

—Sí, mamá. Todo tranquilo por aquí.

—Me alegra oírlo. Espero que la ciudad os trate bien, ¿os habéis comido un *bagel* a mi salud?

Sonrío al oírla. Mi madre es una loca amante de los *bagels*. Le encantan de todos los rellenos posibles. Los ha comprado allá donde hemos vivido, aunque tuvieran que importarlos de Estados Unidos. Nivel obsesivo.

—Unos cuantos —le digo para picarla.

—Os odio. Ahora mismo me comería uno relleno de salmón, queso y eneldo, caliente y crujiente… Mmm…

—¡Vale! Nos queda claro. La obsesión sigue en pie.

—Como el primer día… —se ríe ante la cámara.

La observo un momento y fijo la mirada en sus ojos, de un color azul aún más claro que el nuestro; y el pelo castaño liso y largo que la hace parecer más joven de lo que es; sus labios pintados en un rosa pálido, que le dan el toque de elegancia… la mujer perfecta para el marido importante.

Y, como si lo invocara con el pensamiento, oigo su voz de fondo.

—Rose, ¿sabes dónde está mi corbata azul?

Mi hermana me mira con los ojos abiertos como platos. Con él sí que no he intercambiado una sola palabra desde que estamos aquí, y Hannah sabe que saltaré a la mínima si se pone al teléfono. Pero mi madre es una conciliadora e intentará algo, como no le pase el teléfono de inmediato a mi hermana. Quiero hacerlo, de verdad que sí, pero…

—¿Rose? ¿Con quién hablas?

Un par de segundos más tarde, la cara de mi padre aparece en el plano.

—Ah… Jared —dice, cual sonido de un disparo.

—Padre —contesto para joderlo.

No le gusta que le hable de un modo tan formal, sobre todo porque el trato con mi madre es todo lo contrario. Frunce el ceño y se pone serio. Bueno, más aún, porque el hombre es serio por naturaleza.

—¿Ha ocurrido algo?

Su pregunta me descoloca un poco. ¿Tiene que suceder algo para que hablemos con nuestra propia madre?

—No, solo que seguimos siendo sus hijos y ha querido llamarnos.

Él aprieta los dientes ante mi ataque directo.

—No te pases.

—¿Acaso he dicho alguna mentira?

—Jared… espero que estéis aprovechando el tiempo y que este año no esté perdido.

Y ahí está él, devolviéndome el golpe.

—Uy, sí, estoy sacando matrículas de honor —digo irónico.

—Cariño, solo queremos lo mejor para ti —intercede mi madre.

—¿«Lo mejor»? ¿Y quién me ha preguntado qué es lo mejor para mí?

Mi padre se me queda mirando, sus ojos se oscurecen al escucharme. El castaño se vuelve tan oscuro como el café más puro del mundo.

—Nosotros sabemos lo que te conviene, que por eso somos tus padres.

Venga, no me jodas. La misma canción de siempre.

—¿Y mi opinión no cuenta?

—Tu opinión tiene que ser la misma que la nuestra, te hemos criado para eso, no para que seas un desagradecido que cuestiona todo lo que se le dice y encima se deja engatusar por una…

—Bueno, creo que deberíamos calmarnos. —Mi madre

coge el teléfono y se enfoca solo a sí misma—. Cariño, tú tranquilo, ¿vale? Todo se solucionará y podremos volver a nuestras vidas de siempre.

Me la quedo mirando, pero no quiero hablar más; de lo contrario, probablemente diga cosas de las que más tarde me arrepienta. Aprieto el puño que no sujeta el teléfono y bajo la vista a la mesa, respirando hondo. Mi hermana siempre reconoce cuándo estoy al límite, así que me coge el teléfono y contesta por mí:

—Claro, mamá, papá. Estoy segura de que todo se arreglará pronto. Estamos bien, ¿vale?

—Cariño, cuida de tu hermano, ¿eh?

—Lo haré.

Después, mi padre le habla con esa voz llena de ternura que reserva para ella, y mis oídos dejan de oír la conversación. Es como si los pensamientos gritaran dentro de mi cabeza y no oigo nada más. Solo puedo pensar en que él cree que me dejé engatusar, que todo es culpa mía, que soy un mal hijo por no hacer lo que él dice sin rechistar...

Resoplo y noto que alguien me toca la mano derecha, la caricia me afloja el puño. Alzo la vista y veo que Hannah ya ha colgado y me mira con preocupación.

—No le hagas caso. Nada es culpa tuya.

—¿Estás segura? Porque creo que nada de eso habría ocurrido de no haber sido por mí.

—No, nada de eso habría ocurrido de no haber sido por *ella*.

24

El sitio más alucinante de la ciudad

—¡Jooo! ¡Vas a flipar!

El chillido de Taylor hace que me separe de Jared de un salto. Me siento junto a él, pero hasta hace un segundo me hallaba a horcajadas encima de Jared mientras sus dedos jugueteaban de manera deliciosa bajo la fina tela de mi pantalón de deporte... ¡Qué calor tengo de repente!

Taylor se detiene en seco al intuir la escena que estábamos protagonizando en el salón compartido.

—Vaya, vaya. Lo siento, no sabía que estabais en plena faena...

—No pasa nada —digo.

Al sentarme en el filo del sofá, echo una miradita casi involuntaria a la entrepierna excitada de Jared. Taylor sigue mi mirada y se descojona.

—Siento cortaros el rollo, es evidente que la cosa estaba ya avanzada —dice al tiempo que señala la clara erección de mi amigo. Luego agita la cabeza y añade—: Bueno, en realidad no, parecéis conejos, todo el día ahí dale que te pego, dale que te pego. —Remarca la frase con un movimiento de pelvis adelante y atrás.

Le tiro un cojín para que se calle de una vez.

—¡Taylor!

Se ríe más fuerte, lo coge al vuelo y se deja caer junto a mí.

—En fin, vas a flipar, Jo. Necesito que me acompañes este viernes a un sitio, me lo ha recomendado un compañero de la clase de Adaptación de guiones, y creo que será la hostia. Este viernes, sin falta. No aguanto más.

Sonrío al verlo tan emocionado.

—Pero ¿qué es?, ¿un bar?

—Bueno, bueno, mejor no te lo digo, mejor que lo veas con tus propios ojos. Mi compañero ya me ha hecho el *spoiler,* pero creo que lo disfrutarás más si vas a ciegas.

—Está bien, me fío de ti.

—Se lo he dicho también a Willy, creo que le flipará. Solo hay este tipo de sitios en Nueva York, ¡es la puta hostia!

Me río con ganas y miro a Jared, que nos observa con una sonrisa bailándole en el rostro y sin rastro de la erección que tenía unos minutos atrás. Taylor parece haberse olvidado de él.

—Tú también puedes venir, si quieres... —le dice—. ¡Y tráete a más gente! ¡Cuantos más, mejor!

Jared se queda en silencio al principio, me mira como si buscara mi aprobación u opinión... Me doy cuenta de lo que ocurre y pongo los ojos en blanco antes de contestar:

—No se considera una cita si vamos en grupo con más gente.

—Está bien —concluye, asintiendo con la cabeza—. Parece que tengo el permiso de la jefa.

Y me guiña un ojo, el muy capullo. Le tiro otro cojín, esta vez apunto a su cara. Él se parte de risa y lo pilla al vuelo, antes de que le dé. Entonces le habla a Taylor:

—Me has intrigado, con tanto secretismo. Se lo diré a mi hermana, es una friki de encontrar lugares ocultos en las ciudades que visitamos. Ya ha empezado a hacer su lista de Nueva York.

—¿En serio? ¿Conoce muchos? —pregunta mi compañero, emocionado.

—Unos cuantos, sí. El fin de semana pasado estuvimos en unos edificios que no suelen abrir al público; había descubierto que era algo que se llama Open House, un evento anual para amantes de la arquitectura: abren las puertas de muchos edificios singulares de la ciudad.

—¡No tenía ni idea! ¡Qué guapo! A la próxima me avisáis, ¿eh? ¡Me encantan los sitios raros!

—Friki —digo por lo bajo con una sonrisa.

—Ya sabes que sí, y a mucha honra.

—Estará encantada, seguro. Hannah, ahí donde la veis, es una enciclopedia de datos raros, siempre te suelta cosas que sabe poca gente.

—Eso habrá que demostrarlo, yo no me quedo atrás. Sobre todo, en cine.

—Ella es más de ciudades, de secretos guardados en las calles, en los edificios, en el alcantarillado… Todo le mola, es muy friki.

—No he hablado casi nada con ella, pero ya me cae bien. ¡Claro, que se venga! Lo pasaremos genial y le va a ALUCINAR el lugar.

—Se lo diré.

Asisto a la conversación como si fuera un partido de tenis, moviendo la cabeza a izquierda y derecha. Siguen debatiendo durante un rato sobre cosas extrañas, sobre vídeos raros que ni sabía que existían. Taylor nos enseña alguna página que ha hecho alguien del *fandom*, como lo llama él, sobre alguna película o serie muy conocida… En fin, yo asiento, pero la mayoría de las veces no sé de qué habla. Sonrío porque me encanta verlo así de divertido; no me importa que nos haya frustrado el polvo que íbamos a echar.

Me gusta que se lleven bien; al fin y al cabo, ahora mismo son las dos personas que mejor me caen en esta ciudad.

El viernes llega sin darnos cuenta y Taylor nos cita a todos a las siete de la tarde en el número 1707 de la Segunda Avenida. Como no he querido hacer trampas, solo he buscado cómo llegar sin mirar qué hay allí. El metro me lleva siempre adonde quiero, así que no hay problema. Cada uno viene de un sitio distinto, por lo que salgo sola de casa; hemos quedado en vernos allí. Cuando faltan un par de minutos para la hora, llego a la entrada del local, muy estrafalario y colorido, y descubro una heladería de lo más retro que se llama UES.

Ahí están Jared y Hannah, esperando en la puerta; mientras los saludo, veo que Willy cruza la calle desde la otra acera. Solo falta el que nos ha liado a todos. No sé si es la mejor época para comernos un helado, pero el sitio resulta curioso, eso hay que reconocérselo. Los manteles de las mesas son de colores vivos, cada silla está pintada de un color distinto y hay unas sombrillas fucsias que se ven desde la otra esquina. Un enorme helado de luces de neón decora la parte superior del escaparate. Desconozco por qué se llama UES y me intriga qué debe de tener de especial como para que Taylor nos haga venir envolviéndolo con tanto misterio.

Mis pensamientos quedan interrumpidos cuando el susodicho aparece detrás de mí y me pellizca con cariño la cintura.

—Hola, hola. Qué puntualidad, veo que tenemos ganas de descubrir el pastel.

—Más bien será el sabor del helado, esta vez —bromea Willy.

—Uy, no. Hay muchas más capas por descubrir que un único sabor. ¿Estáis preparados para flipar?

Jared y Hannah asienten sonrientes y yo doy un empujoncito en el hombro a mi compañero para que no se haga de rogar más.

—¡Entremos ya!

—Vale, vale, ansiosa. El secreto está a punto de desvelarse.

Los cuatro seguimos a Taylor; al entrar es como si una bomba de helado rosa nos estallara en la cara. Todo está decorado en tonos rosados y otros colores pastel, en un escaparate se expone una buena cantidad de sabores, y en la pared del fondo hay decenas y decenas de distintas tarrinas redondas de helado. Lo observo todo con curiosidad y mi cerebro analítico no deja de pensar en la infinidad de posibilidades, en lo que podría esconderse detrás de tantos colores y sabores. Taylor se acerca a la dependienta y le dice:

—¿Necesitáis personal en el almacén?

—¿En serio? ¿Qué haces, Taylor? —Willy verbaliza lo que, sin duda, todos tenemos en mente.

—Esperad solo un momento… —contesta con paciencia y guiñándonos el ojo.

La chica que hay detrás de la barra nos observa un instante y asiente sonriente. Luego señala con la mano la pared de las tarrinas de helado.

Frunzo el ceño sin entender nada. Taylor sigue la flecha que hay pintada en el suelo, presiona un interruptor medio escondido al lado de los helados y lo que parecía una decoración original se convierte en una puerta secreta que se abre ante nosotros.

—¡No me jodas! —habla Willy, de nuevo por todos.

—Guau, esto sí que no me lo esperaba —señala Hannah sonriendo.

Taylor se vuelve y le anuncia:

—Pues ahora vais a flipar todavía más.

Una chica alta y morena aparece detrás de la puerta y nos dice:

—Bienvenidos al otro UES.

Se aparta para que pasemos y vemos en la pared unas letras de neón que dicen: YOU SCREAM, I SCREAM. ¿Gritar? Ah, no, debe de ser una especie de juego de palabras con la palabra «helado». Curiosos, nos adentramos por un pasillo donde apenas hay luz y al final descubrimos un local enorme lleno de sofás de piel marrón, reservados, paredes de ladrillo y una iluminación en tonos dorados de lo más íntima.

—¡Es un *speakeasy*! —exclama Hannah al tiempo que le da golpecitos en el brazo a Taylor.

No acababa de creerme lo que el otro día comentó Jared sobre su hermana melliza; desde luego, no me parecía una friki, pero si ella sabe qué es esto, me demuestra que yo estaba equivocada.

—¿Un qué? ¿Un bar clandestino? —quiero saber.

Estoy alucinando. Vaya contraste de ambientes. De la explosión de colores pastel en la heladería y la terraza a este sitio tan oscuro, elegante y recargado. Las paredes de ladrillo visto y repletas de marcos con cuadros y espejos dorados recuerdan a estilos de otras épocas.

—Es un *speakeasy*, como bien ha adivinado Hannah. Un bar clandestino de cócteles. Emula a los bares secretos que había en la ciudad en la época de la Ley Seca. Pero, además, este es único y especial, ya que es el único bar clandestino del país en el que sirven cócteles compuestos también de helados. ¿Cóctel y helado? ¿Puede haber una combinación mejor?

—Taylor, joder. ¡Menuda pasada! —exclama Jared, dándole una palmada en la espalda; entonces hace un barrido por la sala.

—No puedo creer que exista un sitio así a media hora de casa —declaro, sonriente.

—Ya te lo dije, nena, solo puede haber un sitio tan alucinante en Nueva York. La ciudad está llena de lugares que buscan la originalidad y atraer al público en general, y este me pareció una maldita locura.

—Desde luego que lo es.

La chica que nos ha abierto la puerta nos indica que la sigamos a un reservado. Hay bancos a ambos lados de una mesa de madera oscura decorada con tiras y tiras de *metrocards*. Jared y yo nos quedamos los últimos y nos toca sentarnos juntos. Me da a mí que Willy y Taylor lo han hecho adrede, pero no tengo queja por compartir asiento con el guapito. El sitio es una pasada y quiero disfrutarlo con mis nuevos amigos. Ellos se sientan enfrente, junto a Hannah.

Miramos la carta y cada uno de nosotros se decanta por un cóctel distinto. Todos llevan nombres originales —basados en series y lugares de la ciudad—, helado y combinación de sabores. El de Jared consiste en un vaso en forma de cono de helado con una bebida dulce y fresca y un minicono de crema de cacahuete incrustado en el interior. ¡Qué chulada! Willy se ríe cuando le traen el suyo, una bebida basada en la serie *Gossip Girl* que lleva una especie de hojas quemando.

—¡Prenden fuego al cóctel antes de traértelo a la mesa! —La chica del pelo rosa está flipando.

—Hannah, ¿qué es eso? —le pregunto cuando le dejan delante un vaso en forma de corazón.

—Un corazón púrpura de una bebida ácida con arándanos y limón y con un minicucurucho de helado de lavanda encima. ¡Es muy bonito!

Como buenos miembros de la generación Z, todos sacamos el móvil para fotografiar nuestras creaciones. Estos sitios se ganan a la gente porque, a pesar de que no sean baratos, proporcionan una experiencia única, y eso siempre se paga con gusto, al menos de vez en cuando.

—¿Y el tuyo qué lleva? —le pregunta Jared a Taylor.

—Se llama «Metro de la Segunda Avenida» y lleva mucho cítrico en una copa de margarita. Pero mira esto —le indica mientras señala el centro de la copa y se ríe.

Resulta alucinante. En el interior hay una bola de helado decorado con una *metrocard*.

Por último, traen el mío, igual me he pasado un poco, pero es que adoro la película. Todos observan mi copa con la boca abierta. Es una del tipo *Cosmopolitan*, pero a ambos lados hay un cuerno formado por chilis rojos. La copa se llama «El Diablo viste de nada», y me parece que necesitaré mucha agua, porque lleva una especie de sirope hecho de picante que me hará arder sin necesidad de fuego.

—¡Estás loca! Yo odio el picante —dice Willy, sentada delante de mí.

—A mí me encanta, soy la March que más aguanta de la familia, es un orgullo.

—Eso habrá que verlo, espero que no tengas que correr al baño —replica Taylor riendo.

—No me quieras tanto, amigo. Ni te preocupes. Podré con ello. ¿Un cóctel con picante? Flipa.

—Eso, flipante. Gracias, Taylor, por descubrírnoslo. —Tras el agradecimiento, Jared alza la copa.

Todos lo imitamos. Chocamos y bebemos. La mía está fuerte, especiada y fresca. Deliciosa. Miranda Priestly estaría orgullosa de mí.

—Me encanta esa película —afirma Hannah señalando mi cóctel.

—¿Verdad que sí? Mi hermana Amy se obsesionó con ella y la vi mil veces cuando era adolescente. Mis hermanas y yo nos turnábamos los papeles para representar algunas escenas de la película y, desde luego, la mejor Miranda siempre ha sido Beth. ¡Tiene mucho carácter!

—Es que Meryl Streep hace un papelón —aporta Willy.

—Yo prefiero las comedias románticas más clásicas —dice Taylor—, como *Algo para recordar* o *Cuando Harry encontró a Sally*.

—¡Esa es viejísima! —se ríe Jared.

—¡Otro! Menuda panda de incultos que estáis hechos. —Cuando Taylor se queja, inevitablemente me mira a mí.

Sonrío al recordar nuestra conversación sobre cine clásico de la última sesión en casa.

—¡Son clásicos! —continúa él—. Esas películas no pasan nunca de moda, son antiguas, pero de lo mejorcito que se ha hecho.

—¿No es la de la escena del orgasmo...? —pregunta Willy, y da un sorbo a su copa, cuyas llamas ya se han apagado.

—Sí, es en la que Meg Ryan, en medio del restaurante Katz's Delicatessen (que, por cierto, también deberíamos ir), finge un orgasmo dando golpes en la mesa y todo y el restaurante entero se la queda mirando alucinado —nos explica Taylor—. Ella quiere mostrar a su acompañante lo fácil que les resulta a las mujeres fingirlos sin que los hombres se den cuenta... Aunque no creo que eso sea cierto.

Hannah, Willy y yo lo miramos y acto seguido estallamos en carcajadas.

Jared fija la vista en su copa como si fuera lo más bonito del mundo, y Taylor nos observa con el ceño fruncido.

—¿Qué os pasa? Solo digo que conmigo no creo que finjan, me enteraría.

—Ah, ¿sí? —dice Willy, insinuante—. ¿Y conmigo qué pasó? ¿Te falló el radar?

—¿Perdona? No fingiste conmigo.

—¿No?, ¿estás seguro?

—Pues claro. Te vi y oí disfrutar, perfectamente.

—Lo oíste, ¿no? ¿Y si me marqué un Meg Ryan?

Taylor niega con la cabeza, pero cada vez más serio. El resto los observamos con una sonrisa o negando con la cabeza, como Jared, quien intuye que mi compañero tiene las de perder. Chico listo.

—No serías capaz de hacer un Meg Ryan. Además, no me líes, que soy un gran amante; eso a mí no me pasa.

—Oh, oh. Aquí tenemos al chulito. «Eso a mí no me pasa» —lo imita Willy con voz grave y jocosa—. El sexo es algo de dos, y a veces las cosas no cuajan, no digo que sea culpa tuya ni de la chica, pero no hay manera de saber con seguridad si todas las tías con las que te has acostado han tenido realmente un orgasmo contigo. Imposible, ¿a que sí? —me pregunta a mí.

—La verdad es que sí, Taylor —reafirmo yo—. Es fácil marcarse un Meg Ryan, y los tíos ni se enteran, sobre todo si van a su rollo.

—¡Pero yo no voy a mi rollo! —me rebate Taylor—. Yo las hago disfrutar siempre, me aseguro de ello.

—Entonces igual sí que se han corrido todas —añade Hannah.

Willy y yo la miramos, y mientras Taylor asiente con la cabeza como si pensara que es la única sensata del grupo, ella nos guiña el ojo.

Suelto una risita al verla. Me cae bien esta chica. Willy se descojona sin remilgos y luego me mira fijamente.

—¿Y tú?, ¿has fingido alguna vez?

—Definitivamente, sí.

Todos miran a Jared y me apresuro a explicarme:

—Fue el verano pasado, con un tío que conocí en la fiesta de una amiga. Nos fuimos a la cama y él... —De repente me da un poco de vergüenza el asunto.

—¿La tenía como un cacahuete?

—¿Más pequeña que la de Papá Pitufo?

Muertos de risa, Taylor y Jared hacen sus aportaciones y, avergonzada, me tapo la cara con ambas manos al recordar al corredor. Capullos.

—¿La tenía minúscula? —pregunta Willy chillando.

Hannah se ríe y se tapa la boca con la mano para que no suene en todo el bar.

Miro alrededor por si en las otras mesas están pendientes de nosotros, pues el bar se ha ido llenando.

—No, eso me pasó aquí con otro tío. Con ese ni siquiera me dio tiempo a fingir —confieso.

Los ojos de Willy, pequeños por naturaleza, se abren al máximo, como nunca lo habían hecho desde que la conozco.

—Con el que fingí tenía una buena polla, pero no sabía usarla bien —continúo—, además de que íbamos muy borrachos. Así que entró a saco en mí y no estaba nada preparada para correrme, ¿me entendéis?

Hannah y Willy asienten mientras que Taylor y Jared niegan como si el tío fuera idiota. Y retomo la explicación:

—Pero él... sí. Así que estuvimos unos minutos de «dale que te pego» en que él me azuzaba para correrme. Y entre la nebulosa de mi cabeza por el alcohol, me di cuenta de que no llegaría a conseguirlo tan rápido aunque me tocara, así que me hice un Meg Ryan y él se corrió segundos después. Fue un asco, pero preferí eso a que se pusiera a insultarme, que, por desgracia, eso también sucede demasiado a menudo.

—Por supuesto… si no te corres eres una frígida, ellos y sus pollas mágicas nunca tienen la culpa.

—Eso es generalizar mucho —opina Taylor.

—No, eso es ser realistas basándonos en las estadísticas de cada una.

—Menuda mierda de tíos con los que os habéis acostado.

Asiento lentamente con la cabeza y le doy un buen trago a la bebida. La boca me abrasa por el sabor picante y el regustillo ácido, pero me gusta la sensación. Taylor continúa hablando con Willy ante la mirada atenta y divertida de Hannah, y entonces noto cómo Jared se me acerca al oído y susurra:

—Conmigo no, ¿verdad?

Vuelvo la cabeza para mirarlo. De repente está muy cerca, el alcohol de la copa surge efecto y sus labios brillan a causa de la bebida fría. Están ahí, tan apetecibles que no puedo dejar de mirarlos.

—¿Jo? —me pregunta de nuevo.

Ah, sí. ¿Cómo puede ser tan frágil el ego de los hombres? Madre mía.

—No, contigo aún no se ha dado el caso.

—¿«Aún»? —Se me acerca más y posa los labios en el punto de unión entre el cuello y el hombro—. Eres mala…

Un escalofrío me recorre la espalda con el simple roce.

Definitivamente, no tengo problemas con los orgasmos cuando Jared me toca. Podría correrme con apenas unos toques en sitios estratégicos. Y el muy listillo sabe dónde encontrarlos.

—¿Y tú, Hannah? ¿Has fingido alguna vez?

La pregunta de Willy nos hace mirar a la melliza de Jared, todos a la espera de una respuesta. Es tan tímida que no cuenta mucho de su vida, ni siquiera sé si se ha sentido atraída por alguien en el tiempo que llevamos aquí. Mira de reojo a Taylor y se sonroja. Luego, con las mejillas aún más encendidas, contesta en un susurro:

—No. No he tenido que hacerlo.

—Qué suerte, aún hay tíos que saben hacer las cosas —le contesta la chica del pelo rosa.

—Joder, ¡menos mal! Nos estáis dejando por los suelos —exclama Taylor, algo taciturno.

Niego con la cabeza al verle la cara. En los dos meses que llevo viviendo con él, creo que empiezo a conocerlo, y comprendo que ahora lleva una rayada importante en la cabeza debido a la duda de si Willy fingió o no con él. Seguro que ella le ha estado vacilando, es de los que se pican por estas cosas y ella lo sabe. A veces los chicos son tan evidentes... con el sexo no se les puede bromear.

Entonces me acuerdo de que Willy es bisexual. ¿Le sucederá solo con los tíos o también habrá fingido con chicas?

—¿Y te ha pasado con alguna mujer? —le pregunto directamente.

La mesa se queda en silencio, estamos expectantes por descubrir la respuesta. Willy nos mira a todos y poco a poco dibuja una sonrisa de oreja a oreja.

—Las mujeres tendremos nuestras cosas, obviamente, pero conocemos nuestros cuerpos mejor que nadie, y ya te digo que si me acuesto con una chica sé antes de empezar que voy a disfrutar. Con las chicas me he corrido infinitamente más y mejor que con los tíos.

Taylor frunce más el ceño, Hannah se sonroja, Jared sonríe como si se imaginara la escena —ejem, pervertido— y yo asiento porque lo que dice tiene sentido. Qué pena que no me atraigan las mujeres, estoy segura de que nos ahorraríamos muchos Meg Ryans.

La noche avanza entre conversaciones, risas, roces furtivos de Jared por debajo de la mesa y otra ronda de cócteles. Una de las veces que acudo al baño, Hannah viene conmigo. Al salir nos quedamos quietas un momento, observando la escena que se ha iniciado en el pasillo hacia la sala del enorme bar clandestino. La miro, ha fijado la vista en Taylor y Willy, que, a tres pasos de nosotras, no se percatan de nuestra presencia.

—Pero no fingiste, ¿verdad? —le insiste él.

Niego con la cabeza y sonrío.

Hombres… Si ya lo decía yo, no podía volver a casa con la duda.

Oímos que Willy se ríe, y apoya la cabeza en el hombro de Taylor, que está muy pegado a ella, como si fueran a enrollarse en la oscuridad de este rincón solitario.

—Ay, Taylor. Qué tonto eres. Solo te tomaba el pelo. —Lo mira mientras se sincera y luego lo besa en la mejilla, rozando la comisura de la boca.

—¿Segura?

—¿Qué quieres que te diga? ¿Que me dejaste prácticamente bizca al correrme? Pues sí. Ambos disfrutamos aquel día.

Veo que a Taylor se le ilumina la cara con el comentario. En serio, qué básicos son los hombres heteros.

—Eres perversa, por un momento me has hecho dudar de mi superpoder —le dice, riéndose, y le rodea la cintura con sus anchos brazos.

—Esto no significa que las hayas dejado satisfechas a todas, igual alguna otra no tuvo la misma suerte…

Willy se ríe y él se aparta para chocar el hombro con el de ella.

—Anda, calla. No me vaciles más.

Sus risas inundan el pasillo y niego con la cabeza mientras se encaminan hacia la mesa sin darse cuenta de que hemos presenciado la escena.

—Son tan monos y hacen tan buena pareja… ojalá se dieran cuenta, ¿verdad? —le pregunto a Hannah.

Ella tarda en contestarme. Sigue con la mirada fija en el sitio donde hace un momento nuestros amigos se abrazaban. Al final alza la vista y se vuelve hacia mí.

—Sí, sí que hacen buena pareja.

El tono no es animado, más bien suena resignada. A pesar de que sonríe, no parece estar contenta por ellos, no sé a qué se deba… es como si verlos juntos no la alegrara…

Oh.

Joder.

¿Y si a Hannah le gusta Taylor?

Muy bien, Jojo. Menuda cagada.

25

Recuerda divertirte

—¡Me cago en la leche! —exclamo al ver la foto que me acaba de llegar al móvil.

—Shhh, Jo, ¿qué haces? Al final nos echarán a la calle —me riñe una de mis compañeras de clase como si yo fuera una niña pequeña que no supiera comportarse en una biblioteca.

Vale, he estado algo desconcentrada en los últimos minutos, pero, joder, llevamos aquí ya cuatro horas. Me duele el culo, tengo el cerebro frito y odio la asignatura de Violencia política y terrorismo. En realidad, la política me pone los pelos de punta, sobre todo lo que hace la gente en nombre de ella.

Miro el teléfono de nuevo y me muerdo el labio con fuerza. Joder, el tío.

¡Jared me ha mandado una foto medio desnudo!

Estoy segura de que tengo las mejillas encendidas. Me retiro un poco de la mesa para ponerme el móvil frente a los ojos y que nadie más pueda verlo. Lo mato, ¿cómo me manda esto, cuando sabe que estoy estudiando con unos compañeros...?

Me entra un mensaje justo después:

> Te vienes? Alguien me ha permitido
> esperarte en tu cama...

¿QUÉ? ¿Está en mi cuarto?

Me levanto de golpe haciendo chirriar las patas de la silla y los compañeros que compartían mesa conmigo me dirigen miradas inquisitivas. Vale, calma, gente. Hay un chico desnudo en mi cama, es una situación de emergencia.

—Lo siento, tengo que irme. Nos vemos mañana en clase, suerte con el examen.

Lo recojo todo y me dirijo corriendo a la salida más cercana.

Voy a matar a Taylor.

Ha dejado a Jared solo en mi cuarto, sin supervisión...

A ver, no es que tenga nada que esconder, pero odio que la gente toquetee mis cosas sin permiso, y ahora él puede estar abriendo el armario, los cajones... Mierda, menos mal que para el portátil se necesita la contraseña, fliparía con la cantidad de información sobre crímenes reales que hay en el historial de búsqueda y en mi lista de pódcast.

Camino a paso rápido y pienso en el examen de mañana, creo que lo llevo bastante bien, pero nunca se sabe con estas asignaturas. En el instituto siempre saqué unas notas buenísimas, y ahora, en la universidad, creía que sería igual, pero algunas materias me resultan bastante complicadas. Esta es una de ellas, el profesor titular es un hombre mayor y muy paternalista que tampoco se explica muy bien, que digamos, y creo que el profesor adjunto me tiene manía.

O quizá sean imaginaciones mías, vete a saber.

Al abandonar Washington Square Park siento la respiración agitada y advierto que he salido corriendo al ver la foto. ¿Qué significa eso? No quiero perder el culo por él, ni por él ni por ningún tío, pero nada más ver a Jared, he salido disparada hacia casa. Puedo convencerme a mí misma de que se debe a la incertidumbre de que esté en mi cuarto, pero... creo que un poco de ganas de verlo sí que tengo... Le echaremos la culpa al buen sexo que me nubla la vista. Últimamente hemos quedado más —aunque siempre con amigos— y parece que algo me vaya acercando más a él... Será mejor que corra a mi cuarto y le recuerde qué tipo de trato tenemos.

Sonrío como una idiota y agito la cabeza mientras meto las manos en los bolsillos de la chaqueta. En los últimos días ha refrescado un poco más, el otoño irrumpe pisando fuerte. Huele a los árboles del parque y al café con canela de un local cercano.

Sigo andando, aunque esta vez me obligo a ralentizar la marcha, pues odio dar imagen de desesperada, ya perdí el culo una vez por un tío y eso no volverá a suceder nunca. Saco el móvil para contestarle al mensaje, pero entonces aparece en la pantalla la cara sonriente de mi padre con cuernos de reno y no puedo reprimir una risita antes de contestar. Me encanta la foto. Cada miembro de la familia March tiene una parecida de las Navidades pasadas.

—Hola, papá.

—Hola, bichito.

Sonrío al oír el apodo que tengo desde pequeña. Cuánto lo echo de menos.

—¿Cómo estáis?

—Muy bien. Nosotros, con nuestras rutinas de siempre. ¿Y tú? ¿Cómo va la experiencia universitaria?

—Las clases van bien, más o menos. Me resulta más duro de lo que imaginaba.

—¿Tienes problemas? —pregunta, preocupado.

—No, no. Al menos, aún no. En alguna asignatura no entiendo muy bien lo que se espera de mí, hay casos prácticos que son complicados.

—Seguro que acabas sacándolo, eres un bichito inteligente, ¡la primera de tu promoción! —remarca en tono de orgullo y con una amplia sonrisa.

En mi boca se replica una pequeñita, pero no me llega a los ojos; lo sé porque ahora mi padre ya frunce el ceño.

—Oye, va en serio, eres una March, probablemente una de las más listas, has salido a tu madre, pero no le comentes que te lo he dicho yo, ¿eh? Que se le sube a la cabeza.

Me río abiertamente mientras meneo la cabeza en señal de negación. Esta frase nos la ha repetido más veces de las que puedo recordar. Mis padres se llevan muy bien y, tras más de veinte años de matrimonio, cuando están juntos, desprenden aún esa chispa que siempre han tenido, esa química y el pique que los hace retarse cada día. Creo que es precioso; sin duda, pasé toda la adolescencia suspirando por tener una relación así algún día… Y creí que la había encontrado. Creí que algún día sería como la de ellos…

Lo creí hasta que la burbuja me estalló en la cara.

Pensar en él me congela la sonrisa, así que me obligo a contestarle antes de que advierta que mi mente ha volado a un sitio que intento evitar desde hace varios años.

—Gracias, papá. Por desgracia, creo que el nivel que exigen en la universidad es mucho más alto que el del instituto.

—Cierto, suele ser así, pero se soluciona estudiando más. Aunque también puedes pedir ayuda, los profesores adjuntos acostumbran a hacer tutorías, ve a ver al de la asignatura que te cueste e intenta entender lo que os piden.

Lo pienso un momento y niego con la cabeza. El profesor adjunto de Violencia política me odia. Un día le consulté una duda; me dijo que ya debería conocer los métodos de la asignatura y que, de lo contrario, significaba que no estaba a la altura, por lo que podía cambiar la asignatura por otra más asequible. ¡Idiota! No pienso abandonar a la primera de cambio, aunque, sin duda, es la que más me cuesta.

—Sí, lo haré. —Paso de preocuparlo por tal tontería.

—Muy bien. Vendrás en Acción de Gracias, ¿no? Tu madre se tomará libre el día siguiente para veros a todas.

Se me cae el alma a los pies.

Mi madre trabaja mucho, las malas lenguas dirían que demasiado, pero ama su carrera en publicidad, tiene un cargo importante y, aunque a veces me enfade por verla tan poco, estoy orgullosa de todo lo que ha logrado ella sola. En el barrio siempre cuchichean sobre nuestra familia, sobre por qué era mi padre quien nos llevaba al colegio o a las extraescolares mientras que mi madre salía a las siete de la mañana con su coche de gama alta y muchos días no volvía hasta doce horas más tarde. Yo no considero que en las familias exista un sistema correcto y que todos los demás estén mal, hay que adoptar el que funcione para todos los miembros; y los vecinos... deben meterse en sus asuntos. Mejor que opinen sobre lo que sucede dentro de sus casas en vez de observar tras la cortina lo que hace el resto.

—Pues aún no lo sé, lo siento, pero tengo que entregar un trabajo al lunes siguiente y no estoy segura de cómo lo llevaré. Ya os lo diré.

—Ay, cariño, tampoco todo tiene que ser estudiar, ¿eh? Recuerda divertirte.

Si él supiera...

—Me estoy divirtiendo también, papá, pero me agobia no sacar una buena media este primer curso. Quiero hacerlo. Los estudios son importantes para mí, no quiero distracciones.

—Bueno, pero a veces las distracciones también son divertidas, no puede reducirse todo a estudiar. Sé que después de lo que pasó con M...

—No me lo recuerdes, en serio, prefiero que no tratemos

el tema. No es por eso, ni por él. Simplemente quiero sacar una buena media para tener más posibilidades de entrar en el FBI.

Un sonoro suspiro se oye a través de los altavoces del teléfono. Ya doblo la esquina de la calle de casa, no nos queda mucho tiempo.

—Jo… ¿Estás segura de que quieres dedicarte a eso?

—¿Pillar a los malos? Sí, es lo que quiero.

—Ya lo sabes, yo preferiría que te convirtieras en la próxima reina de la novela negra más que ir corriendo por ahí con una pistola en la mano… —Se oye su estremecimiento al pronunciarlo.

—Ya lo hemos hablado, papá. Quiero dedicarme a eso. Me gusta sentirme útil, me gusta resolver misterios y encontrar al culpable de algo, y, sobre todo, conseguir que la gente mala pague por lo que ha hecho.

—Aún puedes estudiar para fiscal o juez, que también meten a los malos en la cárcel, pero desde su ventajosa silla del escritorio.

—No creo que sea lo mismo, papá, y lo sabes. Necesito más actividad, detrás de una mesa todo el día… me daría algo.

—Los agentes del FBI también hacen mucho papeleo, ¿no has visto las series de polis? Allí siempre se quejan de eso.

—He visto todas las series de polis y agentes que han estrenado en las últimas décadas, y lo sabes.

—Y, aun así, quieres dedicarte a ello —apunta, resignado.

—Sí —contesto sonriente.

Esta conversación se ha repetido a menudo, y las que nos quedan… En el fondo me entiende, sin embargo, no le gusta pensar que su hija estará con frecuencia en peligro.

—Seré una buena agente —me reafirmo.

—Por eso me preocupo. Serás la mejor, y mientras tanto, yo estaré en casa sufriendo...

Me río ante su tono lastimero.

—Tienes que confiar en mí, en que sabré cuidar de mí misma.

—En ti confío ciegamente; como he dicho, eres clavada a tu madre —dice, risueño de nuevo—, pero no confío en la larga lista de psicópatas que hay en el país.

Pongo los ojos en blanco y le replico:

—Tienes razón, por eso se necesita a más gente como yo, que se quiera dedicar a meterlos entre rejas, ¿no crees?

Mi padre gruñe al oírme y me parto de risa.

—Bichito sabihondo... ¡Está bien! No lo digo más. Por favor, cuídate y diviértete entre asignatura y asignatura.

—¡Lo haré! Dales un beso a todas las *mujercitas*.

—De parte de la más valiente. Un abrazo, cariño.

Colgamos y en el rostro se me queda instalada una sonrisa nostálgica. Lo echo muchísimo de menos, ojalá pudiera vivir más cerca de casa. No hay muchos kilómetros de Nueva York a Providence, pero si me marcho el fin de semana pierdo bastante tiempo, y necesito concentrarme en asignaturas como la de Violencia política, que me tiene bastante inquieta.

Llego a la puerta del edificio y me acuerdo de que hay un chico desnudo en mi cama. ¡Joder! Y no le he contestado ni nada, igual se ha cansado de esperar y se ha largado, aunque no hace más de quince minutos que he salido de la biblioteca. Corro escaleras arriba y, prácticamente sin aliento, abro la puerta del apartamento.

No he perdido el culo por venir aquí, pero, como dice mi padre... «¡Hay que divertirse!».

26

Empoderada

—Eres un traidor —digo nada más entrar en nuestro salón y ver a Taylor con el ordenador sobre las piernas y el enorme cable de internet atravesando la estancia.

—Anda, anda. Si te encantará el regalito que hay en tu habitación. Creo que incluso está desenvuelto, para que no debas hacer nada. Lo tienes listo para la acción. —Se descojona al oír sus propias palabras.

Meneo la cabeza.

—La próxima vez, avísame.

—Oye, oye. No mates al intermediario, entra ahí y échale la culpa al guapito que ha orquestado todo esto, yo no he tenido nada que ver —dice con las manos alzadas, como si se rindiera.

—No te quepa duda de que lo haré.

Suelta una risita y murmura por lo bajo:

—La has cagado, amigo.

Me dirijo a mi cuarto, pero antes de abrir la puerta me doy cuenta de algo, así que vuelvo la cabeza para hablar con Taylor:

—¿Cómo ha conseguido enviarme la foto, con la mierda de cobertura que tenemos?

Se ríe a carcajadas antes de contestar:

—Después de hacerse la foto, se ha vestido, ha corrido a la calle, la ha mandado y ha vuelto a entrar aquí para despelotarse otra vez.

Niego con la cabeza, pero la sonrisilla en mis labios persiste. Me doy la vuelta y abro la puerta de un empujón.

La imagen que encuentro al otro lado de la madera me detiene en medio de la habitación. Mis ojos, en cambio, no se quedan quietos, mi mirada viaja por cada parte de su cuerpo expuesto, por cada trozo de piel descubierta. Jared está en calzoncillos estirado en mi cama, con las sábanas revueltas a los pies y una sonrisa algo dubitativa en el rostro.

—Empezaba a pensar que no vendrías.

Sus palabras me hacen reaccionar y cierro la puerta a mis espaldas. Dejo el bolso y la carpeta con los apuntes encima del escritorio. Luego me quito la chaqueta y la coloco en el respaldo de la silla. Noto que con la mirada sigue todos mis movimientos, y mi piel va tomando temperatura al notarla sobre mí. Me vuelvo para verlo mejor. Joder, está espectacular. La foto no le hacía justicia. El pelo, cada día más largo, le tapa media cara, y en sus labios baila una sonrisa, aunque empieza a flaquear ante mi falta de respuesta. Necesito unos minutos para observar todos sus recovecos y no entrar en pánico al tomar conciencia de cuánto me gusta verlo ahí, en mi cama.

Trago saliva y me acerco lentamente para situarme al lado de la cama. Observo sus brazos fibrosos, el torso bien definido, su complexión delgada pero bien proporcionada, sus piernas largas y con algo de vello oscuro. Lleva bóxers negros, y, solo de pensar en lo que hay bajo la tela, se me hace la boca agua.

De repente tengo una idea para que nos divirtamos los dos.

Según parece, él quiere que juguemos... ¡Pues vamos a jugar!

—He venido en cuanto he podido, estaba en la biblioteca.

—Lo sé, pero de vez en cuando hay que descansar y pasarlo bien.

—Sí, justo eso me ha dicho mi padre al venir hacia aquí, que recuerde divertirme también.

—Sabio consejo.

—Es un hombre muy sabio.

—¿Y cómo podemos divertirnos esta tarde?, ¿tienes alguna idea? —tantea, acompañándose de una de esas caídas de pestañas tan sexis.

—Se me acaba de ocurrir una cosa... —apunto, insinuante.

Me doy la vuelta sin esperar una respuesta. Sé que Jared se apuntaría a cualquier cosa en el plano sexual, así que me siento confiada para llevar a cabo mi idea. Cojo el cinturón de uno de los quimonos de flores que cuelgan tras la puerta y me dirijo hacia él. Sus ojos se agrandan un poco más al intuir mis intenciones. Apoyo una rodilla en la cama, al lado de su cintura, y me estiro sin mediar palabra para cogerle un brazo y atarlo con suavidad al cabecero de la cama. Después tiro de la fina tela hasta el otro extremo y le ato el otro brazo. Me observa fijamente y me resulta inevitable bajar la mirada hasta su entrepierna, que se ha abultado visiblemente.

—Parece que te ha gustado la idea.

—Joder, Jo. Me encanta la idea, sea la que sea —murmura con la voz más ronca que le he oído hasta el momento.

—Bueno, he pensado que hoy podría ser yo la que haga contigo lo que quiera. ¿Qué te parece? Ya que te has colado en mi dormitorio, te has tumbado en mi cama sin pedir permiso y te has desnudado como si fueras un regalo para mí, desenvuelto y listo para la acción... qué menos, ¿no?

Traga saliva y asiente repetidas veces.

—No pretendía molestarte, solo quería darte una sorpresa.

—No me molestas. Y ya que estás aquí, creo que podríamos disfrutar los dos.

—Es una idea excelente.

—Se me hace la boca agua solo de pensar en las ideas que se me ocurren para que podamos disfrutar... —susurro con suavidad.

Jared intenta estirar los brazos para tocarme, pero las ligaduras le mantienen en su sitio. No creo que le hagan daño, a pesar de ser efectivas; esta vez, él no podrá tocarme a su antojo, en cambio yo... Me humedezco solo de pensar en el poder que me da este jueguecito.

—Jo... haz algo. Es una locura no poder ponerte una mano encima.

Sonrío enigmática y sus ojos se oscurecen aún más. Se muerde el labio inferior, y el lunar que tiene sobre el superior se mueve de un modo muy sexy. Tengo ganas de morderle el labio, de lamer ese lunar, pero guardo silencio y empiezo a desnudarme lentamente, frente a su atenta mirada. Me quito las zapatillas y los calcetines. Luego, me deslizo por la cabeza el jersey y una camiseta de tirantes sencilla y blanca que me pongo cuando hace frío. El sujetador de encaje en un tono rosa palo queda al descubierto.

—Me estás matando, Jo. No vayas tan lenta.

—Jared, Jared, Jared. ¿Cómo era aquello que me dijiste?, ¿«retrasar la gratificación»? Vamos a ver si la única que debe tener paciencia aquí soy yo.

—¿Te estás vengando? No te creía una chica rencorosa.

—No lo soy, esto no es un castigo. Es un regalo.

—Un regalo... ya. Pues como no aceleres me empezarán a doler los huevos.

Una carcajada brota de mis labios al oírlo. Me desabrocho los vaqueros y los deslizo lentamente por las piernas. Jared suelta un gemido e intenta tocarse el pelo, pero no puede porque sus manos están atadas a la cama. Sonrío al percibir su frustración. Es bueno que pueda sentirlo él también, hace unas semanas en la biblioteca yo estaba desesperada y acabé viendo las estrellas, solo quiero que él pase por lo mismo.

—Vamos a ver si podemos hacer algo para que no te duelan, ¿no? Quizá si hago esto…

Subo a la cama y me siento a horcajadas sobre sus piernas. Ambos estamos en ropa interior y mis manos juguetonas se deslizan por su estómago, resiguiendo esa fina línea de vello que desaparece indecorosamente en el elástico de los calzoncillos.

—Jo…

Ha sonado a advertencia, mi reacción es sonreír de oreja a oreja.

—¿Jared? —le pregunto con inocencia.

—No me engaña ese tono, eres perversa.

—Oh, no pretendo serlo. Quiero que te relajes y disfrutes y, sobre todo —digo, ya a pocos centímetros de su barriga—, quiero que dejen de dolerte los huevos…

Justo después de mis palabras le beso la piel y desciendo poco a poco, depositándole besos húmedos sobre el torso. El efecto es inmediato: se le agita el cuerpo, involuntariamente eleva las piernas y la pelvis.

—Joder, joder, joder. Qué sexy eres —murmura entre gemidos.

—¿Lo crees? —Le sigo el juego con voz seductora.

—Eres una diosa, y la anticipación y la incertidumbre de no saber qué vas a hacer me están matando.

—Eso me gusta… Me siento poderosa.

—Lo eres, eres la que tiene el poder aquí. Siempre.

Sus palabras me hacen mirarlo a los ojos. El sexo es un arma con la que pasarlo muy bien, con la pareja adecuada puedes lograr muchas cosas para tu autoestima. Tras mis fracasos a principios del curso, llegué a pensar que igual tenía algún problema en la cama, pero veo que no es así, que solo depende de la conexión entre las dos personas, de la química. Y estar con alguien que siente lo mismo por ti puede convertirte en la más empoderada de las mujeres.

Me siento sexy, me siento una diosa. Y no porque él me lo haya dicho, sino que *yo* he decidido tomar ese poder que todas guardamos en nuestro interior y sacarlo a la superficie.

Muevo las manos por su cuerpo hasta la cinturilla de los bóxers y estiro hacia abajo para desnudarlo poco a poco. Su polla me saluda antes de que llegue a quitárselos del todo y siento su excitación en todo mi cuerpo. Aparto de él un momento mis piernas algo temblorosas para quitarle la ropa interior; luego me subo de nuevo encima. Con los dedos le acaricio lentamente el cuerpo en pequeños círculos, y da respingos cuando le rozo ciertos puntos, como la cadera izquierda, la ingle derecha o las rodillas. Tiene cosquillas.

—No, no. Ahí, no —dice cuando pongo un dedo debajo de sus costillas.

Sonrío sin mediar palabra y de nuevo dirijo la vista a su polla. No puede ocultar que el jueguecito le está excitando, y espero que continúe así por mucho rato. Sé que lo hará. Lo miro un segundo a los ojos, en sus pupilas prácticamente no hay rastro de azul. Tiene la boca abierta y los brazos se mueven ligeramente, no se acuerda de que sigue atado en mi cama. Solo de pensarlo, yo también me pongo a mil. No aguanto más. Bajo la cabeza y me la meto en la boca.

—Joderrr.

Su maldición me hace sonreír. No puede tocarme ni dirigirme, así que hago lo que considero mejor. En pocas semanas he descubierto lo que más y lo que menos le excita, aunque en ningún momento he sentido que algo no le pusiera. Jared es muy sexual, y yo, con él, también.

Mi boca no pierde detalle, sube y baja con suavidad y firmeza, me ayudo con las manos para estimularlo al máximo. Él se mueve como si no pudiera contener las oleadas de placer. Me siento genial por ser la causante de su enorme disfrute.

Desde luego, yo también lo hago. Nunca una mamada me había excitado tanto.

—Jo, Dios mío. Me muero por esa boca…

Me la saco del todo y le doy un suave lametón en la punta. Jared lloriquea y suelta una carcajada.

—Esto es lo mejor y lo peor que me ha pasado en la vida —dice en tono lastimero.

—¿«Lo peor»? ¿Quieres que pare?

—Joder, no. Quiero que me sueltes para poder tocarte.

Lo miro y alzo un dedo para trazar el movimiento universal de negación.

—Creo que aún no he acabado contigo. Quiero descubrir a qué sabes…

—Me cago en la puta, Jo.

El sonido de mi risa se pierde cuando vuelvo a metérmela en la boca. Lo disfruto tanto que los minutos pasan sin darme cuenta. Arriba y abajo. Abajo y arriba. Mi lengua se está dando un festín.

—Jo, suéltame… Si no quieres que acabe en tu boca, debes parar ya, no podré controlarme.

—¿Y quién ha dicho que no quiera que acabes en mi boca?

Su cabeza cae sobre la almohada, resopla y maldice.

Quiero hacerlo. Lo estoy deseando; no transcurren más

de veinte segundos hasta que Jared suelta un gruñido y se derrama en mi boca.

Y, joder… es lo más sexy que han presenciado esta habitación y su dueña.

Sonrío y le doy un besito en la punta. Luego me restriego por su cuerpo hasta alcanzar su cara.

—Ha sido la hostia —dice entre fuertes respiraciones—. No puedo creer lo que acabas de hacer.

—¿Por qué no? En la cama todo vale, si estamos de acuerdo.

—Yo estoy de acuerdo contigo en todo lo que quieras, lo que necesites. Lo que sea, pero, por favor, suéltame los brazos ahora mismo, me pican las manos de las ganas que tienen de devolverte el favor.

Me río sobre su cuerpo y junto nuestros labios. Cuando me separo de él, ambos estamos sonriendo.

—Si eso es lo que quieren… ¿Cómo vamos a negárselo?

27

¡Vamos allá!

Faltan dos días para Halloween y hoy teníamos la última oportunidad de ir al parque de atracciones de Coney Island, pues cierra la temporada el día 31. He querido visitarlo desde que llegué a la ciudad, pero, entre la carga de trabajo de la universidad y mi relación de follamigos con cierto guapito, no había encontrado el momento. Cuando estuvimos en el bar clandestino, les comenté que quería pasar un día allí para descansar de tanto estudio; todos se apuntaron, así que ahora mismo estamos entrando en el Luna Park. En las taquillas compramos una tarjeta con crédito suficiente para montarnos en las atracciones más emblemáticas. Taylor está deseoso de subirse al Cyclone, una de las clásicas montañas rusas del parque, y yo no quiero marcharme sin montarme antes en la mítica noria Wonder Wheel.

—¡Apenas hay cola! ¡Vamos! —chilla Willy, cogida del brazo de Taylor. Ambos corren como un par de niños excitados hacia la montaña rusa. Hannah les sigue con una sonrisa decaída y Jared y yo nos quedamos un poco rezagados. Lo miro, está más blanco de lo habitual, a pesar de ser pálido de por sí, casi como yo cuando se me va el moreno del verano. Cuando uno de nosotros dos se pone al lado de Taylor, parecemos un tablero de ajedrez por el contraste.

—¿Te ocurre algo? —le pregunto al detenerlo un momento para mirarlo a la cara.

—No, no… Estoy… bien.

—Tu tartamudeo me dice lo contrario.

—Es solo que… no me gustan las alturas.

—¿Te da miedo subirte a las atracciones? —le pregunto con una sonrisa.

Lo sé, estoy siendo una niña mala. No debería reírme de él.

—No es miedo, es que no me gusta.

—Claro, ¿y por qué has venido?

Él frunce el ceño como si buscara la respuesta adecuada; finalmente dice con la boca pequeña, como un niño enfurruñado:

—No quería fastidiaros el plan…

Me río, no puedo hacer otra cosa ante esa actitud.

—Vale, pues nos vemos luego. ¡Yo quiero subirme al Cyclone!

Salgo corriendo para alcanzar al resto, ignoro si me sigue. Cuando alcanzo a Hannah, ella mira hacia atrás en busca de su hermano.

—Creo que no quiere subirse —le informo.

—Lo raro sería que quisiera, nunca le han gustado las atracciones. Ha salido a nuestra madre.

—¿A ti tampoco te gustan? —curioseo.

—Qué va, a mí me encantan. Aunque quizá debería quedarme con él para que no esté solo…

—No seas tonta, es mayorcito para que le hagas de canguro, seguro que no le pasa nada por esperarnos aquí unos minutos. ¿Verdad? —Lo último se lo pregunto directamente a él, que acaba de alcanzarnos.

—No hay problema. Subid tranquilas. Yo me quedaré aquí y me haré cargo de los cadáveres cuando acabéis.

—Ja, ja, qué gracioso —musito, dándole un toque en el pecho—. No me esperaba que fueras tan cagado con esto, con lo abierto que pareces para todo.

—Una cosa no quita la otra, no me gustan las alturas, ya está. El otro día casi te da un ataque porque te cruzaste con una rata por la calle, mientras que yo podría tocarla sin problemas. ¿Tu fobia a los roedores te hace menos abierta?

Touchée.

Me estremezco al recordar el episodio. Volvíamos de clase y justo se nos cruzó una rata que —gracias al cielo— acabó en las alcantarillas... Me subí encima de Jared y le rodeé la cintura con las piernas hasta que me juró que la habíamos perdido de vista. Fue humillante. Sí, tengo fobia a las ratas. Arggg. ¿Por qué me lo ha recordado?

—Está bien, no he dicho nada.

El maldito guapito sonríe de oreja a oreja por haberme devuelto la pelota.

—No te portes como un capullo, Jared —lo riñe Hannah.

—¿Yo?

Se señala a sí mismo y pone cara de niño bueno, solo le falta el halo en la cabeza, como si no hubiera roto un plato en la vida.

—Vamos, ya casi es nuestro turno.

Hannah y yo seguimos a Taylor y Willy, que ya se abrochan el cierre de seguridad en sus asientos. Veo que la hermana de Jared no deja de mirarlos y me muero por preguntarle al respecto. Ahora mismo, mi vena cotilla está a punto de explotar. Necesito saber si le gusta mi compañero y si quiere algo con él, si puedo hacer algo por ella, si solo le atrae o si se trata de algo más. En el último caso, igual tenemos un problema, porque Taylor me ha dicho mil veces que no desea nada serio con nadie, solo pasarlo bien, y Hannah no parece de las que les va ese acuerdo... Pero ¿qué sabré yo?

—¿Te gusta? —le digo al sentarme a su lado, mientras el personal nos ayuda a ajustarnos los cierres de seguridad.

—¿Qué? —Me mira sin entenderlo.

Señalo con la cabeza los asientos de nuestros compañeros, y poco a poco se le enrojecen las mejillas mientras niega con la cabeza.

—No me gusta nadie.

—¿No? Mucho miras hacia allí, ¿seguro que no? Sería genial que te gustara, aunque no sé si él buscaría algo más que sexo. Creo que no está en esa onda ahora mismo.

—Tranquila, no quiero nada con nadie —replica tajante.

Cuando abro la boca para contestarle, la atracción arranca y me cojo a la barra metálica del asiento.

—¡Vamos allá! —chilla Taylor delante de nosotras.

Me río con esos nervios buenos que te revuelven el estómago cuando estás a punto de vivir una experiencia llena de adrenalina. El vagón empieza a subir una rampa lentamente y miro alrededor. La playa se ve infinita desde aquí, el parque que nos rodea es una explosión de sonidos y colores, y la montaña rusa está llena de carriles y nudos que ahora recorreremos. Tengo un grito en la garganta que desea salir, y cuando llegamos a lo alto de la rampa y oímos el clic que hace justo antes de caer en picado, lo suelto sin pudor. Grito y grito. Me río. Mi estómago se mueve en todas direcciones. Hannah se ríe a mi lado, levanta las manos y grita llena de júbilo. Willy y Taylor no se quedan atrás. Los cuatro disfrutamos del momento, que, por desgracia, pasa demasiado rápido.

28

Subirse a una noria nunca es buena idea

Jared

Las miro hasta que se hacen tan pequeñas que no las distingo, por la velocidad a la que van estas atracciones. Mi corazón retumba en el pecho enloquecido. Sí, lo reconozco: odio las alturas. A veces pienso que lo que siento en lo alto de una atracción no se debe al miedo, pero sí que lo es, es uno de mis talones de Aquiles; una de esas cosas que, si puedo, evito sin miramientos. Aunque parezca un gallina. Me he subido en algunas atracciones a lo largo de la vida, pero casi siempre ha sido por la presión de grupo y lo he pasado mal. Parece que a todo el mundo tienen que gustarle las atracciones y más si eres un tío, como si fuéramos menos por no querer subirnos. Yo no me considero inferior, pero los chicos en el instituto pueden ser muy gilipollas.

Cuando los veo atravesar las puertas del Cyclone suelto un suspiro de alivio. Sé que las atracciones son bastante seguras, pero no me quedo tranquilo hasta que Hannah aparece de nuevo. Jo me mira con una sonrisa de oreja a oreja, y antes de que las palabras salgan de su preciosa boca, adivino qué me dirá.

—¡Ha sido la hostia! ¡Tendrías que haberte subido!

Ahí está, lo que dicen siempre: «Tendrías que haberte subido» o «No pasa nada. Es una pasada». Y la que más me gusta: «Te lo vas a pasar genial». Sí, me lo pasaría de puta madre muriéndome a tu lado. No, cada persona es distinta y yo soy de las que sufren subiéndose a estos trastos del infierno.

—Sí, sí, en otra vida —le contesto.

—Anda, mira que eres cagado. No dura ni cinco minutos.

—¿Y por qué querría pasarlo mal ni que fueran cinco minutos?

—¡Si ha sido la puta hostia! —chilla Taylor al tiempo que me da una palmada fuerte en el hombro—. Busquemos una más light para niñitos como tú...

Se ríe de su broma y el resto sonríe. Excepto Hannah, siento que está a punto de saltar por mí.

—Sí, a ver si llego a la altura mínima para poder montarme. Ojalá que no —digo, guiñándole un ojo a Jo en tono de broma.

Me da igual que se metan conmigo. Estoy acostumbrado desde pequeño.

—Qué tonto —contesta, y me da un toquecito en el brazo.

Se lo devuelvo con una sonrisa. He venido a este sitio infernal porque lo propuso ella; me gusta estar con Jo, y ya que las citas están terminantemente prohibidas, no me quedan más opciones que las salidas grupales.

Paseamos por el parque durante horas, lo han decorado con motivos otoñales y de Halloween. Calabazas, montañas de heno y hojas de colores por todas partes; telarañas y ojos amarillos colgando a la salida de algunas atracciones o gente disfrazada. Creo que ya me he cruzado por lo menos con cuatro Dráculas.

—Vamos al otro parque, ¿no? ¡Quiero subirme a la noria! —exclama Jo, sobreexcitada.

Desea subirse a la Wonder Wheel, que es visible desde cualquier punto del lugar.

Si soy sincero conmigo mismo, siempre he querido superar la fobia a las alturas, el terror irracional a caerme, a morirme de un infarto o vomitar a muchos metros de altura. Todo muy real, lo sé. Querría subirme con ella a una de las cabinas coloridas. Querría, de verdad.

—Vamos, entonces. Me encantan las norias, aunque sean las atracciones más blandengues —dice Willy, y se coge a un brazo de mi hermana y a uno de Taylor.

¿«Blandengues»? Esta de aquí queda a la altura de uno de los rascacielos de Manhattan, seguro que desde arriba se ve el *skyline* de la ciudad al completo.

Oigo que mi hermana se ríe a carcajadas por algún comentario, y sonrío automáticamente. Verla feliz me llena el corazón de alegría, nunca dejaré de sentirme culpable porque tuviera que venir conmigo, por lo que sus pequeños momentos de felicidad me sacan un peso de encima.

—¿De verdad que no quieres montarte conmigo en una cabina? Prometo entretenerte hasta que te olvides de los ciento cincuenta pies de altura.

Trago saliva. Joder. Me entran sudores por la espalda solo de pensarlo.

Pero me puede la curiosidad, como siempre.

—¿Y cómo piensas entretenerme? —pregunto con la boca pequeña.

Su sonrisa ilumina el parque entero y mi corazón retumba en el pecho debido a un motivo distinto al de la altura; se trata de otra emoción que también podría terminar en desastre.

Jo se me acerca un poco más y me rodea el cuello con los brazos para lograr que mi oreja quede a la altura de su boca cuando dice:

—Puede que use los labios y la lengua para hacer algo que te gusta…

Sorprendido, abro los ojos. ¿Qué es lo que sugiere exactamente?

—Pero si quieres saberlo… tendrás que subirte conmigo —dice, guiñándome un ojo y andando hacia la entrada de la Wonder Wheel.

La veo alejarse con sus andares sexis, con ese culo que tanto me gusta enfundado en unos vaqueros negros y estrechos, y me quedo embobado por un momento.

Que Jo me gusta no es un misterio para mí, pero ¿tanto como para subirme a una maldita noria?

Aprieto los dientes y chillo:

—¡Espera!

Ella se detiene y me mira por encima del hombro con una sonrisa.

—¿Sí?

—Está bien, lo haré, pero si te vomito encima no puedes tenérmelo en cuenta, ya te advierto que la noria no está en mi top de citas favoritas de la historia, pero si te empeñas…

—No es una cita —objeta, de repente más seria.

Me doy una torta mental al oírla. Ella y su aversión a intimar con nadie. No sé quién tiene más miedo, ¿ella a las relaciones o yo a las alturas?

—Era una manera de hablar, joder. Me refería a que normalmente no me subiría a una puta noria, si me monto es porque quiero hacerlo contigo, aun a riesgo de que me veas echar la pota.

Ante mi último comentario, se ríe como si no pudiera aguantarse. Bien. Mejor eso a que corra en dirección contraria.

—Ya verás como no llegas a eso. El miedo es irracional y siempre lo exageramos, el ser humano es fuerte y puede con más de lo que cree, ya verás.

—Si tú lo dices.

—¡Quiero bajarme de aquí! Quiero irme, quiero irme…
—Es mi patética voz dejándome en ridículo frente a Jo.

Me tapo la cara con las manos y me pego todo lo que puedo al respaldo del banco de la cabina. Da igual cuánto apriete la espalda, porque me invade la sensación de que me escurro hacia delante, hacia el vacío que asoma entre las rejas del cochecillo infernal.

—Tranquilo, Jared. No queremos que te dé un infarto.

Con la mano me acaricia la pierna; está sentada junto a mí en una cabina blanca. Por suerte, nos hemos subido a una de las «estáticas», la roja de enfrente se mueve adelante y atrás, además de subir y bajar con la noria como la nuestra. Mi hermana se encuentra allí con Taylor y Willy, oigo sus gritos de diversión desde aquí. Están enfermos, ¡enfermos!

—Si no querías que me diera un infarto era mejor quedarnos en tierra —susurro nervioso.

Tengo el estómago revuelto, siento que en cualquier momento cumpliré la promesa de vomitar en las alturas.

—Jared, nadie te ha obligado a subir, pero ya que estás aquí, intenta disfrutarlo. Mira las vistas, son espectaculares.

Me toca una de las manos que tengo en la cara y yo, obediente, la muevo un poco. Al instante veo el océano enorme; a la derecha, Manhattan a lo lejos, y si miro más abajo, la inmensidad del parque a una altura horriblemente alta. Me tapo la cara de nuevo.

—¡No puedo! ¡No puedo!

Joder, mi voz es más aguda de lo normal, pero la situación me supera.

—Vale, vale. Probemos otra cosa, ¿OK? Mírame a mí.

Niego con la cabeza cuando la cabina arranca de nuevo

y se balancea; y eso que la maldita es «estática», se mueve como si bailáramos reguetón.

—Vamos, Jared, mírame —repite con suavidad.

El sonido de sus palabras traspasa el ruido ensordecedor que nos rodea y los acelerados latidos de mi corazón asustado. Me obligo a respirar hondo y a intentarlo. Estoy aquí para superarme. Y también porque me ha liado una rubia pequeña y seductora.

—Eso es, mírame —me anima de nuevo.

Cuando aparto las manos de la cara, ella me las coge y entrelaza nuestros dedos.

—Me has prometido algo que no estás cumpliendo... —le echo en cara.

—¿Y cómo pretendes que lo haga si no me has dejado verte el rostro hasta ahora? Y ya estamos casi arriba del todo...

—¿¡Qué!? —chillo.

Vuelvo la cara un segundo y veo que, efectivamente, estamos altísimos, la cabina se mueve a un lado y al otro; pero no es nada, en comparación con la de nuestros amigos, pues parece que vayan en un auto de choque.

Ella suelta nuestras manos y me coge la cara para que la mire.

—Escúchame, estás aquí conmigo. No te pasará nada, ¿vale?, solo hay un poco de altura y movimiento, pero todo lo que sube... baja, y pasará rápido, ya verás. Tú mírame a mí.

La observo en silencio y con la respiración acelerada, el corazón me retumba contra el pecho, temo que en realidad esté a segundos de sufrir un infarto. Soy demasiado joven para morir y resultaría muy patético que sucediera en la legendaria Wonder Wheel.

—Eso es... lo haces muy bien.

—No puedo creer que me haya dejado engañar para subir aquí.

—¡Ey! No te he engañado, solo quería que te pusieras a prueba, que disfrutaras de los últimos momentos en el parque.

—En tierra se disfruta mejor, subirse a una noria nunca es buena idea.

—¿Tú crees? —dice insinuante.

Sus manos continúan en mi cara, me acaricia despacio mientras observa atenta todos mis rasgos. Abro la boca como si necesitara aire, como si se me cortara la respiración. Me encuentro en la situación más estresante desde que volví a Estados Unidos.

Su rostro se acerca cada vez más; ya solo a un par de centímetros de mi cara, sonríe.

—Ha llegado el momento de cumplir mi promesa —dice justo antes de suprimir la distancia que nos separa, uniendo nuestros labios.

El beso es suave al principio, explora mis labios mientras el miedo que aún invade mi cuerpo me paraliza, pero a medida que ella se mueve, noto cómo mi cuerpo se relaja lentamente, y le acaricio la cintura acercándola a mí. Mi boca responde a la suya, le devuelve el beso. Tengo los ojos cerrados y no quiero abrirlos porque se rompería la burbuja y regresaríamos a la casilla de salida. La beso con más intensidad, junto la lengua con la suya, entierro los dedos en los mechones de su corta melena.

Seguimos besándonos durante un tiempo deliciosamente eterno, hasta que la cabina se mueve con tal brusquedad que se me levantan los pies del suelo. Abro un ojo y descubro que estamos detenidos, abajo del todo; sin embargo, la atracción enseguida retoma la marcha para subir de nuevo, sin dejarnos salir.

—Pero... ¡Mierda, nos hemos despistado y esto vuelve a estar en marcha!

—No, no —se ríe la muy desalmada—, la noria da dos vueltas.

—¿QUÉ? ¿¡Dos vueltas en este infierno!?

—¿O dos vueltas en este paraíso? —me contradice, volviendo a acercarse.

Su mano derecha juega traviesa con el bajo de mi camiseta y se adentra explorándome la cadera y parte de la espalda. Se me pone la piel de gallina y una erección empieza a formarse bajo los pantalones.

—Espera, espera, no podemos hacer nada de esto aquí —la detengo, consciente de dónde nos encontramos.

—No haré nada, solo saborearte y sobarte un poco para que te relajes, lo que te prometí.

Sonríe como si fuera una niña buena en vez de una chica endemoniada que no para de llevarme al límite.

—Eres mala...

—Sí, sí, ya me lo dirás cuando bajemos. Ahora ven aquí para que pueda distraerte a gusto.

Una pequeña sonrisa se me dibuja en la cara y me acerco a ella. La abrazo para estar bien juntos, nuestras bocas vuelven a juntarse. Si tengo que morir aquí arriba, al menos que sea haciendo una de las cosas que más me gustan.

La segunda vuelta dura menos que la anterior, o eso me parece. El plan de Jo ha funcionado, aunque no me subiría de nuevo sin ella al lado para distraerme.

Acabamos el día sentados en la arena de la playa de Coney Island formando una fila de cinco que observa el mar en silencio. Después de todo, no ha ido tan mal. Cuando veníamos hacia aquí por la mañana, pensaba que resultaría un desastre absoluto, pero, tal como me ocurre últimamente, compartir ratos con Jo hace más llevadera la existencia apartado de mi antiguo mundo. Le paso un brazo por los hombros y la acerco a mi cuerpo. Hace frío como para estar aquí un 29 de octubre, pero ahora mismo no lo cambiaría por ningún otro lugar.

Al final acabará por gustarme esta vida de desconexión total.

29

El cumpleañero decide

Dos días después de Coney Island llega Halloween y creo que este año será muy diferente a los anteriores. Acudiré a una fiesta de disfraces, obvio, pero esta vez, en mi propio apartamento y celebrando, además, el cumpleaños de Taylor. Lleva todo el día eufórico, preparándolo todo. Ha invitado a todas las personas que conoce en Nueva York. No sé si cabremos, pero no he querido fastidiarle el entusiasmo.

No ha soltado prenda de cómo se disfrazará, no me ha mostrado nada y dice que será la bomba. Me lo creo. Con lo friki que es, me espero cualquier cosa.

Yo pensaba comprarme un gorro de bruja, una falda de gasa negra, unas medias a rayas y listo, pero ayer Willy me comentó que había encontrado unos disfraces geniales. Como iban en un pack de tres, me preguntó si quería sumarme a su trío. Me encantó la idea, además, no distaba mucho de lo que tenía pensado yo. La tercera persona vestida a conjunto con nosotras será Hannah, estos días lo hemos pasado muy bien junto a ella, es una chica encantadora. ¡Vamos a dar el cante seguro!

—He invitado también a las chicas del ático.

Lo miro mientras empuja el sofá a un lado del salón, pretende despejarlo para que quepa más gente.

—¿Te ha quedado alguien de esta parte de la ciudad por invitar? Sabes que no cabremos en el apartamento.

—¡Es mi cumpleaños y Halloween! Hay que celebrarlo por dos. No te quejes, también se lo he dicho a tu vecinito favorito…

Arqueo una ceja, puesto que consideraba que la asistencia de Jared era bastante obvia, pero si le hace ilusión invitarlo, no seré yo quien se la quite.

—Sí, ya me ha dicho que vendrá, aunque no le gusta mucho disfrazarse.

—Qué soso, ni las alturas ni los disfraces, será mejor que le eches un par de polvos más y le des la patada, resulta muy aburrido.

—No le daré la patada porque no estamos saliendo —remarco con seriedad.

—No estáis saliendo, pero estáis follando en exclusividad. Eso ya es algo más serio que un polvo de una noche, y es una relación, aunque no quieras verlo.

—Es una relación de amigos que se acuestan. Punto final.

—Lo que tú digas, me encanta cuando te autoengañas.

Lo fulmino con la mirada.

—¡Calla ya! No sabes lo que dices.

—No, yo no sé nada. Ya me lo contarás en unas semanas…

—No habrá nada que contar, joder, Taylor. En serio, no sé cuántas veces deberé repetirte que solo tenemos sexo, sexo de calidad, por fin, nada más.

—Yo no veo a mis ligues cada puñetero día —replica con una sonrisa de superioridad.

—Porque tú no te acuestas con la misma más de un par de veces, pero, si algo funciona, ¿para qué buscarme a otro? Él ya me está bien por un tiempo.

—Sí, se nota que te está bien —dice irónico.

Frunzo el ceño sin comprender a qué se refiere. Es verdad, lo que tengo con Jared me gusta, nos acostamos cuando a ambos nos pica y punto. No hay relación de novios, citas, mimos o esa parte dramática y siempre predispuesta a terminar en desastre. Solo la parte sudorosa y divertida.

Así ya es perfecto.

—¿Me dices de una vez de qué irás disfrazado? —le pregunto para cambiar de tema.

Prefiero hablar de lo que más ilusión le hace: su noche de Halloween.

—No, no. Lo verás en un rato. De hecho, debería prepararme ya. Tenemos de todo, ¿no?

—Creo que hay alcohol para abastecer a todo el Downtown, así que imagino que sí.

—Qué exagerada. Corre a vestirte, que se nos hará tarde y no puedes retrasarte, ¡eres una de las anfitrionas! —Me guiña un ojo, extasiado.

Me río de él y le sigo el juego.

—Está bien, el cumpleañero decide.

—¡Uy, es lo peor que podías decir, y lo más cierto del mundo! ¡Hoy me toca decidir a mí! Y lo primero es eso, venga, corre a enseñarme el disfraz que te has comprado con las chicas, me encantan los que van conjuntados.

—¿Tú vas a conjunto con alguien? —pregunto curiosa y en tono insinuante.

—No, listilla. Aunque podría ser de pareja, este año he optado por el individual. Sin embargo... no le resta ni un ápice de genialidad. Es uno de mis personajes favoritos en el mundo entero y el director que hizo la película me parece un puto maestro.

—¿Admiras a todos los directores de cine o qué?

—Pues no, solo a los mejores.

Me vuelve a guiñar un ojo y da media vuelta para entrar en su habitación. Yo lo imito y me voy a la mía para cambiarme. Después de las clases de la mañana y de pasarme la tarde recogiendo y poniendo la casa a punto para la fiesta, me siento cansada, aunque también me muero de ganas por descubrir qué nos depara la nueva noche de Halloween.

Justo cuando estoy acabando de maquillarme, oigo que llaman al timbre. Deben de ser las chicas, quedamos en que nos encontraríamos un poco antes para cuando empezara a llegar la gente, pues la una sin las otras no somos nada; las tres vamos de hermanas, unas hermanas muy conocidas esta noche del año: las hermanas Sanderson de *El retorno de las brujas*. Me subo el corsé, me recoloco la peluca larga y rubia y me marco de nuevo el lunar de Sarah, la hermana que me ha tocado. Salgo corriendo hacia la puerta y al abrirla encuentro a una Winifred y una Mary de lo más sexis. Willy se ha puesto una peluca naranja bien cardada y se ha pintado los labios de esa forma tan característica, como si fueran más pequeños de lo que son en realidad; lleva el vestido verde que encontró ayer en una tienda de disfraces del centro.

—¡Estáis auténticas!

—¡Tú estás de lo más guapa! Te sienta bien el pelo largo... —dice Willy, tomando una de mis ondas rubias y enrollándosela en el dedo.

Cuando me habla, veo que se ha puesto unos dientes salidos para asemejarse más a la protagonista de la película, y suelto una carcajada que Hannah no tarda en acompañar. Miro a la melliza de Jared y la boca se me paraliza en una enorme sonrisa. La consideraba una chica muy tímida, pero estos últimos días se está mostrando más atrevida, le gusta divertirse y no tiene miedo a lucir un peinado tan loco como el de la hermana Mary Sanderson. ¡Incluso lleva reflejos morados!

—¡Pasad, pasad! No ha llegado nadie aún y Taylor se está cambiando. Voy a por mi capa. Enseguida vuelvo.

Corro a mi cuarto mientras ellas van a la cocina a servirse algo de beber. Al unirme a ellas dos minutos después, las encuentro jaleando a mi compañero de piso; a él solo lo veo de espaldas, creo que va vestido con un traje negro de rayas... ¿De qué va disfrazado? Entonces se vuelve y suelto un chillido:

—¡No me jodas! ¡Eres Jack Skellington!

Me río a carcajadas. Él solo sonríe, luego le da al botón de un mando que lleva en la mano y suena una canción por los altavoces que ha conectado a su ordenador —hoy, situado en el salón—. La canción de *This is Halloween*, de la película *Pesadilla antes de Navidad*.

¡Está en todo!

—Taylor, debes de llevar horas pintándote la cabeza de blanco y negro... —le dice Willy, estirando la mano para tocarle la cara maquillada. Él se aparta apresuradamente.

—Ni se te ocurra, no me lo fastidies antes de que empiece la fiesta.

—¡Menuda pajarita, es igual! —exclama Hannah con la boca abierta.

Tiene razón, el traje es calcado al del protagonista de la película, es un Jack musculoso y sexy. Traerá locas a las Sallys de la fiesta...

Suena otra vez el timbre, y ahora es Taylor quien corre a abrir después de tirar suavemente del extraño peinado puntiagudo que lleva Hannah.

La gente va llegando y la casa se llena. Las tres reímos, bebemos y nos lo pasamos en grande durante un buen rato.

Falta Jared; no sé dónde se ha metido, pero, sabiendo que no le iba mucho el rollo de disfrazarse, entiendo que no esté aquí disfrutando. Aunque… ¿no debería venir?, ¿no nos aseguró que vendría? ¿Por qué me importa tanto? Si no quiere venir que no venga, lo estamos pasando en grande sin él.

Taylor maneja una lista de música con todo tipo de canciones con *vibes* de Halloween, y tras una hora, corta la música para poner otra canción. Por los altavoces suena *I Put a Spell on You*, de la película *El retorno de las brujas*, y mi compañero se gira sonriente hacia las tres. ¡Joder! Viene corriendo y nos chilla:

—¡El cumpleañero decide que vuestros trajes no pueden desperdiciarse! ¡A bailar, hermanas!

Si cree que nos entrará la vergüenza a estas alturas de la noche, es que no nos conoce en absoluto. Miro a Willy y a Hannah, que ya están moviendo las caderas. Me uno a ellas en un instante. Nos reímos y corremos al centro del salón haciendo playback de la canción principal de la famosísima película.

Mientras cantamos y bailamos dándolo todo, el salón se llena aún más; seguro que al poco rato nos desaloja la policía. Las ventanas del piso están abiertas y hay gente sentada en las escaleras fumando y bebiendo. Todos los asientos de la casa han quedado ocupados, aunque no son muchos. Cuando terminamos, nos aplauden y jalean.

Nos hemos defendido bastante bien.

Desde que tengo uso de razón, en mi casa es una película obligada en esta época del año. De pequeña estaba enamoradísima del chico que sale, es una pena que no haya seguido en el mundillo.

Nos dirigimos a la cocina a por unas bebidas, con Taylor pisándonos los talones y riéndose con Willy por lo bien que lo ha hecho.

—Deberías dedicarte a ello, he alucinado.

—No digas chorradas, solo estamos haciendo el tonto y divirtiéndonos.

—Yo te daría un papel en mi primera película.

Sonrío al verlos; es una lástima que no se gusten lo suficiente, encajarían perfectamente como pareja. Miro a Hannah, que los escucha con una sonrisa en los labios. Parece sincera, aunque también puede que se deba al alcohol que hemos ingerido. Taylor coge de los brazos a Willy y la hace bailar en el sitio cuando suena *Rapunzel*, de Emlyn. Debido al movimiento, da involuntariamente un pequeño golpe a Hannah, a quien se le derrama el contenido de la copa sobre la falda de recortes colorida y las medias granates.

—¡Hostia, perdona, Hannah! Qué desastre, joder —se disculpa él, y se acerca a la encimera para coger el rollo de papel y ayudarla a secárselo.

—No te preocupes, deja… Déjalo —le insiste, ya más seria—. Voy al baño a limpiármelo.

—Te acompaño —se ofrece Willy—. Yo te ayudo.

La coge de la mano y la arrastra a nuestro cuarto de baño.

—Ya te vale, cumpleañero.

—Ha sido un accidente, me he emocionado bailando con la hermana Winifred…

—Mucho te fijas tú en la hermana Wini…

—Qué dices, tonta. Ya sabes lo que hay. Es una amiga. Como lo eres tú.

Arqueo la ceja.

—Y una mierda es la misma relación que tienes conmigo.

Vestido de Jack, agita una mano frente a mi cara como si no entendiera por qué insisto, pues para él el tema está más que zanjado.

—Por cierto… —empieza, pero se interrumpe y mira por encima de mi hombro.

Lleva más rato de lo normal con la boca abierta, así que me vuelvo, curiosa por descubrir qué lo ha dejado pasmado.

—¡Joder con la suerte del cumpleañero!

—¿Esa es la vecina del ático? —pregunta con regocijo.

—Creo que sí, la rubia del pelo ondulado.

—Sí, sí. Lo es, ¿verdad? Las chicas que trabajan en el mundo de la moda acaban de llegar. Las otras parecen supermodelos, pero esta chica… es… ¿Te lo puedes creer?

—No me creo que tengas tanta suerte.

La vecina del ático —Amber, creo que se llama— nos mira y, cuando ve el disfraz de mi compañero, no puede parar de reírse.

Lo empujo para que vaya con ella.

—Corre a por tu Sally, Jack.

—Ya te digo. No me esperes despierto, Sarah Sanderson.

Me río meneando la cabeza. Qué casualidad que una de nuestras vecinas se haya vestido a conjunto con su traje de Skellington. Aunque, ciertamente, se trata de unos disfraces muy socorridos. Como diría mi hermana Beth, «Las películas de Tim Burton son una fuente infinita de disfraces para esta noche». El año pasado ella se disfrazó de Emily, de *La novia cadáver*.

Doy media vuelta y cojo la copa que me estaba bebiendo; cuando miro de nuevo el salón, alguien vestido del asesino de *Scream* se planta frente a mí dándome un susto de muerte.

—Joder —me quejo, y lo empujo por instinto.

Pero no dice nada, solo ladea la cara como el verdadero asesino de la película de terror y se me acerca más.

—Oye, oye, seas quien seas, mejor que corra el aire entre

nosotros si no quieres conocer la potencia de mi rodillazo —lo amenazo entonces.

Me quedo quieta como un poste de la luz mientras el enmascarado se sigue acercando. Mi respiración se acelera. Esa película siempre logra acojonarme, aunque al verla nadie chilla como mi hermana Amy. El protagonista de *Scream* se me acerca al oído y susurra:

—Ya conozco tu rodillazo y no me gustaría repetir la experiencia…

Mis ojos se abren como platos al reconocer al dueño de esa voz grave.

—¿Jared?

Lo empujo otra vez y oigo la risa desde dentro de su máscara.

—Capullo. Vaya susto me has dado.

—¿No va de eso esta noche? —pregunta al sacarse la máscara por un momento para mostrarme su rostro sonriente.

—Ve a asustar a otra, esta careta da muy mal rollo.

Sonríe y me coge de la cintura.

—El disfraz más trillado y fácil que he encontrado. Lo raro es que no esté lleno de estas caretas.

—Quizá a principios de los dos mil, pero creo que ha quedado un poco anticuado.

—Auch. ¿Y qué antigüedad tiene el disfraz de las hermanas Sanderson?

Entrecierro los ojos ante tal impertinencia, pero el tono es divertido y le sigo el rollo, como hago normalmente. Este chico ha pasado de ser un capullo en una azotea a alguien que me hace reír en fiestas y otros eventos.

Muy mal, Jo. Al final tendrá razón Beth y el plan está haciendo aguas.

—Ay, guapito, siempre haciéndote el listillo. Las hermanas son el clásico de Halloween por excelencia. ¿No me queda bien el traje?

—Te queda como un guante. Aunque me encantaría ver qué ropa interior has escogido para convertirte en la sexy Sarah Sanderson...

Acerco los labios a su oído derecho y le contesto:

—¿Quieres que nos escabullamos a mi dormitorio?

—Por favor, Jo, ¿tú qué crees? Ya tardamos.

Así, sí. Encauzado el plan a lo que es. Sexo y solo sexo.

Corremos riéndonos a mi habitación, pero al abrir la puerta vemos que una montaña de abrigos se mueve arriba y abajo y se oyen unos suaves jadeos.

—Joder, creo que se nos han adelantado... —me susurra al oído, con los brazos alrededor de mi cintura.

—Debería haber cerrado con llave...

—Tarde para pensar en ello. ¿Vamos a mi casa?

Me vuelvo para mirarlo. Hasta hoy, nunca me había invitado a su apartamento. Mi estómago se remueve con un sentimiento que no logro identificar mientras asiento con la cabeza. Entrelazo los dedos con los suyos, él se pone la careta de nuevo y cruzamos el salón hacia la salida.

Pasamos por delante del sofá donde Jack y Sally se están enrollando como si estuvieran solos en el edificio, ¡vaya manera de devorarse! Hannah y Willy no han vuelto del baño o las hemos perdido de vista. Sonrío contentilla por lo que he bebido y rezo para que no me destrocen el apartamento.

Pero de eso ya me preocuparé mañana... Esta bruja de aquí va a pasárselo en grande el resto de la noche.

30

Todo es cuestión de perspectiva

JARED

En nuestra rutina diaria hay días tranquilos y otros más duros; algunos días pienso que el hecho de vivir en Nueva York lejos de nuestros padres tiene todo el sentido del mundo, pero en otros momentos patearía la puerta y lo mandaría todo a tomar por culo.

Hoy haría esto último.

Solo quiero dejar las cosas de la universidad en mi habitación e ir a buscarla. Quiero sentir su piel caliente bajo las yemas de los dedos y la humedad de su boca en mis labios. Necesito pasar un rato con ella. Hace semanas que convenimos el pacto de sexo que tan bien nos funciona, y siento que los ratos que pasamos juntos —y casi siempre desnudos— suponen un oasis en el desierto de mi vida actual.

Pasados veinte minutos, llamo a la puerta de su apartamento y Taylor me dice que no está, que su bandolera de clase está encima de la cama, pero no hay ni rastro de ella. También ha abandonado el móvil sobre la mesa del escritorio.

No puede haber ido muy lejos, entonces. Enseguida pienso en un lugar que visita a veces, allí donde tuvimos el primer encontronazo hace dos meses, aunque me parezca una eternidad: la azotea. Subo los escalones de dos en dos y empujo la puerta con el hombro.

No me equivoco, ahí la encuentro, apoyada en el muro mirando el mar infinito de rascacielos que nos rodea.

Me acerco unos pasos sin que ella se entere de que alguien está allí, parece ensimismada. Me pongo a su lado sin mirar hacia abajo —no estoy tan loco, mi miedo a las alturas no se ha solucionado por arte de magia—, y la busco con la mirada. Solo entonces se da cuenta de que me encuentro junto a ella.

—¿Cómo sabías que estaba aquí?

—Hace un par de semanas me dijiste que te gustaba subir aquí a pensar, sobre todo los días que se te hacían cuesta arriba.

—Pues sí, es un buen sitio para dejar la mente en blanco o reflexionar sobre lo ocurrido.

—¿Y qué te ha sucedido hoy como para acudir aquí?

Vuelve a observar el horizonte; al fondo se distingue el mar y adivino que ahí dirige la mirada.

—Puedes contármelo. Si te sirve de consuelo, mi día también ha sido una gran mierda.

—¿Y eso?

—Ah, no, amiga. Primero tú. —Acompaño la frase de un ligero choque de hombros y una sonrisa ladeada.

Suspira sonoramente y se pasa la mano por la cara, como si quisiera retardar el inicio de la conversación. Sospecho que me he precipitado al subir aquí, si ha venido a la azotea es porque quiere estar sola y relajarse… aunque quizá necesite a alguien para desahogarse. Y ese puedo ser yo.

—Me han suspendido un examen.

Arqueo la ceja, interrogante. «¿Eso es todo?». La pregunta se me debe de reflejar en el rostro, pues la contesta sin necesidad de que la pronuncie.

—Ya, supongo que para la mayoría es una tontería, pero yo nunca había suspendido un examen.

—¿Nunca? ¿Cómo es posible? ¿Me he acostado con la empollona de Providence y no tenía ni idea? —Formulo la última pregunta con voz aguda para hacerla reír.

—Qué idiota eres —dice, dándome una palmada en el brazo y con una pequeña sonrisa en los labios.

Minipunto para mí.

—No, ahora en serio. ¿Nunca habías suspendido un examen?

Niega con la cabeza

—Joder, pues sí que es fuerte, sí —continúo—. Yo no soy tan buen estudiante como tú, está claro; tengo experiencia en este campo. Puedo aconsejarte para sobrellevarlo…

—¿Aconsejarme en el arte del suspenso? —pregunta con sorna.

—Claro, no tengo que decirte que deberías haber estudiado más porque me atrevo a afirmar que este no es el problema… que ya te conozco un poco. Pero puedo aconsejarte sobre cómo sobrellevarlo.

—A ver, maestro, ilumíneme.

Se vuelve para quedar frente a mí por completo, yo hago lo mismo. Cuando me mira expectante me doy una palmadita mental en la espalda, pues al menos he logrado difuminar un poco su mirada melancólica.

—Primer consejo: no debes obsesionarte con el tema, solo ha sido UN suspenso.

—Pues empezamos bien, no soy nada obsesiva… —dice, irónica.

Ya, en eso debe trabajar más. A menudo se atormenta con las cosas, tampoco es que la conozca muchísimo, pero al conocernos se obsesionó con que era mala en la cama o al menos creía que tenía un problema con el sexo. Nada más lejos de la realidad, como ha quedado demostrado en todos nuestros encuentros sexuales.

—Sé que resulta difícil, pero no arreglas nada pensando una y mil veces en lo que has hecho mal, debes mirar adelante y marcarte un nuevo objetivo. Y ahí viene mi segundo consejo.

—Marcarme un nuevo objetivo… ya, el problema es que aún debo solucionar el primero.

—No, el examen ya está suspendido, pero si hay una recuperación, un examen final o un trabajo que puedas presentar, ahí está el nuevo objetivo.

—Bueno, visto así… tienes razón —contesta, asintiendo con la cabeza.

—Lo sé.

Esbozo una pequeña sonrisa, de esas que le gustan, aunque nunca lo reconocerá. No las muestro a menudo, en realidad ahora hay poca gente que me las despierte, pero ella es una de las dos personas que lo logran.

—Qué chulito eres.

—O sincero.

—No te conozco tanto como para afirmar eso.

—Me conoces lo suficiente; de hecho, más que mucha gente.

La miro fijamente cuando se pone más seria, está considerando mis palabras.

Lo reconozco, he sido un poco hipócrita o, más bien, sincero a medias. Al menos no miento a la cara, solo omito algunas partes de mi vida que no puedo revelar a nadie por el momento.

Suspira y se encara de nuevo al horizonte de Manhattan.

—¿Sabes? No es el hecho de suspender lo que me tiene así, sino la asignatura que te conté, Violencia política; el profesor auxiliar me ha devuelto el examen y me ha dicho, en palabras textuales: «Deberías haberme hecho caso, esto se te da de pena».

—Menudo capullo, ¿es el que te dijo que te desapuntaras de la asignatura?

—Sí, un idiota pretencioso. No soy de las que abandonan las cosas a medias, además, la asignatura me servirá en el futuro. Por el amor de Dios, quiero dedicarme a la criminología, siempre estaré rodeada de violencia.

Sus palabras logran acallarme un par de minutos. Jo... criminóloga. Lo hará bien; logra todo lo que se propone, tiene cuerpo y mente para un puesto así, pero, joder, será muy duro. Me gustaría preguntarle si está segura de querer dedicarse a ello, pero me consta que su padre ya se lo menciona a menudo. Además, me parece un gran logro que tenga tan claros sus objetivos al graduarse.

Todo lo contrario que yo, que no tengo ni puta idea.

—Además, ninguno de los profesores que la da se explica bien. Hablan y hablan sobre datos y más datos, pero el examen consiste en unos casos prácticos que no hemos tratado, no nos han contado cómo desarrollarlos, no tiene sentido. Esto en mi instituto no pasaba.

—El cambio de un sitio al otro siempre resulta complicado, mi madre me contó que el primer año en Stanford le suspendieron cuatro asignaturas; y era de las tuyas, de gafas de pasta y siempre con un libro bajo el brazo.

—Así no me ayudas...

Me acerco un poco a ella y le acaricio el brazo para tranquilizarla, o al menos eso pretendo.

—No lo enfoques desde ahí —le aconsejo—, me refiero a que todo es cuestión de perspectiva, como estar aquí arriba. Mira hacia abajo, venga, hazlo tú, yo te guío desde aquí. —Prosigo más animado tras su tímida carcajada—. Desde donde estamos, las personas que pasean parecen hormigas en un inmenso mar de tráfico, calles y edificios, pero si te sitúas allí abajo, junto a ellos, te sientes en armonía, como si todo estuviera bien. Perspectiva —añado al advertir que entrecierra los ojos como si no comprendiera mi símil—. Puedes ver el vaso medio lleno o medio vacío. Has suspendido un examen, vale, pues tendrás que encontrar la manera de aprobar el siguiente. Debes sentirte motivada para ello, yo estoy seguro de que lo conseguirás.

—Madre mía, ¿te has tragado un *coach* antes de venir? Igual deberías dedicarte a eso, ya que no sabes hacia dónde dirigirte.

—¿Eso crees? ¿Estoy logrando algo?

—Quizá.

—Es un buen comienzo.

—Das buenos consejos, hay que reconocértelo. Quizá deberías ser psicólogo.

—Ufff… ¿Loquero?

—¡Qué tonto! —exclama, se ríe de nuevo y se da la vuelta para apoyarse en el muro, de espaldas a la ciudad—. No son loqueros, son personas muy importantes que ayudan y aconsejan a la gente para vivir su día a día lo mejor posible. Igual se te daría bien.

—No lo sé… Sigo sin tenerlo claro.

Y por mucho que baraje diversas opciones, al otro lado del océano tengo un padre que no me dejará realizar ninguna de mis decisiones, que insistirá hasta la extenuación en que siga sus pasos.

—Tienes mucho tiempo para decidirte, verás como das con algo que te guste.

—Ojalá lleves razón.

—¿Quién es el negativo ahora? —me pregunta al tiempo que apoya los brazos en la pared y se empuja para sentarse en el muro.

Mi corazón da un brinco al verla balancearse a cuatro pisos de altura. Me muevo veloz y me coloco entre sus piernas para que las enlace alrededor de mi cadera y poder cogerla por la cintura. Quiero anclarme a ella, no vayamos a tener un disgusto.

—Mmm, ¿qué haces? —ronronea.

—Asegurarme de que no cambias la perspectiva en un vuelo fatal hacia la acera. He dicho que hay que mirar las cosas desde otro lado, pero con seguridad, loca.

—No me pasará nada.

—Claro que no, porque te estoy cogiendo —susurro, rozándole la cara con la nariz en una suave caricia.

Nuestras miradas se mezclan por un momento, nos quedamos prendados el uno del otro, como si la conexión que establecimos al firmar aquel pacto —o incluso días antes— estuviera convirtiéndose en algo más importante, más íntimo.

Mentiría si dijera que la idea no ha cruzado mi mente más de una vez. Cada momento que paso a su lado anhelo más. Sin embargo, sé que ella no está preparada. No quiero que piense que he subido aquí a modo de encerrona para estar con ella a solas… Vale, en realidad es un poco así, pero no creo que decírselo nos haga bien, así que rompo el instante con mi particular sentido del humor.

—Y que conste en acta que esto no es una cita ni nada que se le parezca, ¿eh? Ha sido un encuentro casual, totalmente aleatorio y sin importancia.

Su mirada forma un pequeño velo de protección, puedo ver cómo sube las barreras frente a mis ojos. Mierda, igual era mejor callarse la boca.

—Nosotros no tenemos citas y lo sabes… —pronuncia con lentitud.

—Lo sé, por eso te lo digo, simplemente he subido a tomar el aire fresco y nada contaminado de Manhattan, y mira qué sorpresa me he llevado cuando me he encontrado contigo. Me trae recuerdos de nuestra primera vez.

Su rostro se relaja poco a poco. En el fondo sé que sus muros se tambalean más cada día, pero me costará derribarlos, estoy seguro.

—Espero que no hayas quitado el tope de la puerta, no quiero quedarme horas aquí como la última vez, hace mucho más frío.

—Tú tranquila, si eso pasa… tengo calor para darte.

Me acerco más a ella hasta que las partes interesantes se rozan tal como nos gusta. Mejor volver al terreno que ambos conocemos y en el que se siente cómoda.

Niega con la cabeza, pero sus ojos brillan con picardía. Me echa los brazos al cuello y susurra en mi oído:

—No prometas nada que no vayas a cumplir.

—Ay, Jo. ¿Cuándo he dejado yo de cumplir algo que te haya prometido?

La cojo de la cintura y me la llevo en brazos a una de las viejas hamacas de la azotea. La tumbo y me pongo encima de ella sin aplastarla. Una sonrisa preciosa y sexy es lo último que veo antes de abalanzarme sobre su boca y hacer que ambos nos olvidemos de estudios, perspectivas y futuros inciertos.

31

Adivina quién viene esta noche

—¡Feliz Acción de Gracias! —exclamo al entrar en casa de Jared y Hannah. La abrazo a ella, que me ha abierto la puerta, y tras colgar el abrigo en el perchero avanzamos hacia el salón, casi idéntico al nuestro.

Por azares del destino, los cinco nos hemos quedado en Manhattan el día de Acción de Gracias; estamos en un edificio prácticamente desierto. Mis padres y mis hermanas se disgustaron un poco cuando les dije que no iría, pero de haberlos visitado, no habría tenido tiempo de terminar el trabajo para la odiosa asignatura que más se me resiste. Tengo que entregarlo el próximo lunes como muy tarde, y aún no me convence lo que he escrito. Estos días debo ponerme las pilas para perfeccionarlo.

—Jared sale ahora, aún se está poniendo guapo. Es peor que todas nosotras juntas. —Lo último lo dice sonriente y en voz más baja, como si me confesara un secreto.

—La fama de guapito no se ha construido sola, tiene que mantener el listón bien alto —le contesto, imitando su gesto y negando con la cabeza.

Cuando decidí pasar aquí el día de Acción de Gracias, pensaba quedarme sola en casa y comer un sándwich de pavo asado comprado en alguna cafetería de la ciudad —que hay cientos— y una de esas bebidas de calabaza que parecen salidas del mismísimo cielo de lo buenas que están. Ese era el plan hasta que Jared me comentó que ellos también se quedaban aquí y que, si quería, me invitaba a su casa a cenar.

Al principio me negué. Obviamente, no consideré muy adecuado cenar en casa de mi follamigo y su hermana en un día tan señalado —pues suponía cruzar una línea que no me apetecía traspasar—, pero ella me convenció de que viniera; el remate final fue que Willy también se apuntara. La chica del pelo rosa es de un pueblo pequeño de Montana y no dispone de los mismos recursos que nosotros. Nuestros padres nos lo pagan todo; ella, en cambio, tiene una beca que le cubre el alojamiento y las comidas, pero no le da para muchos extras. Prefirió ahorrar el dinero de su trabajo para el vuelo de Navidad y quedarse aquí estos días.

Me extraña mucho que Jared y Hannah no hayan recibido la visita de sus padres en los casi tres meses que llevan viviendo aquí; tampoco los nombran mucho. Además sigue mosqueándome un poco que él no tenga redes sociales, lo he vuelto a buscar en las últimas semanas y se lo he comentado a Taylor, pero no encontramos nada de Jared Clarke. Y, lo que es más raro, tampoco de Hannah Clarke. Pienso preguntarles por ello en cuanto surja el tema, pero todavía no se ha dado la ocasión.

En un principio íbamos a ser cuatro, pero los planes de Taylor se han derrumbado esta mañana. Pensaba ir a Chicago, a cenar en casa de su madre, pero ella ha tenido que cambiar el turno y hoy por la noche trabaja de chef en un restaurante, así que no podrá pasar mucho tiempo con su hijo. Taylor me ha dicho que vendría un poco más tarde y que igual no aparecía solo.

Sorpresa, sorpresa. Taylor con un nuevo ligue.

Desde que nos conocimos en septiembre he perdido la

cuenta de las chicas con las que se ha acostado. No tiene freno, bien que hace. Estamos en la misma onda, solo que a mí hay uno que siempre me deja satisfecha y no me apetece buscar nuevos candidatos debido a lo que eso conlleva para mi autoestima. El trato sigue siendo factible.

Ahora llaman a la puerta y Hannah sale disparada hacia la entrada. Aprovecho para dejar el bolso encima de una cómoda que decora el salón y sentarme en el sofá. He guardado el móvil en el bolso, total, la cobertura sigue apestando. Es una broma de mal gusto, la compañía de telefonía debe de conocernos a todos, pero no hay manera de que nos ofrezcan una solución; el último operario tuvo el morro de aconsejarme que me cambiara de piso, ya que este parecía un punto ciego en la ciudad.

Aún lo encuentro todo extrañísimo. De hecho, lo he hablado con muchos vecinos al cruzarnos por la escalera, como la señora Miller del primero B, una señora mayor y viuda que no usa internet pero a la que su hija regaló un móvil y que siempre se queja de que no tiene cobertura cuando la llama. Se ha marchado a Los Ángeles a pasar la fiesta con sus hijos.

Los vecinos que viven frente a este piso sí que están, los he visto antes de entrar. Es una pareja un poco extraña, no hablan mucho, y reciben constantemente paquetes de distintas mensajerías, quizá trabajen en casa. Ella tiene rasgos orientales y el pelo muy oscuro, mientras que él es rubio, alto y bastante fuerte. Cuando salgo a correr con Jared, a veces nos los encontramos en plena carrera. Con ellos no he hablado sobre el tema de la señal, nunca tienen un segundo para mí y cierran la puerta enseguida o van con prisas.

Hay otros vecinos con los que sí he hablado: el hombre que vive enfrente de nosotros, Cole no sé qué, del tercero A. Cuando le pregunté, me dijo: «¡Qué suerte que paso más de doce horas fuera de casa en Wall Street, porque me pegaría un tiro trabajando en un edificio sin wifi!». Ni idea de si está aquí para las fiestas, normalmente no se oye nada en su piso, algo que ya nos va bien.

Michael y Sam son el padre y el hijo adolescente que ocupan el primero A. Ellos tampoco comprenden qué sucede; el padre me dijo que en verano funcionaba bien, y eso me resulta más raro aún. Hemos tenido mucha mala suerte. El hijo se pasa las tardes en casa de su mejor amigo, que vive dos edificios más allá y tiene cobertura.

Incomprensible.

Y luego están los del ático. En la puerta A vive un matrimonio que debe de rondar la cuarentena. Son muy elegantes, visten ropa cara —o al menos lo parece— y los envuelve un halo algo misterioso. Solo he hablado con él y me pareció que le molestaban mis preguntas; por su expresión, debía de pensar que perdía su valioso tiempo conmigo. Lo dejé estar enseguida. A ella la he visto un puñado de veces al cruzarnos en el rellano y solo nos hemos saludado con movimientos de cabeza entre taconeos de zapatos caros. No están esta noche, hace unas horas los he visto cargar una maleta en el coche y marcharse.

Por último, tenemos a la Sally de Taylor y sus compañeras de piso. Por edad, las que más se nos asemejan, aunque deben de rondar los veinticinco. Creo que dos de ellas son pareja; un día, sin que se dieran cuenta, las vi besándose en la escalera. Como dijo Taylor, parecen supermodelos; de hecho, estoy segura de que las tres trabajan en el mundo de la moda. Siempre llevan diseños coloridos y que parecen de alta costura. Amber —la chica con la que se acostó Taylor— cursa un máster en Diseño de moda y trabaja en prácticas para una mujer muy reconocida en el sector. La chica siempre sonríe, es imposible que te caiga mal. No sé si se han ido esta noche, creo que sí. A ellas sí que les fastidia el asunto de la cobertura, me consta que también las conocen en la compañía telefónica.

Me vuelvo y veo que entra Taylor, viste unos vaqueros oscuros, una camisa morada y luce una enorme sonrisa en los labios.

—Ya casi estamos todos, me he encontrado a Willy en la puerta de casa.

—¡Jooo! —grita la susodicha mientras se deja caer en el sofá junto a mí—. Me alegro de verte, te sienta bien el naranja.

—Gracias, a ti no te digo nada, el negro es tu color, sin duda.

Willy casi siempre va de negro y le sienta estupendamente, hace resaltar el rosa chicle de sus cabellos. Yo me he decidido hoy por una blusa naranja semitransparente y una falda corta de ante negro.

—Amén, hermana.

Ambas nos reímos por su respuesta; vuelvo la cabeza hacia Hannah, que se dirige a la cocina.

—¿Quieres que te ayudemos? —le pregunto.

—No, qué va. Casi está listo. No os creáis que me he pasado el día en la cocina, todo venía preparado, hasta el pavo.

—Mejor, nadie se fiaba de tus habilidades como cocinera —comenta Taylor.

—¡Oye! Se me dan bien algunas cosas, ¿qué te crees? Pero no me sentía preparada para hacer el pavo de Acción de Gracias, con la presión que eso supone; si lo hubiera quemado nos veía a todos en un McDonald's.

—Nadie se habría molestado por ello, solo faltaba —digo, mirando fijamente a mi amigo para que lo confirme.

—Era broma, Hann. Seguro que está todo buenísimo, y vengo con mucha hambre. Además, tenemos que esperar a alguien. Me parece que mi acompañante aparecerá enseguida.

—Pensaba que al final venías solo… —replico.

—No, se estaba preparando y me ha dicho que llegaría en diez minutos.

Cuando estoy a punto de preguntarle de quién se trata, *alguien* me distrae al plantarse en el salón con unos vaqueros rotos y una camiseta de manga corta de un gris claro. El pelo liso —que no se lo ha cortado desde que nos conocemos— le tapa un poco la cara y se lo aparta constantemente con la mano. La sonrisa que esboza en cuanto nos ve a todos destaca el maldito lunar que tiene sobre el labio.

¿Cómo es posible que sea tan guapo? Es para una amiga.

—Perdón por el retraso, ya estoy aquí.

—Qué suerte que nos deleites con tu presencia, ya creíamos que te habrías probado todos los modelitos del armario para la ocasión —remarca Hannah, tomándole el pelo.

Cada día me cae mejor esta chica.

—Calla, hermanita, no ha sido para tanto.

—Llevas una hora ahí dentro.

—Pero no he estado arreglándome todo el rato…

Me mira de reojo como si le diera vergüenza admitirlo. Abro la boca para soltar un comentario mordaz, pero Willy me interrumpe:

—¿Y a quién estamos esperando entonces, Taylor?

Todos miramos a mi compañero, que arruga los ojos y la boca, contento por la expectación que ha creado.

—Esto parece *Adivina quién viene esta noche*, un clásico.

—Déjate de clásicos y dinos quién es —replica de nuevo nuestra amiga.

Y antes de que pueda contestar, vuelve a sonar el timbre.

—Salvado por la campana —dice riendo—. El misterio está a punto de desvelarse.

Corre a la entrada y vuelve tras dos minutos con una chica rubia de pelo rizado que va enfundada en un vestido lleno de pinceladas de colores y luce unos zapatos negros de tacón imposible.

—Hola a todos, espero que no os moleste que me una a vuestra cena en el último momento.

Todos constatamos que la chica misteriosa es Amber, la vecina diseñadora de moda del ático, la Sally de Taylor. La chica que siempre sonríe.

32

Yo nunca

—Yo nunca he tenido sexo con alguien en una habitación donde hubiera más gente... —dice Taylor con una mirada lujuriosa y ganas de sonsacarnos a todos los temas más escandalosos.

Nadie bebe excepto Amber.

Joder con la vecinita.

Después de la cena más atípica de mi vida, nos hemos apoderado de un par de botellas de alcohol y seis vasos de chupito para jugar al «Yo nunca». No tengo ni idea de lo que aflorará aquí. Nada bueno, probablemente.

—¿Disculpa? —Taylor la mira con fuego en la mirada—. Eso necesita una explicación, detalles, por favor.

—Bueno, una tiene un pasado... en la UNCC experimenté mucho con mi sexualidad, estaba un poquito desatada.

—«Un poquito desatada...» —repite despacio mi amigo—. ¿Fue en alguna fiesta?

—Sí, en una fraternidad e iba muy pedo... —Suelta una risita.

Todos la miramos sonrientes.

Oye, pues bien por ella. Yo me moriría de la vergüenza, pero ya no me niego a nada categóricamente, sobre todo si se ha bebido de más.

—Joder, ¿está mal que eso me ponga cachondo?

—¡Taylor! Eres asqueroso —lo regaña Willy, riéndose.

—Es un hombre básico —continúa Hannah.

Amber sonríe y asiente.

—Los hombres casi siempre lo son.

—Oye, ¡no vale generalizar! —exclama Jared.

Me vuelvo hacia él, que está sentado a mi derecha.

—¿Acaso eso no te pondría cachondo? ¿Nunca lo harías? —quiero saber.

—No —dice con la boca pequeña.

Taylor suelta una carcajada que casi le hace escupir la bebida. Todos nos reímos con él. Es que, por mucho que quieran disimularlo u ofenderse, todos los chicos que he conocido son unos básicos cuando se trata de sexo.

—Nadie se cree ese «no» con la boca pequeña, amigo. Mejor dejarlo aquí. Venga, Amber, te toca.

—Está bien, veamos, yo nunca me he lesionado practicando sexo.

Me muerdo el labio con fuerza mientras dos pares de ojos masculinos me dedican unas miradas maliciosas. Bebo, porque, joder, aún me duele la cadera al recordar las malditas posturitas del *Kamasutra*.

Hannah abre los ojos como platos al ver que bebo.

—¿Pero...? ¿Cómo?, ¿cuándo?

Jared se ríe abiertamente. Cabrón. Taylor se tapa la cara para no soltar otra carcajada. Willy y Amber solo me observan expectantes.

—Es algo que intento olvidar...

—Venga ya, aquí estamos confesándonos. ¿Qué ocurrió? —insiste Willy.

—El primer tío con el que me lie al llegar a Nueva York era un bailarín de la Juilliard y me propuso que probáramos alguna postura más elaborada del *Kamasutra*...

—Oh, no —murmura Amber.

—Oh, sí. Probamos varias, y una de ellas consistía en un lío de extremidades que acabó conmigo despatarrada en el suelo de mi habitación, justo cuando estaba a punto de... ya sabéis.

Todos se ríen y yo me uno a ellos. Es que, joder, fue un puto desastre.

—Míralo por el lado bueno, te hace muy especial en este juego.

El comentario de Taylor me obliga a entrecerrar los ojos. Su reacción es reírse más fuerte y darme un golpecito en la pierna con su zapatilla. Está sentado en el suelo, frente a mí, y apoyado en la mesa de centro de los mellizos.

—Está bien, vamos a ver si destapamos más secretitos... Yo nunca me he besado con alguien del mismo sexo que yo.

Los miro a todos mientras espero sus reacciones. Amber y Willy beben las primeras. Hannah coge el vaso y, algo nerviosa, le da vueltas, pero no bebe; Jared ni se mueve y Taylor coge el suyo para darle un buen trago.

—PERDONA, ¿qué? —pregunto con la boca abierta.

Mi compañero se encoge de hombros y contesta sin inmutarse:

—Bueno, en una fiesta del instituto me besó uno de mis amigos. Era gay y no pudo resistirse a esta boca de chocolate, no lo culpo.

—¿Y te gustó? —le pregunta Willy, divertida—. Ahora resulta que tú también vas a ser bisexual y lo tenías escondido...

—Nah. No lo soy. El beso de Kyle no cambió mi modo de verlo. No me va ese rollo. Pero, oye, tampoco lo odié.

—Tienes alma de bi, no lo descartes, colega.

—Qué va. Me gustan demasiado las mujeres... Ya deberías saberlo... —dice subiendo y bajando las cejas.

Los miro a ambos alucinada. Este jueguecito está destapando muchos episodios de nuestro pasado sexual. Willy lo empuja suavemente y asiente:

—Eso es verdad, porque de las cuatro mujeres de este salón, ya te has acostado con dos. Solo te falta la otra mitad, campeón.

Hannah se sonroja como un tomate cuando Taylor le dedica por un momento una de sus sonrisillas. Igual a ella no le importaría ser la siguiente… Y luego me mira a mí con sus ojos marrones.

—Nunca digas «nunca» —se ríe al relacionarlo con el juego de esta noche—. Aunque con Jo no podrá ser, al menos mientras vivamos bajo el mismo techo. ¿Verdad, nena? Tenemos un acuerdo.

—Pues sí, nada de sexo entre compañeros. Estamos en la misma onda.

—Exacto. Además de que estás con el guapito, nunca me metería en medio.

—No *estoy* con él —me tenso—. No estamos juntos *juntos*.

Jared me mira fijamente y niega con la cabeza.

—Sí, solo me deja entrar en su cama, y en cuanto está satisfecha, me da la patada para que me largue —contesta en tono de ironía.

Amber y Willy se ríen.

—¡Oye, eso tampoco es así!

—No, a veces deja que antes me vista —dice, haciéndose el escandalizado.

—Calla.

—¿Acaso estoy mintiendo? —insiste sonriente.

En su mirada me parece detectar algo de tristeza, como si marcharse después de acostarnos no fuera lo que realmente quiere. Aunque igual son imaginaciones mías, porque enseguida continúa:

—Soy tu juguetito sexual, y no me quejo.

—La cosa marcha tal como decidimos, no es solo cosa mía, ¿o sí? —le insisto.

—No, un trato es un trato.

Nos quedamos callados un momento y entonces Taylor desvanece la tensión.

—Con Hannah, en cambio... Bueno, mi puerta siempre está abierta, encanto.

La hermana de Jared intenta ocultar su timidez llevándose las manos a la cara en señal de bochorno, pero luego separa los dedos y dice:

—Lo tendré en cuenta.

Amber suelta una risita.

—Menudo casanova estás hecho, Taylor. ¿Quieres batir algún récord acostándote con todas las vecinas del edificio?

—No lo había pensado, pero, quién sabe, acaba de entrar en mi lista de fantasías. ¡Venga, sigamos! ¿A quién le toca?

—A Willy. Dale —la apremio.

—Veamos... Yo nunca he fingido ser quien no soy... para ligarme a alguien.

Lo pienso un momento y decido que no, que nunca he fingido en la cama. En cambio, mis amigos, uno tras otro, cogen sus chupitos y los apuran de un trago. A estas alturas, el alcohol corre por las venas de todos, pero me alucina que tanto Hannah como Jared —que han bebido poco en las últimas rondas— estén bebiendo. ¿Tendrá algo que ver con sus inexistentes perfiles en las redes? Aprovecho la oportunidad que se me presenta para indagar.

—¿Has fingido con alguien? —le pregunto a Jared directamente.

—Ajá —afirma escueto.

—Detalles, detalles. Creo que merezco alguna explicación.

—¿Te la mereces? Bueno, no sé si eso es realmente cierto, pero seguro que no es tan malo como lo que te estás imaginando.

—¿Qué crees que me estoy imaginando?

—No sé, pero noto que te tensas, y la situación pasó hace años. Fue en una fiesta que dieron mis padres, fingí que era un príncipe europeo para llevarme a la cama a la hija heredera de una casa real.

—Pero ¿qué dices? —Amber pone voz a lo que todos pensamos.

—¿Te liaste con una princesa? —Ahora se despierta la vena cotilla de Taylor, que se ríe con ganas.

—Bueno, sí. Lo hice. De hecho no le mentí, ella creyó que yo era otra persona y le seguí el rollo.

—Claro, eso no es mentir, ¿no? Solo suplantación de identidad, omisión de información relevante...

—Frena, agente. No creo que sea para tanto —se defiende, poniéndose serio de repente.

En realidad no lo es, sucedió hace años y no debería importarme tanto, pero tras lo que me ocurrió en el instituto con cierto chico, no llevo bien las mentiras, aunque sean por omisión. Sin embargo, lo dejo pasar porque mi reacción exagerada no va con Jared, es algo que ya acarreaba en Providence.

—¿Y tú cuándo has tenido que fingir? —le pregunta Willy a Hannah.

Cierto, ella también ha bebido.

—Bueno... no fue nada. —Se revuelve un poco en el asiento, como si no quisiera continuar, pero al final nos cuenta la historia—: Me hice pasar por la novia de un chico que conocía porque él necesitaba que su familia dejara de mandarle candidatas...

—Ah, está bien. El típico fingimiento ante las familias metomentodo. Los ricos necesitan evaluar constantemente con quién se casarán sus hijos, ¿verdad? Debe de ser agotador.

Willy frunce el ceño después de hablar. Igual que Hannah y Jared. Finalmente interviene él:

—No es por el dinero, sino por la tradición y las creencias. A quien le han enseñado así no puedes lavarle el cerebro para lograr que de repente vea las cosas de otra manera. Lo hemos visto en multitud de ocasiones.

—¿A ti también te lo hacen? —pregunto, ávida de saber algo más sobre su vida familiar.

—Si tú supieras… pero ahora mismo no me apetece hablar de mi padre, mejor que sigamos jugando. ¿Me toca?

Asentimos.

—OK. Yo nunca he follado en un ascensor.

Nadie bebe.

—Qué sosos somos. Seis chicos y chicas jóvenes y activos sexualmente, y ninguno lo ha dado todo en un ascensor, habrá que ponerle remedio —declara Taylor mientras niega con la cabeza y con una sonrisa en los labios—. Ya tengo otra fantasía para mi lista. Lástima que este edificio antiguo no tenga uno, porque podríamos ir a probarlo, ¿no? —le sugiere a Amber.

—Se me ocurren otras cosas que podríamos probar sin necesidad de un ascensor, te he dicho que estoy sola en casa… —replica con voz insinuante.

—Uy, uy… me lo has dicho, y creo que este juego debería ir terminando, de repente tenemos una urgencia por aquí. —Sonríe y se acerca a besarle el cuello a Amber, que se ríe achispada por el alcohol.

Willy y yo negamos con la cabeza como si no tuviera remedio, y observo que Hannah los mira fijamente. Decido cambiar de tema para darle un poco de aire.

—Hannah, venga, te toca. Una más y lo dejamos aquí.

—No hace falta, podemos terminar ya, si tenéis prisa. —Ha dicho lo último mirando a Taylor. Aunque también echa miraditas de nerviosismo a Willy y a su hermano.

—Claro, venga, Hann. Deléitanos con tu jugada.

—Está bien… No sé, a ver, yo nunca… me he… hecho una foto desnuda y se la he enviado a un ligue.

Amber bebe. Taylor bebe. Willy bebe. Pero mi mirada no se separa de Jared cuando coge el vaso y vacía el contenido en su garganta, guiñándome el ojo. Se me calienta la piel nada más recordar la foto que me mandó tumbado en mi cama unas semanas atrás… Ahora solo quiero acabar también este juego e ir a su habitación para arrancarle la ropa que tanto le ha costado escoger. Ponerme encima de su cadera y moverme como sé que le gusta. Cuando se le oscurecen los ojos sé que él está pensando algo parecido, y lo confirma cuando se levanta e indica:

—Está bien, será mejor que el juego acabe aquí.

33

Sorpresa en Central Park

A la mañana siguiente salgo a correr por Central Park; me queda un poco lejos de casa, pero me gusta la inmensa extensión de parque y correr por allí es como estar en medio de una enorme pradera. Jared me ha querido acompañar. Algunas mañanas salimos juntos, no todas, pero más de las que quiero reconocer. Y, sobre todo, me gusta que lo haga, aunque eso sí que no lo pregono por ahí.

Empezamos a calentar y a hacer unos estiramientos en los bancos de la entrada de la Sesenta y cinco con la Quinta. Una vez listos, emprendemos una marcha suave por los caminos de la zona. Hay mucha gente para ser las nueve de la mañana del día después de Acción de Gracias.

Lo que me gusta de este lugar es que siempre conoces nuevos caminos, un día pasé por debajo de un puente y acabé en el castillo de Belvedere; otro, entré por una calle de la parte oeste y me topé con un carrusel de caballitos de inicios del siglo pasado. El parque entero guarda muchos secretos y piezas, nunca llegaremos a descubrirlos todos. Recovecos como al que acabamos de llegar: la enorme terraza de Bethesda. Un día vine aquí sola y la parte de abajo me pareció la más bonita, a pesar de las maravillosas vistas que hay desde aquí. Le tiro de la camiseta para incitarlo a que bajemos la escalera que finaliza bajo los enormes arcos, y me quedo maravillada una vez más ante los techos llenos de bonitos mosaicos. Me encanta mirar los techos, siempre que acudo a un lugar me gusta alzar la vista y contemplar con qué decoraban la parte superior de las casas. Me encantaría viajar a Europa algún día y empaparme de la belleza de los palacios e iglesias de antigua arquitectura.

Bajo los arcos encontramos a personas observándolo todo y sacando fotografías. Nuestra respiración recupera el ritmo normal tras la carrera y Jared se acerca por detrás y me abraza por la cintura.

—Hacía mucho que no venía aquí, parece que estemos en cualquier otro lugar, es increíble que haya esto en medio de un parque —apunta Jared.

—Sí, ¿verdad? Apuesto a que Hannah conoce su historia. Tengo que preguntárselo.

—No dudes de ello. Es bonito, y tenemos suerte de que aún no se haya llenado, seguro que más tarde no se podrá ni andar.

Nos acercamos a una pared, detrás de las columnas, y nos quedamos ensimismados con las baldosas que forman dibujos en multitud de tonos tierra y rojizos enmarcados por un marco arqueado. Me parece precioso.

—Me encanta este sitio; sin duda, es uno de mis favoritos de Central Park.

Jared asiente, pero él no mira la pared sino a mí. Me vuelvo hacia él y reconozco el brillo en sus ojos, no puedo creerlo, ¿acaso se está poniendo cachondo después de la carrerita que llevamos? Me coge de la mano y me lleva detrás de una columna. Mi espalda se pega a la piedra y le rodeo el cuello con los brazos, de modo inconsciente, como si fuera el lugar al que pertenecen.

No puedo creer que haya pensado eso.

Menuda cursilada.

Además es falsa. Yo no pertenezco a nadie más que a mí misma.

No soy de cometer los mismos errores varias veces y no pienso empezar a repetirlos ahora.

Me revuelvo un poco en el sitio y miro a los lados por si alguien se acerca.

—No hay nadie en esta zona, y con la columna no se te ve.

—Bueno, pero pueden venir en cualquier momento.

—¿Qué te crees que vamos a hacer? ¿Follar contra la columna?

Se me agrandan los ojos ante la crudeza del tono y de sus palabras.

—Jo, aunque siempre me muera de ganas de estar dentro de ti, creo que sé controlarme en público.

—No sé, te ha dado este arrebato…

—Solo quiero hacer esto.

Su boca se me acerca en lo que tardo en parpadear. Posa los finos labios sobre los míos, se conocen bien, no hacen falta presentaciones. Van al grano. Me dejo llevar durante una pequeña eternidad. Somos saliva, lenguas y dientes. Mis brazos se pierden entre sus largos mechones de pelo y varios gemidos salen de mi boca inevitablemente. Sus manos tampoco están quietas, traviesas desaparecen bajo el top que uso para correr y me recorren poco a poco la espalda y las caderas. La piel se me eriza allí donde me acaricia; necesito un rincón más privado donde dejarnos llevar en condiciones.

Jared se separa de mí y me mira a los ojos una vez más. Tiene la boca ligeramente curvada en una pequeña sonrisa, pero no parece consciente de ello, está como en una nube postbeso.

Nos quedamos un momento en silencio, hasta que la voz

de un niño llamando a su madre nos saca del ensimismamiento. De repente tomo conciencia de nuestra cercanía, de que en la relación entre ambos se dan cada vez más este tipo de situaciones, en las que los ojos expresan más que nuestros labios.

Y no quiero eso.

Cada día me lo tengo que repetir más alto y más a menudo.

—Será mejor que sigamos, vamos a enfriarnos —le digo, arrastrándolo del brazo hacia la fuente de Bethesda.

Asiente y desciende la mano hasta entrelazar los dedos con los míos.

Lo dejo hacer, ignorando por un momento el batiburrillo de voces en mi mente que me gritan ideas contradictorias: «Quieres hacerlo». «No debes hacerlo».

Lo miro de soslayo y él solo me guiña un ojo, sonriente, y camina a paso rápido para que no nos constipemos a causa del sudor frío. Bordeamos la fuente del ángel del agua hacia el lago, con la intención de luego dar la vuelta y seguir corriendo hasta la salida de la Setenta y dos Oeste. Al dirigirnos hacia allí, alguien le toca el hombro a Jared y ambos nos giramos.

—¿Fairchild? Joder, qué fuerte, ¡cuánto tiempo! No estaba segura de si eras tú. No sabía que habías venido a Nueva York, después del escándalo…

—Sí, bueno —le contesta Jared.

Me suelta la mano al instante y, esquivando la mirada de la chica morena y despampanante, vestida en ropa cara y con un enorme bolso de marca, añade:

—Ya ves.

—Se te echa de menos en las fiestas…

—Ya, claro. —Carraspea nervioso—. Si nos disculpas, tenemos un poco de prisa. Nos vemos…

—Sarah —termina por él.

—Eso, Sarah. Adiós.

Jared sale corriendo al trote hacia la parte oeste del parque y, tras un par de segundos de estupefacción, le sigo el ritmo. Cuando lo alcanzo, en mi cabeza baila una infinidad de preguntas.

—¿Quién es Fairchild? —Esa encabeza la lista.

—Nadie.

—¿No eres tú?, esa chica te conocía y te ha llamado así…

—Sí, bueno, así me apodaban cuando vivía en Europa. Coincidí con ella en alguna fiesta.

—¿Y cuál fue el escándalo?

—Nada, no te preocupes. Un malentendido que ocurrió en la última ciudad donde viví. No tiene importancia, y no quiero hablar sobre ello.

Sigue trotando a mi lado, pero evita mirarme a los ojos en todo momento. ¿Me está mintiendo? Sospecho que sí.

—Pero… parece algo serio. ¿Por eso te mudaste a Nueva York y vinisteis sin vuestros padres?

—No fue nada —dice seco—. En serio, déjalo ya, Jo.

Me callo, pero no porque quiera. Corro junto él en silencio hasta la salida del parque más cercana. Luego nos metemos en el metro sin dirigirnos la palabra. Aprieto los dientes durante gran parte del viaje hacia Greenwich Village. Mi mente analiza sin pausa cualquier detalle, todas nuestras conversaciones.

¿Qué escondes, Jared? ¿Ese escándalo será el motivo de que no tengas redes sociales?

De repente, necesito saber sin falta qué coño pasa aquí.

Al llegar a la puerta del edificio me suena el teléfono, lo llevo en un soporte para el brazo. Es Beth. Le enseño la pantalla y le digo:

—Me quedo aquí para hablar con ella.

Asiente y sube las escaleras a la carrera. Ni una palabra más, ni un beso, nada.

Tengo mal cuerpo; me siento en un escalón y le doy al botón de responder a la videollamada.

—Hola, Jojo. ¿Cómo pasaste la noche de ayer? Espero que nos echaras de menos, traidora.

—Lo hice, claro que sí.

Como no contesto con mucho entusiasmo, mi hermana, que me conoce mejor que nadie, se da cuenta.

—¿Qué ha pasado?

—Nada.

—Y una mierda, Jojo. Dímelo.

Me río ante su ímpetu.

Ha ocurrido algo muy raro con Jared hace un rato, creo que me está ocultando cosas.

—¿Le preguntaste por sus redes sociales, al final?

—No.

—¿Pero por qué?

—Porque tenía miedo de que me mintiera o algo así. Es irónico, porque ha resultado que me estaba mintiendo de todos modos.

—Bueno, en realidad él no te ha mentido, ¿no? Más bien no te ha contado casi nada.

Es cierto. Ha sido muy cerrado respecto a su pasado, seguramente no sabría ni que tiene una hermana si no fuera porque vive con ella. Le cuento a Beth lo que acaba de suceder en el parque para que me entienda mejor.

—Bueno, eso sí que es raro… probablemente sea hijo de algún famoso europeo y haya estrellado algún coche o se haya emborrachado en una de esas superfiestas exclusivas de la realeza. ¿No hacen esto los ricos herederos?

—Sí, ¿tú crees? Tienen dinero, eso es cierto, y alguna vez me ha dicho que su padre quería que continuara con su profesión y que no se llevan muy bien por ese motivo, pero no sé nada más. ¿Y lo de «Fairchild»? ¿Y si usa un nombre falso y no se llama Jared Clarke? ¿Y si es por eso que no lo encuentro en Instagram?

—Entonces tiene fácil solución: ahora mismo buscas su nombre en Google y listo. No vas a quedarte con la duda.

Si una de mis hermanas me apoyaría en el plan, esa es Beth. Somos curiosas y no tenemos paciencia. Aun así, me sabe mal no esperar a que él me lo cuente cuando quiera.

—Ya, pero él no ha querido decirme nada, ha puesto excusas vagas e igual debería esperar...

—Sí, si es lo que quieres puedes esperar, pero, conociéndote... creo que no tardarás ni dos minutos en buscarlo.

—Maldita.

Se ríe de mí a carcajadas. Es algo muy fuerte. «¿Con quién has estado follando todos estos meses?».

Buena pregunta.

Hablamos un rato más sobre la noche de ayer y sobre el pavo que cocinó nuestro padre; pesaba más de diez kilos y estuvo a punto de quemarse en el nuevo horno de la cocina de los March. Me río ante las anécdotas y nos prometemos hablar más tarde, cuando descubra algo sobre el asunto «escándalo».

—No te preocupes, verás como tiene una buena razón para no contártelo. Y si es un capullo... le das la patada y a por otro, total, solo ha sido sexo.

Eso, eso. «Total, solo ha sido sexo».

Colgamos y respiro hondo varias veces antes de teclear

en el buscador las dos palabras que me han fastidiado el día: escándalo y Fairchild.

La pantalla se llena de resultados.

Me atraganto con mi propia saliva, incapaz de despegar la mirada de la lista de enlaces: cientos de resultados sobre el escándalo que protagonizó el hijo de los Fairchild en Roma el pasado verano. Clico en uno de los enlaces, y en la pantalla asoma la cara del tío con el que me acuesto, quien me mira fijamente.

Jared Fairchild.

¿Quién coño eres?

34

Mentir u omitir la verdad es casi lo mismo

Jared

Los golpes en la puerta me obligan a salir del cuarto y dirigirme al salón. Hannah me mira con el ceño fruncido, sin saber de quién se trata. Yo tengo una ligera idea, aunque espero equivocarme. Mi hermana va a abrir mientras yo me quedo en el sitio. Los primeros gritos llegan al instante.

—¿Dónde está, Hannah? ¿Dónde está tu hermano?

A pesar de no oír lo que dice mi melliza, quien responde en un tono normal, deduzco que la ha dejado pasar, pues Jo aparece enseguida en el salón. Tiene el rostro muy enrojecido, nunca la había visto tan cabreada.

—Os ha gustado reíros de mí todo el rato, ¿verdad?

Mi hermana entra tras ella, mirándome con los ojos como platos.

—Mira, no sé qué ha pasado, pero...

Jo se gira un momento hacia ella y mi hermana debe de ver el humo que le sale por las orejas, porque simula cerrarse la boca con una cremallera y se sienta en el sofá mientras me echa miraditas. En esos ojos tan parecidos a los míos detecto miedo. Debo arreglar esto antes de que la bomba nos explote en la cara. Si es que aún tiene remedio.

Me giro de nuevo hacia Jo e intento tocarle el brazo. Ella se aparta como si le repeliera mi contacto.

Joder, las cosas están peor de lo que pensaba.

—¿Qué pasa, Jo?

—¿«Qué pasa», dice? Pasa, guapito, que me has estado mintiendo todo el rato. No eres quien dices ser. ¡Y tú tampoco! —le chilla a mi hermana.

—No metas a Hannah, ella no tiene nada que ver.

—¿No se apellida Fairchild también?

Trago saliva al tiempo que mi hermana intenta reprimir un jadeo tapándose la boca, pero es demasiado lenta y se oye.

—¿No salisteis huyendo de Roma por el escándalo que hubo con esa chica? ¿Qué sucedió?, ¿le prometiste cosas y luego no las cumpliste? ¡La engañaste!

Jo grita cada vez más, está muy nerviosa, nunca la había visto así. Siempre se ha mostrado bastante calmada, serena y con templanza. Jamás creí que descubrir quién soy la enfadaría tanto.

—Mira, Jo, tienes que calmarte. Las cosas no son como piensas.

—¿NO? Lo he leído en la prensa europea. ¡Todo está ahí! Ellos dicen muchas cosas sobre ti y esa chica…

Su voz va perdiendo fuerza con cada palabra, pero me cabrea igualmente.

—Ohhh, clarooo, estupendo. Como lo publica la prensa amarilla ya está todo dicho, ¿verdad? Todo aclarado, entonces —apunto yo.

El color en su cara vuelve a subir de tono por la rabia, que también se le detecta en la mirada.

—¡No me vengas con esas! ¿Acaso es mentira?

Trago saliva de nuevo con dificultad mientras prosigue:

—¿No te llamas Jared Fairchild? ¿No huiste a Estados Unidos para librarte de lo que pasó con esa chica?

La última pregunta me sienta como una patada en la boca del estómago.

«Para librarme». Como si fuera el culpable de todo el lío. Parece que *alguien* se entendería muy bien con mi padre.

—¡No tienes ni idea! —Yo también elevo la voz.

Si algo en esta vida me jode por encima de todo es que se crean los rumores sobre mí, y ha habido muchos en mis dieciocho años.

—Además, ¿qué derecho tienes a venir aquí chillando a pedirme explicaciones? —le reprocho entonces.

Sus ojos se abren un poco más, aunque procura no mostrar su sorpresa y los entrecierra enseguida.

—Solo follamos, ¿no? Tú y yo no tenemos ninguna relación, no hay nada más que sexo, ¡así que no tengo por qué contarte todos los aspectos de mi puñetera vida!

Joder. Ahora chillo yo. Mierda. Respiro hondo para calmarme.

—¿No? ¡Pues al menos podrías haberme dicho tu nombre real! ¡¡Habría estado bien saber con quién me he ido a la cama!!

Jo se pasa entonces la mano por la corta melena y resopla como si llegara de una de las carreras matutinas.

—Jo, él no… —intenta mediar Hannah.

Y aunque procura explicarse, Jo se gira y da varios pasos por el salón sin oírla, maldiciéndome. Entiendo que pueda ser un *shock* para ella enterarse de algo así, pero se lo ha tomado muy muy mal, como si le hubiera tocado una fibra sensible. El otro día también se enfadó cuando jugamos al «Yo nunca» y dije que había fingido ser un príncipe… Mierda, ahora debe de pensar que soy un puto mentiroso. Hannah vuelve a intentarlo:

—No nos hemos reído. Es una situación complicada, estamos intentando pasar desapercibidos, llevamos seguridad privada, por eso nos cambiamos el apellido. No conoces toda la historia, Jo.

Miro a mi hermana para que deje de hablar, ya ha dicho demasiado.

—Pues entonces contádmela. —Y se gira para mirarme a los ojos—. ¡Cuéntamela!

—No —contesto serio, prácticamente glacial—. Tú ya sabes lo que ha sucedido por la prensa, ¿no? ¿Para qué te voy a contar mi versión? Además, a las tías que me tiro nunca les cuento mi vida, no voy a empezar ahora.

Sus ojos brillan más de lo habitual, no sé si se debe a la rabia o a algunas lágrimas que luchan por salir. Aprieto la boca y los puños. Me cabrea muchísimo esta situación, me jode que duden de mí, que no pueda contar mi versión de las cosas. Podría hacerlo ahora, pero su actitud me ha cabreado desde el principio.

Tras varios segundos sin apenas respirar, Jo se da media vuelta y sale del piso con un fuerte portazo. No quiero mirar a mi hermana, no quiero ver en su rostro la pena o incluso algo peor, como la decepción. Me doy la vuelta y me marcho a mi habitación.

Odio todo esto. Odio que la gente siempre se crea a la prensa antes que a mí, que crean que todo lo que se cuenta es real y que esa gente nunca se equivoca. No tienen ni idea de lo que venden en las revistas de cotilleos. Vivo mucho más tranquilo desde que no tengo redes sociales y no me entero de lo que venden en sus panfletos.

Pero también odio haber gritado a Jo, ella no se lo merece. Aunque me enfade que me haya juzgado, es cierto, no le he contado toda la verdad sobre esta situación y sobre mí.

Supongo que da igual que me haya visto *obligado* a ocultársela.

Al fin y al cabo, como dijo hace unos días, mentir u omitir la verdad es casi lo mismo.

35

Emoción entre butacas

—¡Hemos llegado las terceras! Conseguiremos *Rush tickets*, seguro.

Willy me da golpecitos en el brazo emocionada; hacemos cola frente al teatro Al Hirschfeld; la intención es conseguir una entrada con descuento para algún día que haya obra. Quiere venir a ver *Moulin Rouge* desde que pisó Manhattan, según me contó la primera noche que pasamos juntas en su residencia tras la accidentada fiesta en la azotea. Así que cuando hace unos días me dijo de acompañarla en busca de entradas baratas en la taquilla, no pude negarme. *Moulin Rouge* es una de mis películas románticas musicales favoritas.

—Seguro que sí, ha valido la pena el madrugón y saltarnos una clase.

—Bueno, por un día y una sola clase… nadie se morirá.

—Supongo que no.

Menos mal que no tenía la odiosa asignatura que me ha traído de cabeza este semestre. En el trabajo que entregué después de Acción de Gracias he sacado un aprobado raspado. Para mí, es casi como haber suspendido, un fracaso.

—Deja de pensar en la nota del trabajo, sé que le sigues dando vueltas.

—¿Lo llevo escrito en la cara?

—Algo así, ya te voy conociendo. Solo es una asignatura, y de primero, además. Esto el semestre siguiente ya se ha olvidado.

—¿Tú crees?

—Estoy segura. Las carreras son muy largas, lo que cuenta es la nota global, no te preocupes más. Quedan unas pocas semanas para dejar de ver a ese capullo.

—Sí —suspiro—. Menos mal. Lo estoy deseando. Menudos días que llevo…

Han pasado cinco días desde que discutí —o más bien chillé— con Jared por haberme mentido, y desde entonces no hemos hablado más. Lo he evitado por la facultad, por la calle, en el edificio, en el café, en todas partes; ahora mismo no quiero saber nada de él. Tampoco he hablado con Hannah, lo que me pone muy triste, pues ella no ha hecho más que seguir la corriente a su hermano, y empezábamos a ser buenas amigas.

—En cuanto a eso… ¿Has hablado ya con Jared?

—No, ni tengo la intención.

Lo que hizo me dolió mucho porque me recordó a lo que me había sucedido en el instituto. Posiblemente sea injusto pagar las heridas del pasado con Jared, pero me sentí tan engañada, tan estafada. Cuando creía que las cosas entre nosotros eran divertidas y sin compromiso, sencillas y perfectas para mi vida en este momento… va y lo jode todo con el engaño. Y menuda mentira. No me contó alguna tontería sin importancia, sino que, joder, no es quien dice ser… Pero tras darle muchas vueltas al asunto, he concluido que debe de tratarse de algo muy fuerte como para que tengan ¡seguridad privada! ¿Y quiénes serán? En ningún momento he visto a nadie que les protegiera, ¿o su hermana mintió para encubrirlo?

—Hola.

Mi cuerpo se pone rígido al oír el saludo de Hannah. Me muerdo el labio para no preguntarle de malas maneras qué coño hace aquí, pero fulmino con la mirada a Willy por haberla invitado sin avisarme.

—Siento no habértelo dicho —se excusa, encogiéndose de hombros, aunque no lo siente en absoluto—. Pero ella también quería ver la obra, y ¡tenéis que arreglar las cosas! No me apetece quedar con cada una por separado, vosotras sois lo mejor de este primer año de universidad y quiero que continúe así.

Acompaña sus palabras con un abrazo que nos une a las tres. Paso las manos por sus espaldas, aunque la encerrona no me haga gracia. No le he contado a Willy nada de lo ocurrido con Jared y su hermana, sabe que no nos hablamos, pero no el motivo. No he dicho nada porque creo que, si lo han mantenido en secreto, yo no soy nadie para contarlo, a pesar de haberme cabreado.

No soy una chica vengativa, de lo contrario habrían rodado cabezas en mi instituto.

Lo que ocurrió con mi mejor amigo fue muy duro, lo que él me hizo creer… y lo que realmente era… me destrozó. Y no puedo dejar que se repita la situación.

—Jo, siento lo que pasó el otro día, en serio. Deberías hablar con él y dejar que te lo explique…

—No —la corto.

Sus ojos se llenan de tristeza, pero lo deja pasar cuando Willy interviene cambiando de tema en esa manera efusiva que tiene.

—¡¡Vamos a ver *Moulin Rouge* como me llamo Willermina Harris!! ¡Qué emoción, no puedo esperar!

Hannah y yo la miramos con una sonrisa mientras da saltitos en la acera. Solo la habíamos visto tan contenta cuando sacó un sobresaliente en una asignatura sobre escritura creativa. De repente se para y nos mira entrecerrando los ojos.

—Si alguien repite mi nombre completo en cualquier otro sitio, ¡la mato! Quedáis avisadas.

Ambas estallamos en carcajadas. Sabemos que Willy odia su nombre, dice que suena a damisela en apuros del siglo XVIII y nunca se lo revela a nadie. Se le ha escapado por la emoción que siente; sonrío al verla tan avergonzada. Hannah le pone una mano en el brazo y le dice:

—Nos llevaremos el secreto a la tumba, tranquila.

Yo asiento.

—Está bien… Más os vale.

Noto que la mirada de Hannah no se aleja de mí y le devuelvo el gesto. Al fin y al cabo, por mucho que quiera estar enfadada con su hermano —y con razón—, ella no tiene la culpa de nada y es un encanto de chica, ¿quién podría estar mucho tiempo sin hablarle?

Yo no.

—Lo siento, Jo. Espero que podamos ir al teatro juntas, me gustaría mucho.

Abro la boca para contestarle, pero ella levanta la mano para indicarme que la deje seguir hablando.

—Pero si no quieres que vaya, dímelo y me marcharé ahora mismo.

—Hann… —Willy se le acerca y la coge del brazo—. No creo que…

—Tranquila, puedo verla en otro momento. No quiero que Jo se incomode con mi presencia.

Las observo, un nudo se me asienta en el estómago y crece con cada palabra que sale de la boca de quien empezaba a considerar amiga.

—No, por favor, no te vayas. No me incomodas, tú no eres el problema.

Y es cierto. Ella ha salido perjudicada en nuestra discusión; y, aunque me duele que no me contara quiénes eran, era él quien debería habérmelo dicho.

—Él tampoco lo es... Sé que no quieres que hablemos de Jared, pero te prometo que todo tiene una explicación. Solo... habla con él.

La miro fijamente unos segundos que parecen eternos y luego asiento. No sé si lo haré en un futuro cercano, pero quiero que dejemos de hablar de ello y esta es la manera más rápida de lograrlo.

—¡Ya nos toca! ¡Esta noche nos vamos de musical!

Sonreímos y asentimos ante el grito de Willy. Al menos esta noche algo me quitará de la cabeza a cierto guapito.

El teatro Al Hirschfeld queda a un par de calles de la conocidísima Times Square, en la zona de teatros por excelencia. Desde que tenemos las entradas, hemos estado descentradas por lo que nos esperaba por la noche, o al menos yo lo he estado. Como mínimo he visto treinta veces *Moulin Rouge*, pero me apetece mucho averiguar qué han hecho con ella en Broadway, aunque también temo llevarme una decepción. Como cuando adaptan alguno de tus libros favoritos, nunca será como tú te lo imaginaste, lo que implica asumir el riesgo ante cualquier nueva versión.

Las tres estamos sentadas en nuestras butacas, Willy en medio, Hannah a su derecha y yo a la izquierda. Fotografío el teatro antes de que empiece la función, y la mando al grupo que tengo con mi familia. Alucinan, como es obvio. Todo está precioso, los tonos rojos van a juego con el tapizado de las butacas, hay un molino rojo a la izquierda del escenario y un enorme elefante morado a la derecha. Willy se remueve inquieta en el asiento mientras esperamos que dé comienzo el espectáculo. Miro a Hannah, que sonríe de oreja a oreja ante la emoción de nuestra amiga, y se nos contagia en cuanto suenan los chasquidos de la canción que da comienzo a la obra. Chillamos como si estuviéramos en un concierto, suerte que tenemos los asientos en la parte superior, no quiero que nos echen, ahora que por fin hemos logrado asistir.

—¡Qué pasada! —dice Willy, cogiéndonos a ambas de la mano.

No deja de darnos apretones y golpes cariñosos durante toda la obra. Yo sonrío constantemente, canto y bailo en el asiento.

Taylor no sabe lo que se ha perdido por esa manía que tiene a los musicales. Siempre dice que le gusta todo tipo de cine, «menos en el que cantan cada cinco putos segundos», palabras suyas, no mías.

Las dos horas que dura el show se nos pasan volando y disfrutamos de la música que ya conocemos de la película; además, en la obra han introducido otras canciones conocidísimas, pero las han versionado de un modo asombroso, como *Chandelier*, de Sia, o *Bad Romance*, de Lady Gaga.

Cuando termina, aplaudimos hasta dejarnos las palmas en el teatro. Ha sido una auténtica explosión de color, música y amor trágico.

Es increíble, las lágrimas caen por mi rostro sin que pueda o quiera evitarlas. Ha sido una completa pasada, y sé que tendré que saltarme algunas clases más el semestre que viene, pues quiero ver más musicales. No podemos dejar pasar la oportunidad, viviendo tan cerca de Broadway.

—¿Cuándo repetimos? —les pregunto a la salida del teatro.

—Ya quiero volver a verla. ¡Me ha encantado! —Willy sigue en una nube.

—Podríamos convertirlo en una tradición, una obra al trimestre; venir cada mes igual se nos escapa del presupuesto, pero cada dos o tres sí que podríamos —propone Hannah.

—Me apunto —le digo.

—Lo haría cada semana, pero mi economía no es tan buena como la vuestra. Una obra cada tres meses me parece bien. Gracias por acompañarme.

Nos abraza y nos hace reír cuando se pone a dar saltitos en plena calle, chillando que ha sido muy chulo.

Es verdad que siempre nos gustará más la película que una adaptación teatral, pero vivir una historia como esta en directo mientras los actores te cantan a escasos metros no tiene precio.

36

Es lo que tiene mi vena cotilla

—Hola, compañero —le digo a Taylor desde el sofá en el que dormito un viernes por la noche.

Como siempre, enseña el torso. Y, sí, desde que no tengo sesiones de sexo con mi vecino el guapito, mi vida social se ha estancado un poco; la verdad, sorprendentemente no me apetece hacer otra cosa.

—Joder, qué susto, Jo. ¿Qué haces ahí a oscuras?

Sí, ¿para qué encender la luz? Me basta la del televisor, aunque no me estoy enterando de mucho.

—Nada, estaba pensando en irme ya a la cama.

—Sí, mejor que lo hagas. En la posición imposible en la que estás, mañana te dolerán todos los huesos de tu cuerpo flacucho.

Se ríe cuando lo fulmino con la mirada, y se deja caer junto a mí; me veo obligada a levantar las piernas para dejarle espacio, y las pongo sobre sus rodillas en cuanto se sienta.

—¿Y tú de dónde vienes con la camisa abierta?, ¿andas así por la calle? —le pregunto divertida y bastante más despejada.

Es lo que tiene mi vena cotilla, me espabila de lo lindo.

Se encoge de hombros, sonriente.

—¿Y bien? Llevas unos días de lo más misterioso. ¿Estás liándote con Amber otra vez?

—No, qué va. Eso ya se acabó.

—Pues es muy maja, lástima que hayas dejado de verla.

—En realidad, ella dejó de verme a mí. Lo pasamos bien, pero la cosa no fue más allá de un par de polvos increíbles. Creo que se ha reencontrado con alguien de su pasado que la tenía bastante distraída. No importa, sabes que no me van las complicaciones.

—Sí, ya lo sé. Lo que me extraña es que repitieras...

—Bueno, a veces lo hago, cuando nos merece la pena a los dos y tenemos las cosas claras. —Se pasa la mano por la cabeza rapada y se deja caer en el respaldo del sofá.

¿Un suspiro? ¿Qué ha sido eso?

—¿Suspiritos? Oye, oye... ¿Qué sucede aquí? ¿Te estás liando con otra?

—Obviamente.

—Ah, claro, «obviamente». Mi compañero no puede mantener la polla en los pantalones más de dos días por peligro de que se apolille...

—Oye. —Me da un toque en la pierna por encima de la manta que me tapa las piernas—. Tampoco es eso, mujer. Solo aprovecho las oportunidades que se presentan. Siempre.

—¿Y quién es la nueva?

—No tiene importancia...

—¿Y entonces por qué no me dices quién es?

—Bueno, es mayor y es secreto...

—Con esas dos palabras solo desmadras mi vena cotilla. ¡Desembucha! ¿De cuántos años estamos hablando? Que contigo nunca se sabe.

—No es una anciana, Jo. Estás loca. —Se ríe a carcajadas al ver mi ceja enarcada—. Tendrá más de treinta, probablemente.

—No lo sabes… —afirmo; no lo pregunto.

Este tío es la hostia.

—Pues no, no se lo he preguntado. La edad es un número carente de importancia cuando el sexo con ella es lo más excitante y perturbador que he tenido en la puta vida.

Abro la boca por completo y los ojos de par en par, y él vuelve a reírse de mi cara.

—¿En serio? No lo estás arreglando, mi curiosidad continúa creciendo.

—Solo puedo decirte que me tiene loquito, es insaciable y me tiene seco.

Sonríe como un bobo. Ciertamente, es la primera vez que reacciona así ante un ligue.

—¿Y vive cerca? —sigo indagando.

—Pues sí, aquí al lado…

Cuando abro la boca para seguir preguntando, me interrumpe:

—¿Has sabido algo de él?

De eso no quiero hablar.

—No, y no me cambies de tema.

—Sí, porque creo que deberíais arreglarlo. Ayer me lo encontré en su rellano cuando volvía de clase y no tiene buena cara, las ojeras que lucía podrían hacerle la competencia a Lindsay Lohan en sus mejores tiempos.

—Qué exagerado.

—Bueno, bueno, yo creo que deberíais hablar. No pierdes nada con ello. Y no digo que volváis a salir, pero al menos podéis seguir hablando como gente civilizada, incluso ser amigos.

—No estábamos saliendo.

¡Qué manía!

—Ya, ya, lo que tú digas. Como si lo hubierais hecho. Él te gusta y tú le gustas a él, y teníais una relación exclusiva. No es nada malo, a veces las cosas simplemente suben de nivel.

—¿Como lo tuyo con la mujer misteriosa? —le digo con una sonrisilla.

A este juego podemos jugar los dos.

—No, qué va. Con ella no tengo ningún futuro, más allá de correrme a lo bestia cada vez que la vea.

—Joder, ¡qué bruto eres!

—Soy sincero y directo, que es distinto. Ambos lo tenemos claro y no quiero nada más.

—Yo tampoco.

—Claro, compañera.

Entrecierro los ojos al mirarlo y vuelve a reírse de mí.

—Haz el favor de hablar con él, odio verlo como un pobre cachorrito abandonado.

—Idiota, ¿cómo va a ser un cachorrito abandonado? —Meneo la cabeza negando—. ¡Me mintió! Que se lo hubiera pensado mejor.

—¿No crees que igual no fue decisión suya?, ¿que quizá se vio obligado?

—Siempre podemos decidir.

—No siempre, a veces hay agentes externos que te ponen en una encrucijada. A veces no hay más remedio que tomar decisiones difíciles.

—¿Lo dices por algo en concreto?

—No, lo digo porque es cierto y porque si no hablas con él, nunca te quedarás tranquila. Te conozco, Jo. No tienes toda la información sobre el misterio Jared, y te está matando. Por eso ni siquiera has salido a despejarte por ahí, tienes la cabeza ocupada con los «y si».

—No es verdad.

—Miéntete todo lo que quieras, pero te conozco bien. ¿Vemos una peli, ya que estás despierta? Tengo mono de Scorsese, creo que voy a poner *Taxi Driver*.

Me encojo de hombros y le dejo hacer. Dudo que pueda atender mucho a la película, a pesar de haberme despejado con la conversación.

No dejo de preguntarme: «¿Tendrá razón?, ¿me estoy mintiendo? ¿Hasta que no sepa qué le ha pasado a Jared no podré avanzar?».

Maldito Taylor.

37

Sinceridad, por fin

«A Laura Blackwood la asesinaron un 18 de mayo de 2014. La vieron con vida por última vez el día anterior, cuando salió a primera hora de la mañana de su apartamento en la zona más adinerada de Providence. Todo parecía normal en la vida de Laura, pero a medida que la policía investigaba en esas cuarenta y ocho horas frenéticas posteriores a su desaparición, los secretos empezaron a salir a la luz...».

Mientras ando por los pasillos del edificio Silver hacia la cafetería escucho uno de los pódcast de crímenes reales más inquietante y atrapante que he oído en mucho tiempo. Al abrir la puerta, no advierto quién sale hasta chocarme con él.

Jared.

A la mierda mi técnica de evitación.

Han transcurrido diez días desde que discutimos en su casa, desde entonces no lo había visto tan de cerca.

—Lo siento. —Doy un toque a mis auriculares inalámbricos para pausar el pódcast—. No te había visto.

—Tranquila... —susurra, mirándome fijamente.

Durante varios segundos nos quedamos paralizados en la puerta de la cafetería, en silencio, solo nos miramos como si hiciera años que no nos vemos.

Resulta extraño. Mis manos quieren acercarse y tocarlo,

como si tuvieran vida propia. Me resisto tanto como puedo; solo cuando alguien carraspea detrás de él para que lo dejemos salir de la cafetería, rompemos la pequeña burbuja en la que estamos atrapados.

—Perdón —se disculpa Jared, y se aparta para dejar paso.

Yo hago lo propio y, ya en el pasillo, sus ojos azules vuelven a escrutar mi rostro.

—Me alegro mucho de verte —dice.

Trago saliva, nerviosa.

Joder, yo también. Aunque siga enfadada, me he calmado lo suficiente como para tenerlo enfrente sin que sea un suplicio. Además, hace unos días me di cuenta de que me había pasado un poquito aquella tarde. Por eso hablo atropelladamente:

—Jared... mira, quería pedirte perdón por mi reacción...

No aparta la mirada de la mía. Me muevo nerviosa, puede que interprete mal su expresión, entre taciturna y anhelante. ¿Tiene sentido? O quizá me lo imagine todo. Ante mis palabras, su rostro queda invadido por la sorpresa cuando añado:

—He pensado mucho en ello y llevabas razón, no tenía derecho a recriminarte nada. Nunca hemos llegado a tener *ese* tipo de relación.

Se queda muy quieto ante mi discurso y le cuesta reaccionar. Por un momento creo que no me contestará, que lo nuestro se jodió bien por la falta de sinceridad, pero después coge una bocanada de aire y asiente con la cabeza.

—Supongo que si incluso habéis contratado seguridad privada y todo eso, la cosa debe de ser seria. Lo siento de verdad —continúo ante su mutismo.

Su expresión se dulcifica. Con una mano hace el gesto de acercárseme, tocarme, pero al final se lo repiensa y la deja caer en el costado.

Nunca reconoceré la enorme decepción que siento ahora mismo.

—Vale, gracias, Jo. Aunque me gustaría explicártelo todo, si aún quieres saberlo.

Evidentemente, me muero de ganas por saber todo lo que esconde este guapito de ojos azules y sonrisa canalla que me ha traído de calle desde el inicio de curso.

Asiento en vez de dejar que mi boca se suelte demasiado.

—¿Podemos vernos esta tarde en la azotea? Te contaré la verdad sobre lo que ocurrió.

—Está bien. Allí estaré.

Subo las escaleras del edificio a buen ritmo. Ya pasa de la hora acordada esta mañana y temo que crea que he cambiado de opinión. Corro un poco más, pero me detengo un momento en el rellano del ático a causa de los gritos que se oyen a través de la puerta A. Ahí vive ese matrimonio misterioso y siempre tan bien vestido. Tienen pinta de ser ejecutivos o abogados de lujo; es raro que vivan en este barrio, pero ¿qué sé yo? La voz del hombre suena muy fuerte, distingo pocas palabras: «Estoy harto, mentirosa, deja de fingir...». Joder, pues sí que tienen problemas, ellos también. La sinceridad parece ser el hándicap de muchas relaciones, que me lo digan a mí.

Sacudo la cabeza y dejo que sigan a lo suyo, lo que pase tras esa puerta no es asunto mío. Subo el último tramo de escaleras y abro de un tirón. Aseguro el tope de la puerta para que no nos ocurra lo mismo que la primera vez, y me adentro en la enorme terraza. Está apoyado en el muro mirando hacia la puerta, esperándome. Me parece ver un movimiento en la escalera de incendios, pero es más bien un borrón, no lo identifico. En cuanto observo a Jared un momento, se me olvida todo excepto lo que me tiene que contar.

—Hola —saludo, sintiéndome de repente algo tímida.

Como si yo hubiera sido así alguna vez en mi vida. Es el efecto de la anticipación, pues por fin sabré, de una vez por todas, qué esconde Jared Clarke, o mejor dicho, Fairchild.

—Gracias por venir —contesta.

Señala una hamaca mientras se acerca a la de al lado. Nos sentamos de frente y nos quedamos mirándonos, a la espera. Le doy tiempo para que empiece, esta vez le toca hacer el siguiente movimiento.

—No me extraña que te guste subir aquí cuando estás estresada, este sitio y su enormidad transmiten paz.

—¿Verdad? Te sientes algo pequeña entre tanto gigante de hierro y cristal, pero al mismo tiempo puedes respirar y dejar la mente en blanco por un rato.

—Es difícil en mi caso.

Lo miro con el ceño fruncido.

—¿Por qué? Puedes hablar conmigo, Jared. Cuéntame qué os hizo venir aquí con otro apellido…

Asiente. Sinceridad, por fin.

—Mis padres pertenecen al cuerpo diplomático de Estados Unidos, llevo toda la vida cambiando de ciudad. Mi padre ha sido embajador en distintos países, y en la última ciudad a la que fue destinado, Roma, donde todavía viven, hubo un incidente conmigo.

Asiento. Leí algo en las noticias por internet, algo relacionado con una chica italiana que soltó muchas cosas feas sobre él. Prefiero no seguir teorizando en mi cabeza, llevo días pensando cosas, a cual peor.

—Llevo años yendo de fiesta en fiesta y quedando con chicas, sin dar explicaciones a nadie. Mis padres me lo permitían, siempre y cuando no les salpicara en su vida pública;

pero en el último año, la prensa me trató prácticamente como a una celebridad. Seguían mis pasos por la capital italiana como si fuera el hijo de un cantante de rock o algo así, y no el hijo de Clifford Fairchild, el embajador de Estados Unidos en Italia.

Lo escucho atenta abrazándome las rodillas por la repentina brisa. Llevo abrigo, pero lamento haber subido sin la bufanda, no me sobraría en absoluto. Como si adivinara mis pensamientos, se quita la suya y me la coloca sobre los hombros, enroscándomela para paliar el frío. Sus ojos brillan al verme con su bufanda puesta, las palabras se me atascan en la garganta ante el tierno gesto. Trago saliva y consigo hablar:

—Gracias, no era necesario, pero gracias.

—No hace falta que te quedes helada por estar aquí arriba conmigo. No me cuesta nada.

De forma espontánea, mis labios esbozan una sonrisa ante la actitud de Jared, pero enseguida me acuerdo de por qué estamos aquí.

—Continúa, por favor. Ibas de fiesta en fiesta...

—Sí, las recepciones a las que debíamos acudir eran de lo más aburridas, había empresarios estirados, políticos, otros diplomáticos, gente influyente... Pero, por suerte, solían asistir con sus hijos e hijas, de nuestra edad, por lo que muchas veces montábamos nuestras fiestas alternativas.

»Yo era un tío libre, sin ataduras, ya sabes, y me lie con unas cuantas. No hacía nada malo, sabían perfectamente que no buscaba una relación seria y que pasar el tiempo juntos era placentero para ambos y nada más. Supongo que lo has visto, la prensa se volvía un poco loca cuando me veía ahora con una y luego con otra.

—Sí, hay una gran cantidad de fotos tuyas en internet con *muchas* de ellas.

—En realidad no fueron tantas, pero para quien crea que cada chica con la que me han fotografiado en una fiesta se vino después a la cama conmigo, serán decenas.

—No es que me lo crea, es lo que parece —le digo con sorna.

—Ya, pero la prensa no siempre dice la verdad, eso te lo puedo asegurar.

Me callo por un momento, pues realmente no sé nada de ese mundo y prefiero no echar más leña al fuego.

—Ya te digo que yo no me sentía nadie importante, mi padre es embajador, ya está, no suelen ser personajes públicos que llenen la prensa del corazón, pero ellos... la tomaron conmigo.

Traga saliva y se pasa las manos por el largo flequillo castaño antes de continuar. Odio verlo tan nervioso, pero mi necesidad de saber es superior a todo lo demás.

—Hubo una chica..., una con la que me acosté una vez en un hotel, que no se tomó muy bien que a la semana siguiente apareciera con otra en una revista. Era su problema, yo nunca le prometí nada, pero se creyó que lo nuestro estaba por encima de lo que hubiese tenido con cualquier otra chica y que quizá sacaría tajada de una familia adinerada. —Aprieta los puños sobre su regazo al pronunciar las últimas palabras.

Joder, empiezo a entender por dónde van los tiros.

—Los Fairchild son ricos desde hace más de un siglo, pero los Clarke no se quedan atrás.

—¿Los Clarke? —pregunto, alucinada; creía que se había inventado el apellido.

—Sí, el apellido de mi madre... Como ves, no he mentido por completo.

La revelación me da en el pecho con un golpe seco, pero no entiendo el motivo.

—Pero ¿por qué te cambiaste el apellido?

—Bueno, la cosa se complicó cuando empecé a recibir amenazas de muerte. Un día, cuando bajé al aparcamiento a por mi coche, lo encontré pintado y rayado por todas partes. Había dos palabras escalofriantes pintadas con pintura blanca sobre el negro del capó: «Estás muerto».

Me estremezco; por instinto, alargo la mano para coger la suya.

—Joder... Qué miedo.

—Lo sé. Al principio creímos que era una broma de mal gusto, pero en el móvil también empezaron a llegarme mensajes de lo más perturbadores, eran de un número desconocido. Y hasta mis padres recibieron alguna nota.

Le acaricio la mano, como si el pequeño gesto pudiera expresar cuánto lo siento.

—Creímos que podría tratarse de Gia, la chica que pretendía que nuestra relación fuera más seria. La denunciamos, pero ella insistía en que no había tenido nada que ver, todo lo contrario. Casi como si la acusación la hubiera ofendido, contraatacó de inmediato. Habló con la prensa y se inventó una serie de historias sobre mí que me dejaban como el malo de la película: que le había pedido matrimonio nada más conocernos, que estábamos prometidos y ya le estaba poniendo los cuernos..., incluso declaró que un día había llegado borracho y me había puesto violento... Se fue a llorar ante los periódicos y revistas que siempre buscaban carnaza. Una locura. No había pruebas y ningún juez me acusó de nada, pero la reputación de los Fairchild estaba por los suelos, por mi culpa.

»Además, mis padres (sobre todo mi madre) se empeñaron en que no estaba a salvo en Roma y decidieron mandarme tan lejos como fuera posible. Querían que me marchara a algún lugar recóndito del mundo y que allí me matriculara en la universidad, pero mi hermana insistió en acompañarme y luchamos para que al menos nos dejaran venir a Nueva York. Mi madre siempre ha sido muy protectora con nosotros, ni por un segundo creyó que Gia no estuviera detrás de las amenazas, con todo lo que había dicho de mí ante la prensa. Logramos que nos permitieran venir aquí, pero me hicieron prometer que pasaría totalmente desapercibido. Nada de redes sociales, nada de dar la nota, nada de ir de flor en flor. Nos cambiaron los apellidos. Y nos matricularon en una universidad de clase media para disminuir el riesgo de que me cruzara con gente de mi entorno social. Todo esto fue idea de mis padres. Desde el principio odio esta situación. Nunca he podido decidir sobre el asunto, más allá de venir a esta ciudad que conocíamos y que siempre habíamos echado de menos.

—¿Y entonces quién te amenazaba?

—Pues al final resultó ser Gia. Encontraron pistas en su casa que la incriminaban en las amenazas, pero no está detenida. También es hija de un diplomático y, al ser la primera vez que cometía un delito (al menos, que se sepa), quedó libre gracias a las influencias de su padre. Por eso mi madre aún está nerviosa y nos obligó a llevar escolta mientras viviéramos aquí. Es una paranoica, porque estoy seguro de que Gia se cansó de mí en cuanto no pudo sacarme nada. Ya debe de ir detrás de alguna otra víctima…

—Pero… ¿escolta? Nunca he visto a nadie cubriéndote las espaldas, y eso que he pasado mucho tiempo contigo.

Una sonrisa de listillo se dibuja en su cara antes de pronunciar las siguientes palabras:

—Es que son de lo mejor que hay, nunca creerías que se dedican a la seguridad. —Se vuelve hacia el muro del edificio y grita—: ¿¡Kay!?

Frunzo el ceño y me suelto del agarre de sus manos. Alguien salta y aterriza en el suelo de la azotea. Joder, pues sí que había alguien en la escalera de incendios.

Abro tanto la boca que debo de tener un aspecto de chiste.

Es la vecina de su rellano, la que recibe paquetes todos los días.

—¿Ella?, ¿ella es tu escolta? —pregunto incrédula.

Es una chica más baja que yo, delgada, con cara de no haber roto un plato. No entiendo nada.

—Será mejor que no la subestimes, ahí donde la ves, Kay es cinturón negro de kárate y puede matar a alguien de mil maneras distintas.

Mis ojos se abren de par en par al oír la palabra «matar», pero, espera un momento... Justo en ese instante, ato varios cabos y me doy cuenta de que Kay ha saltado desde la escalera de incendios y que debe de haber subido desde su piso. Corro a apoyarme en el muro de la azotea, me inclino y exclamo:

—¡Mierda! ¡El día que nos conocimos, podíamos haber bajado por ahí! Ni siquiera había descubierto que existía esa posibilidad.

—Sí, bueno, podríamos... pero fue mucho más divertido oírte gritar: «¡Socorro! ¡Estamos encerrados!». —Sonríe, el muy capullo—. Además, quizá en el primer escalón te la habrías encontrado a ella.

La sola idea me estremece de pies a cabeza. Miro de nuevo a la guardaespaldas; ahora, con la boca bien cerrada.

—Debo decir que no estoy de acuerdo con la conversación, no es buena idea que le cuentes a nadie toda la verdad.

Con ello me deja más atónita aún, pero solo hasta que él le contesta:

—Confío en ella. Es mi... amiga.

Me giro para encararlo, y sus palabras me hacen sonreír. Tengo unas ganas locas de acercarme más a su cuerpo y besarlo, pero me contengo ante la presencia de Kay. Cuanto más la observo, más miedo me da. Aparto la mirada y continúo hablando con Jared.

—Gracias por contármelo —le digo con una pequeña sonrisa.

Él carraspea y se mete las manos en los bolsillos de los vaqueros.

—Supongo que también deberíamos contarte que los problemas de cobertura son cosa nuestra, ya que ellos tienen inhibidores de frecuencia y resetean muchas veces los dispositivos para que no se me pueda rastrear. Aunque hayamos cambiado los teléfonos móviles y tengamos otros números, siguen sin fiarse de que Gia no encuentre la manera de llegar hasta mí. Su padre es un hombre importante, y en nuestra embajada se conoce que tiene contactos de dudosa reputación en Nueva York... Por eso mi madre insistió en que viniéramos con el paquete completo de seguridad

Ahora sí que estoy flipando.

—¡Joder, la cobertura! ¡Erais vosotros! No me lo puedo creer, tantos meses llamando a la compañía y sin entender nada, nadie le encontraba una explicación... ¡No puedo creerme que no me lo dijeras! Me oíste quejarme cientos de veces. —Me toco la cara, incrédula—. Ahora comprendo muchas cosas.

—Lo sé, pero obviamente no podía contártelo... —señala tranquilo—. Bueno, es evidente que todo este despliegue me pareció demasiado, completamente exagerado, pero ya me he resignado, no lograré convencer a mi madre. No hay manera. Además, si hubiéramos tenido señal el día en que llegaste aquí, no habrías subido a la azotea y no te habrías fijado en mi carisma natural —añade jocoso.

—Ja, ja, muy gracioso. Pero supongo que te habría visto

por la escalera, en el parque o en la facultad, era cuestión de tiempo.

—En eso tienes razón, nos íbamos a mover por los mismos círculos.

Me acerco un poco más mientras echo miraditas a Kay, que no nos quita la vista de encima, como un halcón vigilante. Me pone nerviosa, pero me esfuerzo por ignorarla.

—Ahora entiendo por qué Hannah es tan sobreprotectora contigo, y el hecho de que no tengas ni una sola red social a tu nombre; me parecía muy extraño.

—¿Me investigaste? —pregunta, divertido.

—Más bien eché una miradita inocente, nada excesivo —digo antes de que la mortífera Kay piense cosas raras sobre mí.

—Pues, ya que estamos de confesiones, te diré que no añoro estar siempre conectado a Instagram o TikTok. Estos meses de desconexión me han dado otra perspectiva, vivo mucho más tranquilo.

—¿Estabas muy enganchado? —pregunto con genuina curiosidad.

Es verdad que el poder de un *like* es un problema cada vez más común para los jóvenes de nuestra generación. Parece que necesitemos la aprobación en forma de seguidores o me gustas para dar sentido a lo que hacemos, es muy triste.

—Bastante. Tenía miles de seguidores en Instagram.

—Joder. Eso es otro nivel, debías de pasar muchísimas horas enganchado.

—Lo sé. En parte fue por culpa de todos esos artículos en la prensa, cada vez tenía más seguidores sin que yo hiciera nada, y llegó un momento en que pasaba demasiado tiempo mirando cuántos desconocidos me habían dado un *like* o comentado alguna foto. No sé, casi ha sido como si hubiera ido a rehabilitación y, si te soy sincero, es lo único bueno de todo este lío.

—El mundo de las redes puede resultar muy esclavizante, es cierto. Puedes seguir a alguien, mirar sus publicaciones y creer que lo conoces de verdad, pero ¿en realidad es así? Ni siquiera quedando con una persona cara a cara estamos seguros de conocerla.

—A través de las pantallas, seguro que no. En persona, supongo que depende de las ganas que tengamos de dejarnos conocer.

Asiento y dejo que me coja la mano y entrelace nuestros dedos. Se acerca hasta que su rostro queda a escasos centímetros del mío. Parece que vaya a besarme, pero espera a que yo dé el último paso. Y quiero, pero a la vez no estoy segura de nada. Me lo ha contado todo, ahora sé lo que le ocurrió, pero ¿significa eso que lo conozco de verdad? ¿Quiero hacerlo, siquiera? Nuestro trato era perfecto antes de que todo estallara por los aires.

¿Por qué no continuar como hasta ahora?

La cabeza me da vueltas debido a la cantidad de preguntas que invaden mi mente en este momento, pero al tenerlo tan cerca no puedo pensar con claridad. Quizá debería alejarme, bajar a mi apartamento y darnos tiempo, pero me apetece tanto besarlo ahora mismo que dejo de resistirme. Acerco los labios hasta suprimir la pequeña distancia que nos separa y lo beso.

Lo beso con esas ganas que han seguido ahí, creciendo durante todos los días que hemos estado separados.

38

Brainstorming

JARED

Volver a nuestras rutinas nos ha costado mucho menos de lo que pensaba, es increíble estar en la cama con ella otra vez, escuchar el latido acelerado de su corazón mientras mis dedos se reencuentran con todos los recovecos de su cuerpo. La he echado jodidamente de menos. Siento que nuestra relación vuelve a estar en los mismos términos que antes, y eso debería valerme. Es irónico que yo, alguien que siempre huía de compromisos y relaciones serias con el género femenino, anhele algo distinto con Jo, que evolucione a algo más íntimo.

Tras un par de días en los que no sabía cómo tratarla, he tenido miedo de acercarme demasiado deprisa o con demasiada lentitud, no tenía ni idea de qué sería lo adecuado. Vale, me ha obsesionado un pelín el tema.

Cuando por fin hemos estado solos en su habitación, no ha dudado ni un segundo en volver a desnudarnos, lo cual me ha parecido una idea fantástica y resignante a la vez.

Quiero más. Pongo los ojos en blanco nada más pensarlo.

Quiero quedar con ella cuando nos apetezca, sin restricciones de ningún tipo.

Lo que siento por esta chica no lo había experimentado con nadie, y cuando descubrió la verdad que todos nos empeñamos tanto en ocultar, creí que nunca más volveríamos a estar así.

Pero aquí nos encontramos: sudorosos y desnudos, después de una increíble sesión de sexo. No se trata de algo nuevo, pero ahí interviene la química; si logras encontrar a la persona con quien sentirla, las relaciones en la cama —y fuera de ella— pueden resultar experiencias tan alucinantes como la nuestra.

—Ha sido… —dice entre bocanadas de aire.

—Lo sé —termino la frase por ella.

—¿Las otras veces fueron así?

—¿Ya no te acuerdas, después de un par de semanas? Pues sí que dejo poca huella —la chincho, a sabiendas de que bromea (o eso espero).

—No lo sé, lo he sentido diferente, más intenso que otras veces.

—Es posible, ahora nos conocemos más.

—En realidad, tú a mí ya me conocías, más bien será porque por fin te *conozco* yo a ti.

—Quizá —digo escueto.

¿Se deberá a eso?

¿Hemos intimado más gracias a que ya sabe lo de Gia y lo de mi familia? Probablemente. Pero cuando mis padres se enteren de que una chica ha descubierto todo el pastel, me matarán con sus propias manos.

Bueno, quizá no tanto. Al menos, no mi madre; con mi padre nunca se sabe.

Jo se levanta completamente desnuda y se pone una de sus batas que cuelga del perchero tras la puerta de su dormitorio. Me siento triste porque oculta esa desnudez que tanto me gusta. Reposo la cabeza encima de los brazos, esperando que en cualquier momento me eche a patadas de su cuarto, como siempre.

Para mi sorpresa, regresa a la cama y se sienta a mi lado. Me escruta el torso desnudo y sus ojos brillan intensamente. No querrá empezar de nuevo, ¿no?

Me acaricia las marcas de los abdominales distraídamente; el movimiento me hace pensar lo contrario, pero su boca me aclara que hemos terminado por el momento.

—¿Ya has descubierto a qué te gustaría dedicarte?

Joder, de todos los temas de los que podíamos hablar, ha escogido el peor de todos.

—No.

—¿Nada? ¿No hay ninguna asignatura que te haya llamado la atención?

—Alguna, pero no sé si tanto como para que me decida por mi futura profesión.

—¿Y nunca te has planteado hacerle caso a tu padre respecto a la diplomacia?

—Odio ser diplomático. Así que no, no quiero ser como él.

—Ni falta que hace, desempeñar el mismo trabajo no significa hacerlo de la misma manera; tú eres distinto, supongo, y eso te daría otra perspectiva.

—Perspectivas… Ya hemos hablado de ellas, es verdad; pero en realidad no es porque él sea diplomático, sino porque no me gusta lo que implica ese trabajo. Tratar con infinidad de personas (muchas de ellas, interesadas e indeseables) no es lo que quiero, además del permanente cambio de país, estoy harto de vivir en mil sitios distintos.

—¿Te gustaría quedarte en un lugar para siempre?

—Me conformaría con pasar más de tres o cuatro años en una ciudad, que es el tiempo que hemos vivido en cada una.

—Yo no había estado en ninguna otra, antes de venir aquí, sin contar los veranos en Nantucket y alguna visita a Boston con el instituto.

—¿No habías viajado más lejos? ¿Nunca?

—No, somos muchas y resulta caro, a pesar de tener dinero para ello. Además, el trabajo de mi madre siempre la ha mantenido muy ocupada, y a mi padre le gusta mucho nuestro hogar, pues es muy casero y *rodislandés*.

—¿Y a ti te gustaría viajar?

—Supongo que sí... —responde.

Mientras conversamos, su mano sigue bailando por mi pecho, y mi piel se estremece más veces de las que me gustaría reconocer.

—... aunque ahora no es la máxima prioridad en mi vida —continúa—. Quiero sacarme la carrera con la mejor nota posible y solicitar plaza en el FBI. Me muero de ganas por empezar esa otra etapa.

—Me flipa que lo tengas tan claro, sobre todo al tratarse de un trabajo tan difícil.

—No sé, ya sabes que lo del tiroteo me marcó. —Se encoge de hombros como si no tuviera importancia.

—Es normal, a todo el mundo debería marcarlo algo así.

—¿Y tú, de pequeño no tenías algún sueño? ¿Qué querías ser?

—Mejor que no te lo cuente.

—¿Cómo que no? Dímelo.

Se acerca un poco más y trepa por mi cuerpo para ponerse a horcajadas sobre mi cintura. Su bata se abre ligeramente enseñándome sus largas piernas, torneadas por las carreras matutinas. Niego con la cabeza.

—Me da vergüenza.

—Qué tonto, todos hemos tenido sueños. Yo, antes de desear convertirme en la futura Agatha Christie, quería ser trapecista en un circo.

Suelto una carcajada al imaginármela haciendo equilibrismos en una cuerda con una faldita corta y un top elástico plateado.

—Seguro que se te daría bien, eres muy elástica —digo con la voz ronca y paseándole las manos por la cintura.

—Anda, calla… pero ¿ves? Todos hemos soñado con mil cosas inalcanzables, no hay que avergonzarse.

Trago saliva. ¿No se trata de conocernos? Pues vale.

—De acuerdo. De pequeño quería ser Steve Jobs.

—¿Qué? ¿Informático?

—No, no. Un genio, para crear mi propio imperio.

Se parte de risa sobre mis caderas.

—¡Oye! Joder, no te lo tendría que haber contado.

—Sí, hombre. Pero… qué fuerte, ¿cuántos años tenías cuando pensabas así?

—A ver, ¿siete?, ¿ocho?

Se ríe de nuevo.

—Me imagino a un pequeño Jared diciéndole a su madre: «Mamá, de mayor quiero ser Steve Jobs». Y ella flipando, obviamente, no puedo ni imaginarme cómo supiste de ese hombre a los siete añitos. ¿Qué te llamó la atención de él?

—Descubrí que había sido uno de los impulsores de Pixar, y me encantaba Rayo McQueen —digo con la boca pequeña.

La carcajada de Jo debe de oírse en todo el edificio. Se ríe, se convulsiona sobre mi cuerpo y se deja caer encima llorando de risa sobre mi torso.

—Ya basta.

Mis palabras sirven como disparador de unas risotadas más fuertes, la muy maldita, pero dejo que se desahogue porque adoro oírla reír, y más si yo he sido el causante del pequeño momento de felicidad. Su cuerpo deja de convulsionarse poco a poco y separa la cabeza de mí para mirarme a los ojos. Tiene el rostro bañado de lágrimas y sus ojos brillan como dos estrellas poderosas.

—Eres un encanto.

Me acerco y junto nuestros labios en un beso húmedo que nos vuelve a poner a tono.

—Y tú, una descarada que se ríe de mí en mi propia cara.

Jo suelta una risita en respuesta y me mira como si fuera el mayor chiste de la historia.

—¿Y ya no quieres ser él?

Por un momento no entiendo a qué se refiere, entonces adivino que habla de Steve Jobs.

—No, me traumatizó que muriera más o menos en esa época.

Se lleva las manos a la boca, espantada.

—Joder, es verdad. Debió de resultar un chasco.

—Sí, exacto.

—Pero quizá ya de pequeño tenías una buena idea para el futuro, quizá viste en Steve Jobs un ejemplo de inversor triunfador, a un hombre cualquiera que podía crear un maldito imperio de la nada.

—¿Tú crees? —pregunto despacio, como si temiera considerar cualquiera de sus palabras.

—Nunca se sabe. ¿No lo habías pensado? Quizá en el futuro seas un hombre de negocios, un cazatalentos, un inversor en proyectos rompedores e interesantes...

Mi corazón se ha acelerado al escucharla, y no solo por tenerla encima prácticamente desnuda. ¿Podría dedicarme a cualquiera de estas profesiones?, ¿sacar partido del talento de otra gente e invertir en sus proyectos? No me parece el infierno, lo cual me sorprende muchísimo.

—Gracias por hacer esto —le digo mientras le acaricio la curva de la cintura y luego la espalda.

Se deja hacer, y no me creo que las cosas tomen ahora este rumbo. Antes me habría dado una patada a los dos minutos de correrse, pero algo está cambiando. Ella debe de haberlo notado también, ¿no?

—No ha sido nada. Solo hemos hecho un *brainstorming*, siempre me ayuda cuando no sé qué camino tomar.

—Pues gracias por tus técnicas de decisión, señorita March. Y ahora, si no le importa, voy a quitarle esta prenda de aquí. —Rozo la tela a la altura del escote—. Me parece que estamos preparados para retomar un tema que reclama otra vez nuestra atención —apunto, indicando con la mirada nuestras entrepiernas.

Su sonrisa se hace enorme y balancea el cuerpo sobre el mío en señal de aprobación.

—Sus deseos son órdenes para mí, señor Fairchild.

Oír que me llama así me vuelve completamente loco. La cojo de la cintura, la tumbo en la cama y a su vez le abro la bata de un tirón. Mi boca encuentra su pezón en un abrir y cerrar de ojos, y no tardamos ni dos minutos en jadear de nuevo.

—Jared, ¿estás ahí?

La voz de mi hermana me pone de pie de un salto. ¿Habrá pasado algo? Si ha entrado en el apartamento que Jo comparte con Taylor, algo ha ocurrido. Se me acelera el corazón mientras me pongo los vaqueros y me los abrocho a toda prisa.

—Sí, sí. Enseguida salgo —le grito para tranquilizarla.

Luego miro a Jo, que, tumbada en la cama y casi desnuda, no reacciona.

—Qué raro que haya venido mi hermana, voy a salir ahora mismo —le indico a ella.

—Tranquilo, no tiene por qué ser nada malo.

—Ya.

Me doy la vuelta y me pongo la camiseta a toda prisa.

Corro hacia la puerta y la abro, pero mi hermana no está

justo ahí. Oigo su risa de fondo en el salón. Me calmo un poco, pues si se ríe, debe de estar todo bien.

—Ahora te alcanzo —dice Jo mientras se levanta de la cama.

Asiento, aunque supongo que no lo ha visto porque estoy de espaldas. Cuando entro en el salón, encuentro a Hannah sentada junto a Taylor, beben cerveza de unos botellines. Parece relajada. Aun así, pregunto:

—¿Qué pasa, Hannah? ¿Ha ocurrido algo?

Al ver mi cara de susto, mi hermana deja la cerveza en la mesa y se levanta del sofá.

—Ay, madre. Perdona, Jared, no pretendía asustarte. Solo quería comentaros lo que tengo pensado para el cumpleaños de Willy, y sospechaba que estarías con Jo.

—Ya te digo, parece que en su habitación ha regresado la actividad sexual normal —comenta Taylor en tono jocoso.

¡Calla!, ¡que es mi hermano!

Taylor se parte de risa y da un trago de cerveza, encogiéndose de hombros como si estas situaciones fueran lo más normal del mundo.

—¿Qué dices, Taylor? Deja de incomodar a la chica —lo acalla Jo al entrar en el salón con unos pantalones de pitillo negros y una sudadera *oversize* con el logo de la NYU.

—Anda ya, Hann no es una puritana, y ya sabe que cuando estáis en este piso le dais al folleteo sin descanso.

—¡Taylor! —grita Jo mientras le tira un cojín a la cabeza, y se deja caer en el otro extremo del sofá—. Deja de darle a esa bocaza.

Miro a mi hermana, se ha sonrojado por el bochorno. Yo me limito a negar con la cabeza y tomo asiento en una de las dos sillas del comedor. Taylor no deja de reírse al tiempo que arquea las cejas.

—¿Qué se te ha ocurrido para el cumpleaños de Willy? —digo para centrarnos en el tema que la ha traído aquí.

—Ah, sí. Su cumpleaños es el próximo sábado. Me he enterado de que ese día habrá una fiesta muy exclusiva en un sitio especial; puede ir cualquiera, pero he conseguido varias invitaciones gracias a un contactito. —Sonríe de oreja a oreja—. Creo que le encantará la idea, pero quería saber qué os parece a vosotros.

—¿Dónde es? —pregunta Jo.

—Mejor que no os lo diga, es uno de esos rincones secretos de la ciudad y seguro que os encantará.

—Me apunto sin falta —afirma Taylor, guiñándole un ojo.

—No lo dudaba —le contesta mi hermana, animada por su reacción.

—Yo también, por supuesto. Si crees que le gustará a ella, confío en que así será —agrega Jo.

—Claro, si tú crees que *podemos* ir, allí estaremos —apunto yo.

Mi hermana me mira, seria, de repente, pero asiente con la cabeza. Es ella quien me ha instado a pasar desapercibidos, así que, si considera que no habrá peligro, yo no me voy a oponer.

Jo se pone a indagar de inmediato sobre la misteriosa chica de Taylor. Me lo contó ayer, y sé que la tiene muy intrigada.

—¿Irás con tu mujer misteriosa?

—No creo —dice Taylor, encogiéndose de hombros—. No tenemos ese tipo de relación.

—Ya, lo vuestro es...

—Lo nuestro es sexo puro y duro, nunca mejor dicho —apunta, para chincharla—. No tenemos nada más.

Esto me suena.

—Nosotros tampoco y bien que iremos a la fiesta —le contesta Jo.

Ahí está.

Taylor, sin embargo, reacciona con una sonora carcajada que se debe de haber oído hasta en la luna, con esa voz grave.

—Como vosotros, desde luego que no —afirma Taylor sonriente.

Luego menea la cabeza, como si su compañera de piso fuera tan tonta como para no ver las diferencias.

Yo me callo la boquita para no cagarla. Cierto, no tenemos la misma relación que al principio, por mucho que ella se empeñe en afirmarlo. Sé que se asustaría si yo mencionara que lo nuestro parece más de novios que de follamigos.

Nunca he querido tener pareja, y cuando por fin lo deseo, me pillo por una chica que huye del amor como de la peste.

¿Por qué tengo tanta mala suerte?

Terminamos la conversación y me marcho con mi hermana. Jo me acompaña a la puerta. Antes de separarnos, quiero acercarme y besarla, despedirme con todo mi cuerpo y prometerle que podemos vernos esta noche o mañana, cuando nos apetezca.

Pero no me atrevo.

—Hasta mañana, *amiga* —le digo, en cambio, y le doy un toquecito en el hombro.

Salgo del piso sin mirar atrás. Las carcajadas de Taylor son mi única respuesta en el rellano de la tercera planta.

39

Próxima parada: City Hall

Willy está nerviosísima. Nunca la había visto así. Entramos en la estación de metro de la calle Ocho y nos metemos en el tren. Desentonamos un poco. Para la fiesta nos hemos puesto nuestras mejores galas, por lo que la chica de pelo rosa está aún más nerviosa. Lleva un vestido negro, cómo no —su ropero está prácticamente teñido de ese color—, pero además es, según nos ha confesado, uno de sus pocos looks que podría pasar por un vestido de gala. No quería comprarse nada porque está ahorrando cada centavo para volver a casa en Navidad.

Su pelo resalta como la luz de un faro en una noche cerrada de alta mar, y está preciosa.

Yo me he decantado por un vestido turquesa largo hasta los pies con un ligero vuelo en la falda y un abrigo negro de piel sintética que espero que me caliente lo suficiente en esta gélida noche de diciembre; ando sobre los tacones más altos que tengo porque estos son mis zapatos más bonitos. Y espero no desentonar en el evento, pues desconozco de qué tipo es porque Hannah no lo ha querido desvelar a pesar de mi insistencia durante la semana. Es muy tozuda cuando quiere sorprendernos, pero como me gusta su entusiasmo ante este tipo de sitios, no me quejaré. Ella ha optado por un vestido en un tono rosa palo lleno de bordados que la hacen brillar, y lleva el pelo recogido en un moño bajo; los zapatos también son altos, y adornados con pedrería.

Los chicos visten trajes sin corbata y les quedan como un guante. Nunca los había visto tan arreglados, podrían pasar perfectamente por modelos de pasarela. Ambos son tan guapos —cada uno en su propio estilo—, que llamarán la atención en la fiesta, estoy segura.

Y, obviamente, son libres de hacer lo que quieran.

Trago saliva y miro a mis amigas, que cuchichean sentadas frente a mí.

El trayecto hasta nuestro destino dura unos quince minutos; nos bajamos en la parada de City Hall. En el andén, miramos a Hannah expectantes por saber hacia dónde debemos dirigirnos. La gente se marcha por las escaleras que llevan al exterior, pero Hannah nos dice que nos quedemos ahí un momento. Frunzo el ceño sin entender nada; en los minutos siguientes, el andén se vacía prácticamente del todo.

—¿Qué pasa, Hannah? ¿Por qué no salimos de la estación?

Las preguntas de su hermano la hacen sonreír, más enigmática aún, y Taylor suelta un exabrupto.

—¡No me jodas!

Todos lo miramos desconcertados.

—¡No puede ser! —exclama; corre hacia Hannah y le pone las enormes manos negras en el pálido rostro—. ¿Es en serio? Pero ¿cómo lo has conseguido?

Willy y yo nos miramos sin entender nada.

—¿Alguien puede contarnos qué sucede aquí? —pregunto.

—Veo que el friki de tu compañero de piso ya ha adivinado adónde vamos. Efectivamente, hoy hay una fiesta exclusiva en la estación abandonada de City Hall y estamos invitados.

—¡Es la hostia! Joder, he leído mucho sobre ella, pero vi que no se podía acceder tan fácilmente, solo se puede visitar unos días al año y las entradas no son precisamente baratas.

—No, pero una amiga de mi madre es la organizadora de la fiesta y me pareció un sitio original para celebrar tu cumpleaños —dice, mirando a Willy.

Desde el incidente en la fiesta de la azotea, no había visto a Willy a punto de derramar lágrimas, pero ahora mismo está a unos segundos de explotar.

—Joder, es increíble. Muchísimas gracias por conseguirlo —le dice conmovida.

Me acerco para darle un apretón en el hombro y Hannah asiente con una de sus sonrisas tímidas.

—No hay de qué, te lo mereces.

Jared pasa un brazo por el hombro de su hermana y le dice:

—Lo que no consigas tú, hermanita… Vamos a ver por qué produce tanto revuelo este sitio.

—¡Vamos!

Al entrar en la que había sido una de las estaciones de metro más bonitas del mundo, me quedo con la boca abierta. Literalmente. Admiro un largo rato los techos abovedados con cristaleras forjadas en hierro, baldosas llenas de mosaicos y un cartel precioso que reza: CITY HALL.

—Es una estación de principios del siglo veinte que quería competir en calidad y belleza con los metros de Londres y París —nos cuenta Hannah, ensimismándonos a todos—. Estuvo operativa hasta 1945 y dejaron de usarla porque los trenes eran cada vez más grandes y largos, mientras que la estación es muy estrecha y curva, como podéis ver, por eso no era factible que los vagones continuaran parando aquí.

—Es preciosa —alaba Willy—. Parece que estemos en otra época, ¿verdad?

—Totalmente, en cualquier momento aparece un gángster en alguna esquina —bromea Taylor.

—En este caso, lo que salen son camareros, mirad —señala Jared, indicando con el dedo el fondo del andén.

Grupos de personas elegantemente vestidas se pasean por el pequeño espacio con copas de champán y canapés en la mano.

—Adelante, vayamos a beber y a disfrutar del lugar, no creo que podamos verlo de nuevo en mucho tiempo; quizá, incluso nunca más —apunta Hannah.

Taylor sale disparado con sus largas piernas y Jared me mira sonriente. Me coge de la mano y sigue a mi amigo. Andamos hacia el primer camarero y cogemos unas copas de la bandeja. Miro por encima del hombro y veo que Hannah y Willy se han quedado rezagadas, abrazadas.

—Me alegro mucho de que se hayan hecho amigas —me comenta Jared al ver que las observo.

—Sí, son geniales. Es una suerte que nos hayamos encontrado en esta ciudad tan grande.

—Desde luego —afirma.

Se me acerca tanto que nuestras barbillas prácticamente se tocan. Distingo algún tipo de perfume que no le había olido nunca y que me encanta, me embriaga. Vuelve el rostro ligeramente y me deposita un beso tierno en la comisura de los labios. Es un roce, un toque pequeño, nada que ver con lo que hemos hecho en estos meses, y mi cuerpo se queda paralizado ante su contacto. Me hormiguea el labio, me tiemblan ligeramente las manos por las ganas locas que tengo de echárselas al cuello.

—Venid, que os hago una foto.

Reacciono al oír las palabras de Taylor. Meneo la cabeza

para salir de este momento tan íntimo. Vete a saber qué habría hecho si no nos hubiera interrumpido.

Durante varias horas comemos canapés —que están riquísimos—, bebemos varias copas —ya he perdido la cuenta— de un espumoso que me achispa y me da la osadía de dejarme llevar para pasarlo en grande con mis amigos. Nos hacemos fotos, nos maravillamos de la arquitectura de principios de siglo, y disfrutamos de nuestra compañía; en estos meses nos hemos convertido en grandes amigos. Jared está muy cariñoso y yo me dejo hacer.

Solo por esta noche, disfruto sin ponerme barreras.

Solo por esta noche, no pienso en qué somos o dejamos de ser.

Solo siento.

Vivo de verdad.

Y lo disfruto.

40

Verla así de feliz me da la vida

Jared

—¿Queréis algo más? Voy a pedir otra ronda.

Le decimos a Taylor lo que queremos y él se acerca son- riente a la barra del bar en el que nos encontramos ahora, tras la fiesta en la estación de tren. Hay una camarera peli- rroja que no le quita la vista de encima; menudo tío, es un imán para las chicas. Luego dicen —o decían— de mí que soy un ligón, pero en mi último año no ligué ni la mitad que él en los tres meses que llevamos aquí. Está imparable.

Jo se me acerca un poco más y me pasa una mano por la pierna. Joder. Mi entrepierna se sacude ante la expectativa de que la adentre en los pantalones. Pero al otro lado de la mesa están Willy y mi hermana, no es plan de que se nos vaya la cabeza. Pongo una mano sobre la suya y entrelazo nuestros dedos para acariciarla.

Está muy graciosa y desinhibida esta noche, y creo que el último cóctel la ha dejado bastante borracha. Sorprendente- mente, desde la fiesta se muestra muy cariñosa conmigo, se deja besar y tocar; si cualquiera nos viera desde fuera, pen- saría que somos pareja, seguro.

No quiero considerar que empieza a cambiar de idea so- bre lo nuestro, pues no creo que sea muy sensato. Cada vez que nos acercamos demasiado, recula y vuelve a alzar sus muros para guardar sus sentimientos a buen recaudo. Así que mejor fluir con la situación. Es mi filosofía respecto a la extraña relación que tengo con Jo: fluir.

Que me conduzca adonde me tenga que llevar.

Le cederé el espacio necesario para que averigüe por sí misma qué quiere realmente, y si al final no quiere más que sexo, eso tendrá. Prefiero tener sexo que nada.

Al menos, de momento.

Reposa la cabeza en mi hombro y la oigo ronronear. Sonrío al mirarla de reojo. Con la mano libre cojo la copa de gin-tonic para vaciarla de un trago mientras espero a que Taylor me traiga otro.

Miro a mi hermana, que se está haciendo una serie de selfis con Willy. Ambas están felizmente bebidas y pletóricas; ponen distintas caras para las fotos y, cuando al juntar las cabezas se chocan, se ríen a carcajadas frente al móvil. La chica del pelo rosa ha continuado disparando fotos y ahora las miran entre risitas.

Verla así de feliz me da la vida.

Hace tiempo que nada es como cuando llegamos, soy consciente de que se lleva genial con Jo y Taylor, pero con Willy creo que ha entablado una amistad más especial, hacía mucho que no tenía una con nadie. Me destrozó que viniera conmigo desde Roma y dejara atrás sus amistades de la capital italiana.

Es una persona increíble.

La mejor que conozco, sin duda.

La he visto sufrir mucho durante dieciocho años. Su timidez no la ha ayudado a abrirse a nuevas personas cada vez que cambiamos de residencia; también ha sentido la presión impuesta por el cargo de mi padre y por lo que se esperaba de ella. A mí aún me atosigan, quieren que me comporte y no la líe, pero siempre he sido más de plantarles cara y llevarles la contraria. En cambio, Hannah odia decepcionar a nuestros padres, y si tiene que salir con el hijo de algún mandatario con el que nuestros padres deben llevarse muy bien para el beneficio de las relaciones entre nuestras naciones, pues lo hace.

Odio cada una de las veces que lo ha tenido que hacer, porque estoy convencido de que ella no quería.

Por eso, cuando la miro y la veo tan feliz con Willy, no entiendo por qué quiere dedicarse al negocio familiar, sobre todo sabiendo que nuestro padre ni siquiera la ha considerado como posible embajadora.

Idiota.

No la toma en consideración por el único hecho de ser una chica.

Como si no hubiera cientos de embajadoras perfectamente capacitadas en todo el mundo.

Hannah no se lo ha comentado, teme su reacción, pero él debería saberlo a pesar de que no le haya dicho nada. Debería conocer a su hija y apoyarla.

A veces creo que solo pretende joderme a mí. Nada más. Fastidiarme para que sea un clon de su persona y me convierta en un amargado como él. No entiendo por qué mi madre continúa tan enamorada como al principio, por qué acepta esos desaires que él le dedica a veces y que la relegan a la mujer florero de un embajador. Oye, si a ella le parece bien y es feliz, yo me callo. En caso contrario, debería dedicarse a lo que deseara; al fin y al cabo, es una Clarke, su patrimonio millonario le permitiría hacer cualquier cosa.

El amor es peligroso, en mis padres veo el principal ejemplo. Mi madre se comporta así por amor a nuestro padre y a nosotros, pero ¿cuál es el precio de ese sentimiento?, ¿abandonar las aspiraciones personales? Le gusta ser la esposa del embajador y se le da bien; sin embargo, me consta que habría deseado ser abogada, pero eso ya quedó atrás. Ni una sola vez le ha reprochado que se viera obligada a renunciar a su futuro por él.

¿Y qué ocurre si ahora soy yo el que siente amor?

Trago saliva mientras acaricio la mano de Jo. Nunca he querido enamorarme, pero soy consciente de que este sentimiento es tan poderoso como imprevisible. No podemos decir: «Ahora no quiero sentir amor por ti. Me niego».

No funciona así.

Resulta muy difícil bloquear el amor como si se tratara de un contacto indeseable en el móvil. El amor se siente o no se siente. No queda otra que dejarte llevar por él y alegrarse. O sentirse desgraciado, depende de cómo te lo tomes.

Pero ¿y si Jo es más fuerte que yo y conoce una manera de bloquearlo?, ¿y si se niega a aceptar sus sentimientos?

Hay una respuesta clara para ambas situaciones: estoy jodido.

41

Huele a nieve y a algo más

Hoy me he levantado con muchísimas ganas de ir a ver el árbol de Rockefeller Center. Tras verlo tantas veces por la televisión, ahora que estoy en Nueva York no he podido visitarlo debido a las clases. Esta mañana me he asomado a la ventana del salón y nevaba, no es la primera vez desde que vivo aquí, pero ahora dispongo de tiempo. Es sábado y quiero hacer compras navideñas para mi familia, patinar en la pista frente al árbol y disfrutar de la nieve.

Le mando un mensaje a Willy a través del ordenador conectado al cable por si quiere acompañarme, pero me contesta que está trabajando en la cafetería. Hannah me dijo ayer que quería quedarse a estudiar en casa. Tras nuestra noche de cócteles, Taylor aún no ha regresado. Cuando llegamos al edificio y después de mirar mucho el móvil, decidió continuar la fiesta en otro sitio. Seguro que se encontró con la mujer misteriosa. No puedo esperarlo toda la mañana, así que hay dos alternativas: ir sola o pedirle a Jared si quiere acompañarme.

La segunda opción me tiene indecisa. Por un lado, quiero llamarlo, es mi amigo y las cosas entre nosotros marchan bien desde que conozco su verdadera identidad y lo que arrastra consigo. Por el otro... algo me frena; no quiero que me ronde en la cabeza, pero, por desgracia, últimamente me está fastidiando de lo lindo.

¿Por qué en ciertas situaciones deja de mandar la cabeza?

Debería dominarlas todas, para eso disponemos de un cerebro. Me considero una tía pragmática, con las cosas claras desde hace un par de años: pasármelo bien y estudiar… Pero ¿qué hago? Llamar a la puerta de Jared y preguntarle si me acompaña a ver el famoso árbol de Navidad de Rockefeller Center.

A partir de este momento y hasta la noche, no pensaré en lo que eso significa. Solo somos dos amigos que pasean juntos y hacen las compras de Navidad.

Punto final.

Si es que quiere venir. Quizá ahora me estoy montando la película y finalmente ni siquiera me acompañe.

Sin pensarlo más, desciendo los escalones que nos separan y llamo al timbre del segundo B. Enseguida abre la puerta.

—Hola, Jo, ¿habíamos quedado? —pregunta con la duda en el rostro.

—No, no, qué va. Pensaba ir al centro a ver el árbol encendido y a hacer unas compras, ¿te apetece acompañarme?

Como respuesta, una expresión de sorpresa total y absoluta.

Me muerdo el labio para silenciar la frase «NO ES UNA CITA», pues ya se lo he dicho mil veces, seguro que lo tiene claro. Sonrío con timidez y espero su respuesta, calladita, tal como me lo he propuesto hace diez segundos.

Respiro hondo cuando pasan unos segundos más y él sigue sin contestarme. Quizá sí que esté esperando a que le llame la atención sobre el tema, pero cuando pienso en qué podría decirle sin parecer una chica que cambia de opinión a cada segundo, él contesta:

—Claro, dame un par de minutos para calzarme y buscar el abrigo.

Por instinto, bajo la vista a sus pies; va descalzo sobre el suelo enmoquetado.

Joder, sus pies desnudos me parecen de lo más sexis.

«Solo somos amigos. Solo somos amigos».

Hoy solo quiero eso, así que asiento y me doy la vuelta para apoyarme en la pared del rellano, junto a la puerta.

Media hora más tarde, nos encontramos en la Quinta Avenida, y allí doblamos la esquina de los Channel Gardens, el paseo decorado por angelitos blancos iluminados que indican el camino hacia el enorme árbol de Navidad que cada año acompaña las fiestas. Un inmenso abeto lleno de luces de colores vigila a la pequeña multitud que patina en la pista de hielo situada frente al enorme rascacielos del señor Rockefeller.

Es precioso. Me quito los guantes para sacar fotos con el móvil —como los turistas alrededor— y pasárselas luego a mi familia. A mi padre y a Meg les encantará. Son los más navideños de la familia.

—Vamos a verlo de cerca.

La mano de Jared tira de mí para sortear a la gente y acercarnos a la barandilla que delimita la pista de patinaje. Lo observamos todo sonrientes, estoy tan feliz por encontrarnos aquí que nada podría fastidiarme el día, ni siquiera el hecho de sentirme estupendamente bien con nuestras manos unidas.

La gente ríe mientras se desliza por la pista, algunos se fotografían frente al árbol y otros se besan chocando las narices ligeramente coloradas por las bajas temperaturas. Los últimos días se ha notado un cambio radical, el frío ha llegado a la ciudad para quedarse. Pero no me preocupa, soy de la Costa Este, estoy acostumbrada a las bajas temperaturas.

Huele a nieve y a algo más.

A Navidad.

A felicidad.

A nostalgia.

Creo que lo último es más bien cosa mía porque echo mucho de menos a mi familia. En pocas semanas iré a visitarlos, y lo estoy deseando. Sorprendentemente, no los he visto en todo el trimestre, a pesar de no vivir muy lejos, y sé que esto está matando a mi padre. Es la primera vez que no veo a ningún miembro de mi familia en tanto tiempo y me resulta... raro.

—¿En qué piensas?

Las palabras de Jared me arrancan de mis pensamientos.

—Nada, en mi familia. Siempre he pasado las Navidades con ellos, y acabo de notar cuánto los he echado de menos estos meses.

—Es normal, supongo.

—¿Tú no echas de menos a tus padres?

—Sí, sobre todo a mi madre.

—¿Vendrán a veros? —le pregunto con genuina curiosidad. Desconozco sus planes para las fiestas.

—Aún no lo sé. Posiblemente, aunque no me sorprendería que se arrepintiesen en el último momento, como en Acción de Gracias.

Sus palabras salen como si nada, como si no le importara. Como si estuviera acostumbrado a que sus padres le fallaran de tal modo. No lo encuentro justo. Ojalá termine pronto la pesadilla que le ha tocado vivir.

—¿Sabéis algo de Gia?

El cuerpo de Jared se tensa cuando menciono a la chica, lo noto en su mano, que sigue alrededor de la mía.

«No quiero pensar en ello, gracias», parece decirme con su rostro.

—No me han dicho nada, tanto Kay como Dan (nuestro otro escolta) están al corriente de todo lo que sucede en Roma, pero no me han comunicado ninguna novedad. Supongo que, si siguen con nosotros y mis padres no nos han llamado, el encierro continúa.

—Bueno, al menos no es un verdadero encierro, estás aquí, en una de las mejores ciudades del mundo, y te puedes mover libremente.

—¿En serio? —Su boca se estira en una fina línea y señala con la cabeza hacia atrás.

Sigo su mirada y descubro a Dan, el chico que he visto tantas veces cuando salimos a correr por la mañana o entrando en el segundo A.

—Nunca me doy cuenta, ¿cómo lo hacen?

—Están entrenados para pasar desapercibidos al resto del mundo.

—¿Crees que le apetecerá patinar sobre hielo? Porque yo me muero por dar unas vueltas —digo, guiñándole un ojo y sonriente.

—Habrá que averiguarlo.

Salimos corriendo hacia donde se alquilan los patines y compruebo por encima del hombro si él nos sigue. Por un momento creo que no, pero cuando doy los primeros pasos en la pista junto a Jared, lo descubro justo a nuestro lado, vigilándonos con ojos de halcón. No se pone patines, aunque parece estar listo para lanzarse a la pista si es necesario.

Qué locura.

Pero como he dicho antes, nada empañará este día de felicidad. No quiero pensar en escoltas, en exámenes o en sentimientos incipientes. Por una vez desde que llegué a Nueva York, solo deseo disfrutar del invierno, de la nieve y de la compañía.

42

Interrogatorio al estilo *Mujercitas*

Tras pasar todo el día con Jared, estoy sola en la cafetería que hay cerca de casa, con el móvil apoyado en una taza vacía mientras hablo con mis hermanas. El día ha sido fantástico; después de comer con él en una de las mejores hamburgueserías de la ciudad, he comprado un par de regalos que tenía en mente para Meg y Beth: un marco precioso en el que pondré una foto de las cuatro, y un libro de la autora favorita de mi hermana pequeña. De regreso, hemos paseado sorteando la nieve, pero a la mitad del camino nos hemos rendido y hemos cogido el metro porque había una zona muy resbaladiza y temíamos partirnos el cuello con cualquier resbalón, o que se lo partiera Dan. A pesar de lo diestro que se supone que es, al oír un silbido y girarnos, lo hemos visto agarrado a un árbol, temiendo por su vida.

Obviamente, estoy exagerando, pero ha sido muy gracioso. Me he partido de risa hasta meternos en la boca de metro de la Treinta y tres. Jared tenía una sonrisa deslumbrante en la cara, y solo por eso ya ha valido la pena.

—Hola, hermanitas —las saludo cuando están las tres conectadas—, ¿cómo va el espíritu navideño de los March?

—Qué cabrona. Como este año se ha librado de un padre que parece que se haya metido media docena de tripis navideños, puede cachondearse de sus sufridoras hermanas… —dice Beth, medio en broma medio en serio.

—Qué exagerada. Papá me hace reír con su obsesión por la Navidad, es muy gracioso.

—Lleva dos semanas dando la murga porque quería poner ya los calcetines en la chimenea. ¡A mediados de noviembre, Jo! No es normal —añade la más pequeña de todas.

—¿Y ya los ha colgado?

—No —dice Meg, riéndose ante la indignación de nuestras hermanas—. Pero de este fin de semana no pasa. Las luces de la fachada ya están colocadas e iluminan el barrio entero, como cada año.

—Ayyy, mandadme una foto, tengo ganas de verla.

—Vale, pero ya estás a punto de venir, ¿no? ¿Cuándo terminan las clases? Se me está haciendo eterno —contesta Beth.

—En diez días. Ya no queda nada, hermanita. Yo también tengo muchas ganas de veros, antes me ha entrado un ataque de nostalgia, cuando he ido a visitar el árbol del centro.

—Ya podrías haber venido más, eso de pasarte los tres meses sin visitarnos no me parece bien. Yo volvía a casa siempre que podía —me riñe mi hermana mayor.

—Yo ya se lo he dicho, pero clarooo, ella tiene un semental en la cama para usarlo cuando le apetezca, normal que no quiera venir —dice Beth entre risitas.

Amy se tapa la cara con las manos mientras Meg grita a su hermana por ser tan basta.

—No tengo un semental en la cama y ¡no lo uso!

—Venga ya, Jo. Lo usas para follar cuando quieres —añade Beth.

—Que no, en todo caso nos usamos mutuamente, porque así lo hemos acordado.

—Pues podrías presentárnoslo un día, ¿no? Lo comentaba con papá el otro día y me dijo que deberíamos conocerlo.

—¿Perdona? ¿Qué coño has hecho, Meg? ¿Le has dicho a papá que me acuesto con un tío? No pienso presentarlo a la familia, ¡estás loca!

—¿Qué? Para mí eso de «semental» y demás son chorradas, llevas casi tres meses con él, eso ya no es un follamigo.

—¿Cómo que no? Será lo que yo quiera que sea, digo yo —contesto, exasperada.

—Haya paz, hermanitas —intercede Amy.

—No, no hay paz. ¿Por qué no entendéis que no hay nada serio, que solo nos acostamos y punto? Os lo he dicho cada vez que hemos hablado, estoy un poco hartita del tema.

—Bueno, será que conozco a mi hermana pequeña y sé que se está autoengañando.

—No —insisto.

—¿Todo esto es por Charlie? Porque en tal caso ya va siendo hora de que lo superes. Me encontré a su madre en el supermercado y me comentó que le iba todo genial en la universidad de…

—¡Calla! No quiero saber nada de él. Me da igual que le vaya genial o que esté llorando por las esquinas. No lo nombres, él ya no existe para mí.

—Qué radical, mi niña —se mofa Beth.

—¿Ahora soy yo la radical?, ¿no eras tú la que quería ir a su casa a cortarle los huevos?

Amy suelta una risita y Meg pone los ojos en blanco mientras niega con la cabeza.

—Claro, pero eso fue hace año y medio, cuando pasó todo. Ahora simplemente le daría una patada en la entrepierna si me lo encontrara por la calle…

Me río al oírla. A pesar de la ira que he sentido al oír su nombre, me da la vida saber que Beth siempre estará a mi lado. Fue quien más sufrió las consecuencias del engaño que padecí de mi supuesto mejor amigo.

—Bueno, porque te saliera mal con ese chico no te saldrá mal con todos. Quizá con Jared las cosas vayan mejor.

—Van estupendamente, porque mientras cumplamos nuestro trato, nada irá mal.

—Esos tratos nunca salen bien, ya lo hemos leído en las novelas románticas y visto en las películas.

—Eso es cierto.

—¡Beth! Tú también, no, por favor.

—A ver, ¿sería el fin del mundo si te enamoraras de él? Me mandaste una foto y parece un dios griego. Imposible que no te guste.

—Joder, ¿es que no queréis entenderme o qué?

—Si yo te entiendo, solo quieres una relación con su polla, no resulta tan difícil.

—¡Amy! Dios santo, Beth, esto es culpa tuya. ¡Estás pervirtiendo a nuestra hermana! —chilla Meg, haciéndose la indignada.

Sin embargo, todas sabemos que intenta ocultar la sonrisa.

—Decir «polla» no pervierte a nadie, mojigata. Como si ella no supiera como es una gran p...

—Vale, vale. Mejor que no sigamos por ahí, hermanita —la corto antes de que le dé un infarto a Meg.

O peor, antes de que mi padre pase por su cuarto y la oiga.

—En fin, Jojo, que te olvides del cretino de Charlie y traigas a Jared a casa para que lo conozcamos, seguro que es un encanto de chico...

—Encantos tiene, eso seguro —agrega Beth, haciéndonos reír a todas.

Niego con la cabeza y me despido de ellas antes de elevar

todavía más el tono de voz en la cafetería del barrio, no quiero montar el espectáculo. Yo solo pretendía hablar un rato con ellas, no ser víctima de un interrogatorio al estilo *Mujercitas*.

Están locas si piensan eso de nosotros. Menos mal, no saben que he pasado todo el día con él y que se ha parecido peligrosamente a lo que la humanidad entera entiende por «cita», aunque yo me niegue a nombrarlo así.

43

Ahora sé que no te miraba a ti

Jared

—Venga ya, ¿tu padre es de esos que cuelgan mil y una bombillas navideñas en la fachada de casa? —pregunto incrédulo a Jo mientras subimos las escaleras del edificio.

Hemos ido a por un café cargado de canela en el local de la esquina.

—Sí, sí, es el rey del barrio. El señor Navidad del programa de Netflix no le llega a la suela de los zapatos.

Me río al oírlo. Lo dice entre orgullosa y exasperada. Tras haber pasado el día de ayer con ella haciendo sus compras y patinando bajo el gran abeto de Rockefeller, sé que la época navideña es muy importante para Jo y su familia. Me dan un poco de envidia, en la mía se celebran las fiestas, claro, pero siempre hacemos una cena demasiado formal como para disfrutarla.

—Bueno, esta época es para pasarla juntos, aunque quedéis rodeados de millones de luces parpadeantes —le contesto con una sonrisa.

Pone los ojos en blanco, pero antes de poder contestarme, en el primer rellano nos cruzamos con la mujer del ático, la esposa del trajeado con cara de rancio.

La mujer casi ni nos mira, se abanica con la mano como

si estuviéramos en verano y no a una temperatura glacial de pleno diciembre.

—Hola —la saluda Jo antes de que descienda la escalera que hemos dejado atrás.

Ella se para, se da la vuelta y mueve la cabeza con una especie de saludo impersonal; sin embargo, la sombra de una sonrisa baila en su rostro antes de desaparecer taconeando el suelo.

Ambos nos quedamos quietos como si aguantáramos la respiración hasta que la puerta de la escalera se cierra con un golpe sordo.

—Qué mujer más rara, ¿no? Nunca dice una palabra —rompo el silencio.

—¿Verdad? Es como si siempre tuviera prisa por abandonar el edificio, como si no quisiera que la vieran aquí, lo cual resulta raro, teniendo en cuenta que es donde vive, igual que nosotros.

—No sé, su marido me parece peor aún, una especie de mafioso.

La carcajada de Jo debe de haberse oído en todo Manhattan. Cuando arranca hacia mi piso, precisa:

—Hombre, yo no diría tanto. Es más bien un señor estirado de Wall Street, está en forma. Después de nuestra discusión, llegué a pensar que era tu escolta.

—¿Él? Qué va, demasiado trajeado para mancharse las manos.

—A veces la gente no es lo que parece —apunta, enarcando una ceja acusadora.

Cojo el dardo al vuelo.

—Si lo dices por mí, ya sabes que eso no es cierto. Yo solo omití mi apellido y mi procedencia, pero a quien has conocido todo este tiempo es Jared, simplemente Jared. No hay más que lo que ves —le remarco, señalándome el cuerpo.

Su expresión se vuelve ardiente cuando me da un repaso al pararnos frente a la puerta del apartamento que comparto con mi hermana.

—Lo que veo me gusta, pero eso ya lo sabes —dice con la voz ronca, casi seductora.

Se me acerca, deposita un beso en la parte del cuello que queda descubierto, y un escalofrío placentero me recorre la espalda.

—Mmm… deja que abra la puerta y te lleve a mi cama, es un buen momento para que me muestres *cuánto* te gusta.

Sonríe con un brillo en los ojos que solo promete placer de primera calidad. Me doy la vuelta y no pierdo un segundo en buscar las llaves en el bolsillo. Taylor escoge ese momento para saltar a nuestro rellano y aparecer por detrás, propinándonos un susto de muerte.

—Hola, tortolitos. ¿Qué hacéis?

Jo da tal respingo que tengo que cogerla por la cintura para evitar que se caiga al suelo.

—Joder, Taylor. ¡Ponte un cascabel o algo! Con ese susto me ha quitado un año de vida.

—Exagerada… Eso es porque estabas muy entretenida tirándole la caña al vecinito y ni siquiera te has dado cuenta de que yo bajaba por las escaleras. No es mi culpa —dice, poniendo cara de niño bueno.

Jo menea la cabeza y me mira de reojo.

Me río, ¿qué otra cosa puedo hacer?

—¿Vais a echar un polvo?

Los ojos de Jo se abren como platos al oírlo. Ya debería estar acostumbrada al descaro de su compañero; desde luego, yo lo estoy.

—Da igual, no hace falta que me contestéis, lo lleváis grabado en la cara, ganas de echar un casquete.

—¡Taylor! ¿Pero qué dices? —le chilla indignada.

—Como si fuera mentira... Clarke, ¿a que tengo razón?

Me debato entre mentir y darle la razón. Me encojo de hombros, y, a riesgo de recibir una patada de Jo, me decido por la segunda opción.

—Nos pillas de milagro con la ropa puesta, vete para que pueda saborear cada porción de piel de tu compañera.

—Jared —me regaña Jo golpeándome el brazo.

Me escuece, pero no puedo parar de reír con su compañero.

—Sois un par de críos salidos —añade.

—Pero si a ti te encanta lo que ves, amiga. ¿No era justo eso lo que decías hace un segundo?

Jo fulmina con la mirada a Taylor y emito una risa silenciosa, no deseo recibir otra torta de mi... Jo. Mejor no tocar temas espinosos; ni siquiera me permito pensar en lo que pueda ser ella para mí en este momento.

—¿Está tu hermana? Quería ver si tiene unos apuntes de la semana pasada, dijo que me los prestaría.

—Supongo que sí. Veníamos de tomar un café y dar una vuelta. No sé si al final ha quedado con Willy.

—Mejor, así las veo a las dos.

Asiento y me doy la vuelta para abrir la puerta de nuestro apartamento. No se oyen ruidos, pero al fondo se ve la luz del salón. Entramos en silencio, uno tras otro; cuando alcanzamos el sofá, la imagen me paraliza. Jo aguanta la respiración a mi lado y Taylor abre la boca y suelta un «joder» que hace que mi hermana y Willy se detengan.

—¡Mierda! ¿Qué hacéis todos aquí? —pregunta mi hermana, tapando su desnudez con un cojín.

Cierro los ojos y me paso las manos por el pelo. Qué cagada. Acabamos de pillar a mi hermana y a Willy acostándose en nuestro sofá; concretamente, con mi hermana abierta de piernas y la chica del pelo rosa dándose un buen festín, comiendo todo su…

Cierro los ojos, bien fuerte. No quiero verlo. ¡Es mi hermana!

—Nosotros… no sabíamos, no queríamos… interrumpir… —balbucea Jo alucinada.

Me golpea en el brazo para que reaccione. Echo una mirada a las chicas y permito que tire de mí hacia la salida para dejarlas en la intimidad. Jo le da una colleja a Taylor para que pare de flipar y nos siga. Los tres salimos corriendo y cerramos la puerta al llegar al rellano.

—Bueno, pues creo que no tendré los apuntes que venía a buscar —dice Taylor, rompiendo a reír con histerismo.

Resulta obvio que él tampoco se lo esperaba.

—Qué bochorno, pobres. Les hemos cortado el rollo. Estoy flipando. No sabía que Hannah… —apunta Jo; me observa y debe de adivinar algo en mi mirada, pues me da otro golpe en el hombro—. ¿Tú lo sabías y no me lo has dicho?

—A ver, a ver, tranquila. Deja de pegarme —le pido, tocándome el brazo como si me hubiera hecho daño—. No sabía que estaban liadas, aunque sospechaba desde hace semanas que a mi hermana le gustaba Willy. No la había interrogado al respecto.

—Pero… Es muy fuerte. —De repente se ríe como si se acordara de algo—. Qué idiota he sido. Hace unos meses creía que a tu hermana le gustaba Taylor.

—¿Yo? Está claro que no soy su tipo… —dice burlón, y un poco descolocado.

—Pues no, eso lo sabemos ahora, creí que le gustabas desde el día que fuimos al bar clandestino. Estabas con Willy y os miró de una manera… ahora sé que no te miraba a ti.

—Ahora mismo mi orgullo está por los suelos.

—No seas tonto, no se trata de tu orgullo, a ella le van las tías, no hay nada que puedas hacer.

—Eso es cierto, mi hermana es cien por cien lesbiana y hace mucho que lo tiene asumido, pero como en el entorno de mi estirada familia no se puede ir pregonando, no suele decirlo de primeras; tampoco es que os haya mentido, pero intenta evitar el tema hasta que conoce más a las personas.

—Yo no le habría dicho nada a nadie, lo sabes, ¿no? —señala más seria que antes.

—Lo sé, pero yo no puedo decidir por ella. Te lo tenía que contar Hannah, no es cosa mía. Bastante mal lo ha pasado ya con el asunto.

Jo asiente y Taylor hace amago de hablar cuando se abre la puerta y aparece mi hermana, con Willy a su espalda, mirándonos con temor. Me acerco y le paso la mano por su mejilla.

—Tranquila, todo está bien. No pasa nada.

—Jared... —suspira con la boca pequeña.

—En serio. ¿Quieres que entremos o prefieres que nos marchemos? —le pregunto para darle opciones.

Bajo ningún concepto quiero que sufra, si llego a saber que estaba con ella no habría abierto la puerta.

—Entrad, ahora ya no hace falta que lo ocultemos.

Los tres las seguimos hasta el salón y nos quedamos de pie frente a ellas, que se sientan en el sofá cogidas de la mano.

—Siento no habéroslo contado, pero me cuesta mucho mostrar mi verdadera identidad a todo el mundo.

—Ey, no tienes que sentir nada. Solo nos ha sorprendido, pero, evidentemente, todo está bien —dice Jo, acercándose a mi hermana, y le pone una mano sobre el hombro.

Sonrío para mis adentros al ver cómo la trata. Es adorable.

—¿Verdad, Taylor? —le pregunta a él.

—Verdad. Me parece de puta madre que seas lesbiana y que estés liada con Willy, ella sabe lo que se hace con las manos y con la boca, no tendrás quejas —indica, arqueando las cejas.

Willy suelta una risita y a Hannah le suben los colores. Yo niego con la cabeza, pero es Jo —que no se calla nada frente a su compañero— quien le chilla:

—¿¡Eso es lo único que se te ocurre!? Tío, solo piensas con la polla.

—Oye, oye, si yo me alegro mucho por ellas. Lástima que no pueda unirme a la fiesta.

Hannah se pasa las manos por la cara.

—Creo que no ayudas a que a Hann se le pase el bochorno, tío. Deja de dar por saco. Sí, estamos juntas. Nos gustamos. No lo sabíais, ¿y qué? Pues ya lo sabéis.

Las palabras de Willy nos acallan a todos, incluso a Taylor.

Él la mira a los ojos, luego a Hannah. Se sienta en el sillón frente a ellas y asiente.

—Tienes razón. Sentimos haberos destapado el pastel antes de tiempo. Hannah, me alegro mucho por vosotras, en serio.

Entonces alarga la mano para alcanzar la de mi hermana y darle un suave apretón. Yo no puedo hacer otra cosa que mirarlos a todos con una pequeña sonrisa. Me alegro muchísimo de haberlos conocido. No se parecen en nada a los amigos que solíamos tener hasta el pasado verano, y eso es lo mejor. Estos son más auténticos.

Son de verdad.

44

No hay palabras

JARED

—¿Crees que tu hermana se sentirá bien?

—Sí, seguro que sí. Está con Willy y es una chica muy fuerte, más de lo que cree o aparenta.

—Parecía que estuviera a punto de desmoronarse cuando hemos vuelto a entrar en el piso.

—Ya, es que ha sido un *shock* para todos, pero ya la has visto, está mejor. Su vida no ha sido fácil con mis padres, y el hecho de tener que ocultar a la alta sociedad y al mundo entero cómo se es realmente te marca a largo plazo.

—El día de Acción de Gracias comentó que había tenido que salir con un chico… Nunca me dio por pensar que podría ser lesbiana.

—Ya, aunque dijo que tuvo que *fingir* que salía con un chico. Eso es cierto, ha fingido varios novios para que la dejaran en paz. De hecho, ese amigo también es gay, así que el trato jugó a favor de ambos durante un tiempo.

—Debe de ser horrible que no se pueda mostrar tal como es. Hann me parece un encanto, no entiendo por qué a alguien en pleno siglo veintiuno podría sentarle mal saber que le gustan las chicas.

—Por mucho siglo veintiuno que haya, la mentalidad de la gente de otras generaciones continúa anclada en los siglos pasados. No tienen que modernizarse, simplemente darse cuenta de que la homosexualidad existe desde tiempos inmemoriales, no es algo «moderno», sino que siempre ha existido, debe dejar de ser tabú de una puta vez.

Me enervo con el tema. Odio a esta sociedad tan hipócrita, ven con malos ojos que una chica sea lesbiana o que a un hombre le vayan las personas de su mismo sexo, pero no les parecen mal los cuernos que acompañan a sus matrimonios falsamente perfectos, el odio que sienten muchos de ellos o la falsedad que reina en el entorno de la diplomacia internacional. Y pienso en esto porque es lo que me toca de cerca, pero estoy seguro de que lo mismo sucede en las otras clases sociales.

—Tienes toda la razón. No es justo para nadie. Cada cual debería tener la libertad para ser quien deseara ser en todo momento, odio que se vean obligados a ocultar alguna de sus facetas por el miedo a lo que puedan hacerles o decirles. Es una mierda.

Aprieto los puños sobre el regazo. Estamos en mi habitación, sobre la cama. Está sentada junto a mí. Hemos hablado con ellas un rato, hasta que Taylor ha vuelto a su apartamento y Jo ha decidido quedarse aquí un rato más. Sé que hemos dejado un asunto a medias, pero me parece que ha querido venir porque también se preocupa por mí.

Y el corazón me retumba contento en el pecho, como un loco.

—¿Y tus padres saben lo de Hannah?

—Mi madre sí, mi padre creo que también, pero intentan evitar el tema a toda costa cuando hablan con ella. Como si creyeran que es algo pasajero, algo que cambiará con el tiempo, como un capricho.

—Es ridículo.

—Esa es la hipocresía de la que hablaba. ¿Cómo va a dejar de ser lesbiana con el tiempo? Uno no deja de ser lo que es. No tiene nada de malo que le atraigan las mujeres, joder.

—Lo sé, no te enfades —dice mientras me coge las manos en forma de puño—. Resulta difícil, pero estoy convencida de que lo conseguirá, seguro que podrá vivir libremente en algún momento.

—¿Cómo puedes saberlo? Ella sí que quiere seguir los pasos de nuestro padre, quiere ser embajadora, Jo. Quiere dedicarse a esa profesión tan cerrada y estirada que no le dejará salir del armario abiertamente, sufrirá, y no quiero que lo haga.

Cierro los ojos con pena por mi hermana, odio que sufra, nunca lo he llevado bien. Es como si una parte de mí se quemara por dentro cuando ella lo pasa mal, como si de algún modo estuviéramos conectados y su sufrimiento fuera parte del mío. No veo cómo puede mejorar en el futuro si sigue con sus planes.

—Ey. —Jo se me acerca y aparta el mechón que siempre me tapa parte del rostro, para enfrentar nuestras miradas—. Lo logrará, estoy segura, en algún momento se sabrá lo suyo, y no será para tanto. El mundo ha cambiado, ya no es tan raro salir del armario. Muchas veces nos parece todo peor de lo que es, y puede que no resulte tan escandaloso.

—Sí, porque para crear escándalos ya está su hermano —añado.

—No seas tonto, lo tuyo sí que es algo temporal, y se solucionará cuando menos te lo esperes. Me apena esta situación, ojalá el mundo vea cómo sois en realidad y solo os aplauda, nada más.

Trago saliva y la miro más detenidamente. Su pelo corto y rubio crece deprisa, ya lleva una media melena preciosa que le roza el cuello por encima de los hombros. Le brillan los ojos, llenos de promesas y de verdad. Me creo todas sus palabras porque sé que las dice de corazón. Esto es más de lo esperábamos. Lo que siento —al menos, yo— se ha incrementado más de lo que creía posible cuando empezamos con el trato sexual.

Es más de lo que habría imaginado que podía tener, tal y como estaba mi vida.

Lentamente, sus labios, tentadores, se acercan y rozan los míos. Mis manos se ponen en marcha como un acto reflejo, acariciando los mechones de su melena y más allá de ella, descendiendo por la espalda hasta la cinturilla de los pantalones. Jo abre la boca con un jadeo y profundiza el beso. Estos momentos nos llevan a nuestro pequeño paraíso, sin interferencias de nada ni de nadie. Solo ella y yo, y todo esto que crece entre nosotros.

La cojo y la dejo caer en mi regazo. Con las piernas me abraza por encima de la colcha oscura de la cama. Me empuja por el torso para dejarme tumbado y deslizarse por mi entrepierna en movimientos circulares que prometen acabar con mi cordura. Le dejo hacer lo que quiera.

Puede hacer TODO lo que quiera conmigo y se lo permitiré. No me resistiré.

Como si pudiera.

Me pasa el jersey por el cuello para quitármelo. La camisa sigue el mismo camino, también la camiseta interior. Joder, cuántas capas. Su mirada se pierde por mi pecho en busca de cada esquina de mi cuerpo, venerando cada rincón, tal como me gusta hacer también a mí con el suyo. La conexión que solemos tener en la cama crece a medida que Jo deja caer sus barreras y se deja llevar en mis brazos.

Somos bocas, lenguas, brazos y piernas entrelazados.

Somos dos personas que desean unirse de todas las maneras posibles.

Y lo hacemos. No nos cortamos ni un segundo. La desnudo a toda prisa y corro a ponerme un condón que guardo en la mesilla de noche. Nos miramos unos segundos antes de introducirme en ella en un movimiento agónicamente lento.

—Jared… Ah, joder.

—Lo sé.

No hay más palabras que decirnos. Nos movemos con lentitud al principio, como si fuera el primer baile de un gran evento, como si nadie nos viera, como si no nos importara lo que pudieran decir de nosotros.

Mi boca busca la suya. Mis ojos se apoderan de su mirada.

El balanceo se vuelve más intenso, los sonidos de nuestros cuerpos son música para nuestros oídos. Golpeteos. Jadeos. Quejidos. Gruñidos.

No hay palabras. Solo su piel junto a la mía y una bomba de sentimientos que explota en forma de orgasmo arrollador. Se derrumba sobre mi cuerpo y nos quedamos abrazados unos minutos, hasta que la necesidad de ser responsable y quitarme el condón puede conmigo.

Voy y vuelvo en segundos.

Ella sigue tumbada en mi cama, recobrando el aliento.

Me tumbo junto a ella y permanecemos en silencio.

Simplemente la abrazo y, por un instante, nos dejamos llevar por este momento perfecto.

Y lo vivimos con cada fibra de nuestro ser.

45

Las alarmas empiezan a sonar fuerte

A la mañana siguiente me despierto muy calentita. A gusto, bajo un edredón que bien podría formar parte del paraíso. Fuera debe de estar nevando, pero en mi cama me siento mejor que ningún otro día. He dormido estupendamente, del tirón. Nunca me ha costado echar una cabezadita, excepto en una época del instituto, cuando la pena pudo conmigo, pero en general duermo bien. Aunque esto... es otra cosa. Casi como el nirvana.

Abro un ojo y doy un respingo.

No es mi cama, ya decía yo que había algo distinto esta mañana.

Estoy en el cuarto de Jared, con él pegado a mí como si fuera un koala. Brazos y piernas me agarran como si quisiera que nos fundiéramos en uno. Me siento muy a gusto... por un momento me dejo llevar por el calor y la cercanía de su cuerpo.

Entonces pienso en la noche pasada, después de las revelaciones. Vinimos aquí y nos acostamos como tantas otras veces, pero ayer fue diferente, lo noté distinto, ambos lo fuimos. Lo sentí más como hacer... el amor.

Mi cuerpo se pone rígido ante tal pensamiento. Las alarmas empiezan a sonar fuerte en mi cabeza, escandalosas, sin permitir que ningún otro pensamiento atraviese la bruma de mi cerebro.

Solo soy capaz de pensar en que no quiero esto. No es lo que teníamos pactado. Esto se está convirtiendo en una relación. Fragmentos de las conversaciones con mis hermanas y con Taylor me acechan constantemente:

«Porque te saliera mal con ese chico no te saldrá mal con todos. Quizá con Jared las cosas vayan mejor».

Las palabras de Meg suenan en mi cabeza, quiero que desaparezcan, pero las cabronas no dejan de atormentarme.

«Como vosotros, desde luego que no».

Y se mezclan con la voz de Taylor señalando que con su mujer misteriosa no tiene lo mismo que nosotros.

«Que nos conocemos, Jojo. Dices que no quieres enamorarte, pero te pasaste la vida enamorada del mismo tío; eso se lleva en los genes, no se olvida».

Beth, maldita Beth.

Se me viene todo encima como si fuera el tráiler de una película, de mi propia película. No quiero una relación romántica con nadie, no quiero. Estoy en mi primer año de universidad y ese no era el trato. El corazón se me acelera tanto que creo que va a explotar y la respiración se vuelve dificultosa.

Me falta el puto aire.

¿Qué dice de mí que la idea de sentir algo más por Jared me provoque un maldito ataque de ansiedad?

Nada bueno, eso seguro.

Me aparto de él lentamente, intento no hacer ruido e irme sin despertarlo. Será lo mejor. Será mejor que no hablemos en este momento porque no sé qué palabras saldrían de mi boca.

Y ahora me preocupo por él.

Joder.

La cosa es más grave de lo que pensaba.

Me pongo la ropa interior y me subo los pantalones. Jared se mueve en la cama y me quedo quieta como una estatua. Cuando él se da la vuelta y quedamos de cara, contengo la respiración, pero sus ojos continúan cerrados. Me pongo el jersey. Sin ver nada, me muevo un poco cuando se me queda atascado el cuello alto, y me golpeo con algo.

—Mierda —susurro.

—¿Jo?

Adiós a mi huida silenciosa.

—Sigue durmiendo. Me tengo que ir.

—¿Salías a escondidas de mi cuarto sin decirme nada? —pregunta con la voz ronca por el sueño y apartando el edredón.

Trago saliva ante sus palabras y su torso desnudo.

Maldito.

—Sí.

Intento que la cosa quede ahí y me doy la vuelta. Pero obviamente él no iba a ponérmelo fácil.

—Oye, espera. —Se levanta y me coge del brazo para que lo mire—. ¿Qué ocurre, Jo?

—Nada.

—Mentirosa, está claro que algo te pasa.

—¡Mira, no tienes ni idea! —exploto.

—Pues cuéntamelo, cariño, dime qué sucede, para que podamos volver a la cama.

¿«Cariño»?

Joder, joder, joder.

—No soy tu cariño, no soy tu novia, ¡no somos nada! No podemos seguir haciendo esto, Jared.

Retrocede como si le hubiera dado un puñetazo. Su rostro pierde el color de hace un momento, está tan blanco como las paredes de su dormitorio.

—¿Qué quieres decir? —pregunta despacio.

—Lo que quiero decir es que he dormido aquí contigo como si fuéramos… pareja, pero eso no forma parte del trato. Creo que hemos traspasado una línea que no deberíamos haber cruzado, será mejor dejarlo aquí y… volver a salir con otras personas.

Me mira, y sus ojos azules tienen un tono helador. Se queda varios segundos quieto frente a mí, respirando y silencioso. Su única indumentaria, unos bóxers negros. Espero que me lo rebata, que se muestre en desacuerdo con mis palabras, pero de su boca únicamente sale:

—Está bien, si es lo que quieres…

Asiento despacio. Sí, es lo que quiero. Enamorarme no entra en mis planes, ni de él ni de nadie. Cuando te enamoras, todo se va a la mierda. No volveré a pasar por ello.

—Igual sí que deberíamos ver a otras personas, está claro que el trato ha durado más de lo esperado —señala, mirándome a los ojos. Oigo sus palabras y las entiendo, pero me parece que no las dice de verdad. Sin embargo, me aferro a ellas, debo hacerlo.

Probablemente le esté haciendo el favor de su vida.

Estar juntos de verdad solo complicaría nuestra existencia, y eso es lo último que necesitamos.

—Vale, estamos de acuerdo entonces. Mejor que me vaya —le indico antes de darme la vuelta y salir de su habitación y de su vida.

Ando deprisa hasta el rellano y subo las escaleras hacia mi casa. Parece que Taylor no ha pasado la noche aquí. Corro al cuarto de baño y me quito la ropa lentamente, hasta quedarme sin nada. Mi cabeza es un hervidero ahora mismo, no deja de atormentarme. Me meto bajo el chorro de agua tibia e intento dejar la mente en blanco. Mis músculos protestan un poco debido a la actividad de la última noche y a la tensión de hace un momento.

El agua me resbala por el cuerpo y por un instante me permito dejar de pensar en él, en *nosotros*. No funciona. Mi mente no se detiene. Recuerdo su mirada helada cuando le he dicho que no podíamos seguir con esto; lo tierno que fue ayer… Por un momento me dejé llevar, sin tener en cuenta las consecuencias.

No puedo estar enamorándome de él.

No puedo y no lo haré.

Cuando te dejas llevar de esa manera con alguien te expones a que te destrocen el corazón, algo que no me ocurrirá otra vez. Al llegar a Nueva York hice un trato conmigo misma, y no voy a romperlo tres meses después. Por mucho que digan que el amor es ineludible, me niego a creerlo. Es posible luchar con uñas y dientes contra él.

Y eso pienso hacer.

Hay millones de tíos solteros en esta ciudad. Me descargaré la app que usa Taylor para ligar y quedaré con otro. Volver al ruedo de las citas es lo que quiero, lo que necesito.

Sin duda, es lo mejor para olvidarme del asunto.

46

Justo lo que necesito ahora mismo

—Creo que la estás cagando, Jo.

—Para nada, es lo que tengo que hacer. Esta tontería había llegado demasiado lejos.

—¿«Tontería»? Cariño, no es una tontería que os gustéis, es lo que suele pasar cuando hay una increíble atracción física y pasáis tanto tiempo juntos, y para nada es una tragedia que tengas una relación amorosa con él.

—¡Qué no hay ninguna relación amorosa con Jared, Willy! Venga ya, me conoces, nos conoces a los dos, sabes que solo nos divertíamos, y ahora… ni siquiera eso.

Taylor está junto a nosotras en el sofá, ve una película y niega con la cabeza al oírme. Se suponía que la veíamos los tres, pero, evidentemente, mi amiga tiene más interés en incordiarme; así que yo me limito a evitar el tema y pasar fotos de chicos en la pantalla del móvil, en la aplicación de citas.

Hace dos días que liquidé el trato que tenía con Jared. Tras unas pocas horas, ya lo sabían todos y empezaron a tocarme las narices. A mis hermanas aún no se lo he comentado, pues sé que se sumarían al coñazo que me están dando este par.

—No sé por qué te niegas a aceptar que él te gusta —agrega Taylor.

—Me gusta, me gusta. —Meneo la cabeza, exasperada—. Me gusta, sí, pero porque el sexo con él me dejaba el cerebro frito, por nada más. Es un gran chico y todo eso, pero no puedo estar con él.

—Mira, nena, sé que yo fui el primero en animarte a follar mucho sin tener nada serio, pero él te gusta, tú le gustas a él. No veo el problema. Sé que te pasó algo en el instituto, pero o nos lo cuentas para que lo entendamos o seguiremos sin comprender lo que hay en tu cabeza.

Suspiro al oírlo.

Es verdad, no les he contado mi episodio humillante con Charlie. No me gusta rememorar ese momento, el día en que me sentí la chica más tonta de la historia.

La más ilusa de todas las March.

Así oí que me llamaban.

«Tonta». «Ilusa». La que creyó que su mejor amigo de toda la vida correspondía a sus sentimientos, hasta que se dio de bruces con la verdad.

Claro, si quiero que me entiendan debería contarles qué sucedió, pero sigo sin fuerzas para ello. En vez de hacerlo, deslizo el dedo por la pantalla y descubro unos abdominales de lo más apetecibles. Justo lo que necesito ahora mismo.

—Este tiene pinta de saber lo que hace —dice Taylor al mirar la foto de soslayo.

—¿Qué clase de tío se pone la foto del torso como foto de perfil?

—Uno que quiere lucir la mercancía para dejarte bien claro lo que busca en esta app —sentencia mi amigo.

—Al menos es el torso y no el paquete. También he visto alguno de esos.

¡Madre mía! La gente va muy a saco. Consulto el perfil del torso desnudo, quien se ha autodenominado «Soltero en Columbia».

323

—Ni nombre real ni nada, ¿para qué? ¿Debería yo hacer lo mismo? Poniendo el mío, igual estoy dando demasiada información —aventuro.

Willy ignora mi comentario y echa un vistazo al perfil.

—A ver si será un sociópata. Yo no me fiaría mucho.

—Bueno, no pierdo nada por hablar con él y comprobar algo.

—¿No crees que es demasiado pronto? No creo que Jared se tome bien que tú...

—¿Que yo qué? ¿Salga con quien me dé la gana? Lo dejamos claro el otro día; además, seguro que él también está contento de haber roto el acuerdo.

Estoy convencida de ello. Esta mañana lo he visto hablando con una chica en el campus, ella se reía de manera escandalosa por algo que él le había dicho. Es obvio que ya ha pasado página; en realidad, lo nuestro le importaba menos que nada. Cansada de escuchar mis pensamientos, aprieto los dientes y abro el chat con Soltero en Columbia.

El chico es simpático; al intercambiarme mensajes con él se evidencia que solo busca un polvo sin compromiso. Perfecto. Yo también.

—He quedado con él este sábado.

—Jo... Se te va la olla.

—Willy, ¡creía que eras más abierta! Tú lo has hecho mil veces, ¿por qué yo no puedo?

—Podrías si lo hicieras por las razones correctas, pero solo pretendes demostrarte tu absurda teoría de que no te estás enamorando de Jared, y eso no es bueno.

La fulmino con la mirada, quiero que deje de hablar. Sin embargo, suaviza la voz antes de continuar.

—Mira, cariño, no quiero que te hagas daño. Tener sexo sin compromiso está bien si es lo que quieres, pero también puede dejarte muy vacía. Has vivido buenas experiencias con

Jared, y dejarlo todo de repente e irte con otro a los dos días... No sé, no quiero que sufras por ello.

—Tranquila —digo, empeñada en rebatirla—. No me pasará nada. Eso sí, si pudierais tener el teléfono operativo durante mi cita, mejor que mejor, no sea que finalmente resulte alguien peligroso y acabe en algún callejón de mala muerte.

—¡Jo! Joder, no digas esto. Iré contigo, si hace falta —indica Taylor. Se me acerca más y me pasa un brazo por el hombro—. Si estás segura, lo haré. Estaré contigo.

Me invade una enorme sensación de alivio y gratitud. Taylor es quien mejor me comprende; a pesar de no saber exactamente por qué no quiero salir con nadie, él tampoco quiere, y eso hace que nos compenetremos muy bien. Le sonrío y lo abrazo.

—Gracias.

—No me las des, espero que esto no acabe en desastre.

—Ten por seguro que hay muchas posibilidades de que así sea —sentencia Willy.

Ambos nos volvemos hacia ella, pero la chica del pelo rosa simplemente se encoge de hombros, coge su abrigo y se marcha de nuestro apartamento.

47

¿Es una puta broma o qué?

Los días han pasado tan rápido que no he tenido tiempo de reflexionar sobre lo que hago: acudir a una cita con otro tío a los cuatro días de dejar de ver a Jared.

Bueno, en realidad me estoy mintiendo a mí misma, como si pudiera desconectarme del cerebro y dejarlo todo en silencio. No, qué va. Pero sigo adelante porque soy una cabezota de primera. Lo sé y lo reconozco. Al menos ante mí misma. Willy está molesta conmigo, y Hannah no lo ha dicho, pero obviamente está de parte de su hermano. Taylor es mi amigo, mi compañero; ahora está sentado a una mesa del fondo, en el bar donde he quedado con Soltero en Columbia. Taylor ha llegado antes que yo para disimular un poco; nada más entrar, lo veo bebiéndose una cerveza.

Observo el resto del local y vislumbro en la barra una camiseta de un azul eléctrico; mi cita de hoy me indicó que se vestiría así para que lo reconociera. Yo llevo un vestido rojo. Muy ajustado. No deja mucho a la imaginación, la verdad. En mi foto de perfil tampoco se me ve muy bien la cara, me la hizo Willy el día de su cumpleaños, en la fiesta de la estación; salgo con el rostro ladeado y algo borroso, así que solo se distingue la figura. El vestido rojo debería bastar para que me reconociera él también.

Me dirijo a la barra. A pocos pasos distingo una melena rubia revuelta, varios mechones traviesos que se disparan hacia todas partes, una camiseta azul y unos vaqueros del mismo color. Lleva una botella en la mano, y cuando se gira para mirarme, solo puedo emitir un jadeo.

Bueno, y esto también:

—¿Es una puta broma o qué?

El chico me mira sorprendido, pues hace mucho tiempo que no nos vemos. ¿No decían que había miles y miles de tíos en esta enorme ciudad?, ¿cómo es posible que haya quedado precisamente con él?

Joder.

Con el causante de todo el embrollo.

Charlie.

Más concretamente, mi ex mejor amigo Charlie.

Estupendo, simplemente estupendo.

—¿Jo? No puedo creerme que seas tú. Mírate. —Emite un silbido de admiración—. Joder, estás estupenda. Pero ¿qué haces aquí?

—Al parecer he quedado contigo.

—¿No es una fantástica casualidad? Casi como si alguien hubiera manejado los hilos para que nos reencontráramos. Es fantástico.

Sí, de puta madre.

Una locura de nuestro amigo destino, que se está riendo en mi puñetera cara. ¿No querías olvidarte de Jared y acostarte con otro? Pues toma, ahí tienes al causante de que seas una negada para las emociones y no te permitas enamorarte otra vez.

—Sabía que estudiabas en la ciudad, pero, menuda coincidencia.

—Yo no sabía que estudiabas aquí.

Ahora me arrepiento de no haber permitido que mis hermanas me informaran sobre él.

—Vaya, esto me ofende. Creía que siempre seríamos amigos. Yo te he echado de menos en el último año. ¿Tú no?

Lo miro horrorizada. Este tío ¿qué se cree? ¿Que puede humillarme y regresar a mi vida como si nada? Sigue siendo muy atractivo, con la pinta de surfero trasnochado, pero, joder, es Charlie.

—¿Yo? Pues no mucho. Me engañaste y me dejaste como una idiota frente a todo el instituto. Así que ¿tú qué crees...?

Su mirada se llena de pesar, como si *realmente* le importaran mis palabras.

—En cuanto a eso, mira, me alegro de que se nos haya presentado la oportunidad de hablarlo, porque desde hace tiempo quiero decirte cuánto siento lo que pasó. Era un crío, Jo. Un idiota, no sabía qué quería y solo pensaba con el rabo.

Mis ojos se abren por la impresión.

¿Ha cambiado lo suficiente como para creerme que es sincero?

Me derrumbo en el taburete que hay frente a él y le hago una señal al camarero. Necesito una cerveza, o mil.

—Bueno, tampoco es que hayas cambiado mucho, «Soltero en Columbia» —digo, acompañando de unas comillas en el aire el nombre de su perfil.

Era un puto torso desnudo. No ha cambiado una mierda.

—Sí, es que, bueno, estamos en primero y sigo sin tener claro si me va lo de las relaciones. De momento me dedico al sexo sin compromiso con gente desconocida, pero tú... no lo eres. Tú siempre has sido mi mejor amiga.

—Hasta que dejé de serlo.

—Sí, bueno, odio que lo pasaras mal por mi culpa. ¿Podrás perdonarme?

Cuando pone esa cara de niño bueno, los recuerdos felices invaden mi mente: cuando a los seis años íbamos cogidos de la mano para entrar en clase, cuando con diez me defendió de un abusón que quiso robarme la comida o cuando, ya con trece, me consoló porque Brian Katin no volvió a llamarme después de haberme besado en la heladería. Vivimos momentos muy buenos, y todos ellos hicieron que me enamorara locamente de mi mejor amigo... hasta que algo cambió.

Lo miro un poco más y doy un buen trago a la bebida. Me la acabo y pido otra, creo que sin valor líquido no seré capaz de aguantar una velada tan inesperada.

—Me hiciste mucho daño, no resulta fácil de perdonar. Me hiciste creer que te gustaba, sé que no fueron imaginaciones mías.

—Bueno, de verdad que lo siento. Era un idiota. Creí que podía tenerte para siempre y también follar con las chicas que se me ponían a tiro. Era nuevo en el sexo y no podía pensar en otra cosa.

—Menuda excusa de mierda —escupo.

—Sí, pero es la única que tengo. Siento que me pillaras con Stacey.

Cierro los ojos con fuerza al visualizar de nuevo el momento. Dios. Desde entonces había bloqueado ese instante de mi existencia, no quería pensar en cómo pillé a mi mejor amigo tirándose a una de mis amigas cuando por fin me decidí a declararle mi amor. No llegué a hacerlo, pero nadie en el instituto dudaba de quién era el chico que me gustaba. Ni Charlie ni Stacey ni el resto de los alumnos que se rieron de mí cuando mis supuestas amigas lo contaron todo en uno de nuestros directos semanales en TikTok. Trina tenía miles de seguidores, y sus directos de cotilleos con las amigas eran muy demandados. Cada viernes nos uníamos a ella durante una hora y hablábamos sobre lo que nos pasaba por la cabeza; yo era la más comedida, pero ellas despellejaban a cualquier persona que les hiciera un mínimo mal gesto.

El día en que pillé a Stacey acostándose con Charlie era jueves, así que, obviamente, al viernes siguiente no estaba de humor para asistir al directo en casa de Trina. Mi hermana Beth estaba viéndolo en su habitación y corrió a enseñarme lo que decían. Stacey confesó entre risas que se había acostado con Charlie y que yo era demasiado lenta y tonta para dar el paso, que a veces había que ir a por todas; también reveló que Charlie y ella tonteaban en secreto desde hacía tiempo, que no era la primera vez que lo veía desnudo. El resto la jaleó y se rio como si yo fuera una desconocida cualquiera, y no una chica que había crecido con ellas y de quien habían sido «amigas» desde los cuatro años. Me sentí horriblemente mal durante el fin de semana. No hablé prácticamente con nadie, no quise mirar los miles de comentarios y *hashtags* riéndose de mí. Me sentía humillada, traicionada.

Pero eso no fue nada comparado con el lunes siguiente, cuando llegué al instituto. Lo recuerdo como el peor día de mi existencia. Todos los alumnos habían visto el directo y se reían de lo ilusa que había sido yo al esperar que Charlie se fijara en mí, y por haber esperado tanto que a una de las chicas más populares —Stacey— no le había quedado más remedio que intervenir. Como si me hubiera hecho un favor. Lloré en el baño durante toda la semana; y, aunque ese mismo mes estalló otra bomba y lo mío perdió interés, mi vida cambió después de eso. Fue una terrible humillación, no solo porque perdí a mis amigas, sino por Charlie. Él lo había sabido desde el principio y jugó conmigo.

En el penúltimo año de instituto, antes de que sucediera aquello, había estado aún más colada por él. Charlie siempre fue un encanto conmigo, me trataba como a una reina cuando estábamos juntos, siempre cariñoso, siempre atento; me besaba en el cuello, me sonreía como si no hubiera nadie más bonito en el mundo que yo. Siempre lo hacía en mi habitación o en el amparo de nuestras casas; en el instituto no solía mostrarse tan cariñoso. Yo le restaba importancia, pero mi hermana Beth decía que eso no era normal, así que me animó a decirle que estaba enamorada de él para hacerlo oficial. No podía creerme que esa pose fuera falsa. Nuestros padres siempre habían comentado que acabaríamos juntos y el mío incluso se pensaba que ya lo estábamos desde hacía un tiempo.

Cuando al fin me decidí a confesarle mis sentimientos, dejar de perder el tiempo y dar el paso, me los encontré allí, gimiendo de placer. Lo peor es que él sabía que iría a verlo, habíamos quedado para hablar de algo importante. Me citó en su casa a las siete y lo encontré acostándose con ella. Lo hizo para que los pillara. ¿No podría haberme dicho directamente que no me quería de esa manera?

Obviamente, eso no sucedió.

El muy capullo se rio de mí de lo lindo.

¿Eso hacen los amigos? ¿O solo los cobardes como él?

Sus palabras me devuelven al ruidoso bar.

—Sé que no ayuda mucho, pero ahora mismo lo habría hecho de otro modo. Habría hablado contigo y te habría dicho que yo no sentía lo mismo que tú. Habría sido más maduro. Pero con dieciséis, pues, eso, era…

—Un idiota.

—Exacto —dice sonriente—. Pero ahora me alegro muchísimo de verte. Estás espectacular, guapísima. Quizá quieras venir conmigo a mi apartamento… podríamos aprovechar para redimirnos. No te aseguro que sea capaz de tener una relación seria, pero sí que puedo regalarnos la noche que nos debemos, aquella que fastidié con mi tontería.

Lo miro como si tuviera tres cabezas.

¿Se ha vuelto loco? ¿Me está pidiendo que nos acostemos?, ¿que nos vayamos a la cama como si eso fuera lo único que siempre quise de él?

Niego con la cabeza durante mucho tiempo. Él se acerca y me pone una mano sobre la pierna. El vestido es muy corto, así que me acaricia las medias transparentes. Se me acelera la respiración.

—Voy un momento al baño —informo.

Salgo disparada hacia el fondo del pasillo y noto la mirada de Taylor, puesta en mí en todo momento. Entro en los aseos y me mojo el cuello con las manos. Mi cabeza va a explotar. Es Charlie... queriendo que me vaya con él. Una maldita locura.

De repente me asalta otro pensamiento. ¿Y si lo hago?. Al fin y al cabo, ya no soy aquella chica inocente que se enamoró de él en el pasado, no siento nada de eso por él y he venido aquí a demostrarme a mí misma que no quiero relaciones serias con nadie, que solo quiero divertirme.

¿Y si me voy con él y después me largo como si no hubiera pasado nada? Lo uso, como él usa al resto de las chicas. ¿En qué posición me deja eso?

Me seco las manos con un par de pañuelos de papel y meneo la cabeza para deshacerme de mi conciencia. No quiero ninguna relación con él, pero... ¿Acostarme con él? Por qué no.

Salgo del baño decidida. Al pasar al lado de Taylor asiento y le guiño un ojo, nuestra señal para indicarle que la cosa va bien, que me voy con él. Mi amigo me devuelve el gesto y sonríe. Doy gracias por tenerlo en mi vida y por todo su apoyo, no sé qué haría sin él.

Cuando llego junto a Charlie, veo que se está entreteniendo con el móvil, pero se lo guarda en el bolsillo en cuanto aparezco.

—Está bien. Acepto.

A pesar de que el bar quedaba más cerca de mi apartamento que del suyo, nos subimos a un Uber y nos dirigimos al Upper West Side, donde vive con dos compañeros. No lo he invitado a mi casa porque no quiero que nadie nos vea entrar allí, y aún menos me apetece acostarme con él en mi cama.

Me obligo a no profundizar en el motivo de mi decisión, sé que la respuesta no me gustará y que Willy estaría encantada de dejar caer un «Te lo dije».

Subimos a su apartamento y nos besamos nada más cruzar el umbral. A ver si así logro olvidarme de mi amiga y de todos los pensamientos que me acechan.

—Joder, Jo. Estás buenísima y me muero por quitarte el vestido.

Las palabras de Charlie me excitan. Me obligo a seguir adelante.

Esto es lo que quiero.

Sus manos se pierden por mis piernas y suben la tela roja hasta que queda a la vista el tanga negro de encaje.

—Madre mía. Te has convertido en una diosa.

Me lanzo a por su boca porque quiero que deje de hablar, de adularme con esos piropos baratos que debe de haber usado en varios estados y en media ciudad. Solo deseo entrar en su habitación y acostarme con él para mirar hacia delante.

Para poder seguir con el plan establecido.

El vestido sale disparado en cuanto pisamos el dormitorio. Su camiseta lo acompaña. Sus manos están por todas partes: en mi cadera, el vientre, las tetas. Siento escalofríos con cada caricia y no me separo de sus labios. Entonces junta nuestros cuerpos y noto con claridad lo excitado que está. Su erección choca con mi parte más sensible y jadeo.

—Deja que te toque, deja que te haga gritar.

Las palabras me acallan por un momento. Luego lo dejo, permito que siga. «Es lo que quiero». Cada vez tengo que chillar esta frase más fuerte en mi mente. Charlie se pasa una mano por la melena rubia y sonríe como cuando, de adolescentes, buscábamos una película porno en internet para acabar con nuestra curiosidad. Esa sonrisa de pillo que me vuelve loca, y lo sabe.

O me volvía.

No pierde más tiempo, desliza la mano por el interior de mi tanga. Su mano, increíblemente suave, se mueve en un círculo perfecto sobre el clítoris, pero únicamente logra que dé un respingo. Cierro los ojos con fuerza y procuro relajarme, pero mi cuerpo se ha tensado, como si algo estuviera muy muy mal aquí. Como si esta mano no fuera la correcta, como si la situación fuera un completo error.

Gime en mi oreja y continúa tocándome; me siento como si me estuviera disociando de mi cuerpo y de la habitación. Un único pensamiento ronda mi mente: «Esto no está bien».

Es como si lo que siempre había querido ya no fuera correcto. Me siento mal. Como si estando aquí con él engañara a Jared. Dios. Mi amigo, mi…

Definitivamente, es una cagada. Venir aquí ha sido una auténtica ida de olla.

Y por fin consigo volver al dormitorio y apartarme de él. Parpadeo confusa y Charlie me mira con la cabeza ladeada sin entender por qué he parado.

—Lo siento, no puedo seguir con esto.

Son las últimas palabras que tendrá de mí porque mientras salgo por la puerta, me prometo que el capítulo de Charlie acaba aquí y ahora.

No merece más pensamientos por mi parte.

48

¿En qué estás pensando?

Cuando llego a casa me siento sucia. No puedo creer lo que he estado a punto de hacer y ¡con Charlie, nada menos! No entiendo qué me ha pasado por la cabeza. Me dirijo directamente al baño, me mojaré la cara y me sentiré mejor.

Al menos, eso espero.

Entro en nuestro baño compartido y me echo agua en la cara, me empapo entera y me masajeo las sienes en un intento de rebajar la tensión que siento desde que he dejado que Charlie me tocara.

¿Por qué lo he hecho?

Me acojona no encontrar una respuesta clara, o peor, no creerme las ideas que se me ocurren. Me muerdo el labio y me paso las manos mojadas por el pelo y la nuca. El vestido me da calor, así que me lo quito. En ropa interior, me agarro al lavamanos y dejo que los pensamientos tomen forma.

¿Y si me he enamorado de Jared?

¿Y si siento algo más que atracción por el *guapito*? Por el chico que más me ha hecho reír desde que puse un pie en la ciudad.

El chico que más me ha hecho disfrutar en la cama de todos los tíos con los que he estado en la vida. Mi amigo, mi amigo especial con derecho a roce.

Jared Fairchild o Clarke o como quiera llamarse.

Ese chico que no tiene ni idea de lo que hará en el futuro pero que cada día ha tenido una sonrisa para mí. Para todo el mundo, en realidad. El que protege a su hermana ante cualquier cosa o persona que pretenda lastimarla.

El chico que ha hecho siempre lo que le he pedido, que se mantuvo en una relación de amistad con sexo, siguiendo mis reglas sin objeción. El que aceptó que se había acabado sin llevarme la contraria.

Pero ¿y si él no quería ver a otras personas?, ¿y si simplemente volvió a seguirme el rollo?

No lo sé. No tengo ni idea.

Y las dudas me están matando.

Tengo la cabeza hecha un lío, así que decido irme a la cama y rezar para ver las cosas de otra manera mañana. Me lavo los dientes a conciencia y me desmaquillo con la intención de borrar cualquier rastro de esta noche.

Al salir al salón, doy un respingo cuando me encuentro de cara con una mujer en ropa interior.

—¡Dios! Qué susto —exclama al verme.

Los ojos casi se me salen de las orbitas en cuanto reconozco *quién* es.

—Joder, eres la vecina del ático.

La vecina *casada* del ático.

¿Qué coño hace medio desnuda en mi casa?

—Sí, y supongo que tú eres Jo.

Me tapo un poco con el vestido arrugado que sujeto en la mano al darme cuenta de que voy casi tan desnuda como ella. La mujer lleva un conjunto de lencería en color coral que queda increíble en su cuerpo bien tonificado. Es alta, morena de pelo y con un ligero bronceado en la piel. Los ojos, de mirada bastante inquisidora, son de un tono marrón casi negro.

Me echa un último vistazo, pero enseguida se da la vuelta y anda hacia la puerta de mi compañero. Un compañero que la espera en el umbral del dormitorio con un bote de nata montada en una mano y un bol de fresas en la otra.

—Mierda, Jo. Había entendido que la cita marchaba bien, bien, del tipo de irte a follar a su casa.

Pongo los ojos en blanco y le contesto mientras la vecina entra en su habitación.

—Pues sí, pero al final se torció.

—Siento oír eso...

No le da tiempo a decir mucho más, pues la mujer sale vestida impecablemente con un vestido y unos zapatos de tacón de aguja y dedica a mi amigo un «nos vemos» casi imperceptible a cualquier oído.

Al oír que la puerta del apartamento se cierra, miro de nuevo a Taylor y me olvido de mi drama.

—¡Ponte unos pantalones y cuéntamelo todo!

Suelta una carcajada y asiente. Mientras se viste, yo hago lo propio en mi habitación: me pongo un pijama calentito de invierno y unas zapatillas bien mulliditas. Al regresar al salón, encuentro a Taylor sentado, comiéndose tan tranquilo las fresas del bol. Como si aquí no hubiera pasado nada. Me siento y le doy un golpe en el hombro.

—¿Con la vecina casada? ¿Es que no tienes límites?

—Empezamos a saco, entonces.

—Pues sí, estoy flipando todavía. Está con otro hombre, Taylor. ¿En qué piensas?

De repente se pone muy serio, dispuesto a replicarme, pero tarda tanto que creo que deberé continuar increpándolo sin obtener respuesta.

—Ese matrimonio no tiene ningún futuro, Jennifer no lo quiere y está harta de mirar hacia otro lado cuando él se acuesta con su ayudante.

—Joder…

—Exacto, de lo más tópico. Lo que tienen ya estaba roto, Jo. Yo no he hecho nada para separarlos. Ni siquiera tengo ese poder, yo soy el juguetito con el que se entretiene estos días; y me parece perfecto, ninguna chica me había hecho las cosas que me hace esta mujer. Es una completa locura.

Niego con la cabeza, aunque sonriente; lo dice de tal manera que resulta muy difícil no seguirle el rollo.

—Está bien, solo quiero que tengas cuidado, ese tío tiene cara de chungo, no descartaría que anduviera en negocios turbios. Siempre va de mala leche, no me resulta agradable.

—Pues imagínate a su mujer. Llevan doce años casados, pero hace un año, al menos, que no follan. Resulta obvio, el cabrón se lo buscaba en otro sitio.

—¿Y por qué no se divorcia?

—Buena pregunta. No quiero meterme más de la cuenta, la verdad. Ella es lo bastante inteligente como para saber qué debe hacer. En serio, es una diva. Una amazona increíble. Nunca había conocido a nadie que tuviera tan claro lo que quiere sobre un colchón.

—Taylor…

—Ni te molestes. No vayas a decirme que tenga cuidado de enamorarme de ella porque eso no sucederá.

—Sí, bueno, al final esas cosas son inevitables.

—¿Lo dices por experiencia?

Resoplo y meto las manos bajo mis piernas para calentármelas.

—No, lo mío no sé qué es. Simplemente no tengo claro qué me pasa.

—¿Quizá no quieras admitir lo que te ocurre?

Me encojo de hombros.

Tal vez. Pero tengo tanto miedo de pronunciar estas palabras que guardo silencio. No estoy preparada.

—Vaya trimestre movidito que hemos tenido.

—Ha sido muy interesante y espero que el siguiente continúe así.

Me guiña un ojo, me pasa el brazo por los hombros y me arrima a su cuerpo. Cojo una fresa del bol y la muerdo. Está fresca y buenísima, me la como sumida en mis pensamientos.

Antes de empezar el segundo trimestre debería arreglar el caos que se ha aposentado en mi mente a lo largo del primero. Un trimestre y ya estoy así.

Pues no me queda nada, la aventura universitaria no ha hecho más que empezar y mi objetivo se está desdibujando.

49

No puedo creer que haya hecho eso

JARED

Qué puto dolor de cabeza. Ayer me pasé tres pueblos con las cervezas y, encima, solo, lo cual resulta más patético. Es sábado por la mañana y anoche Hannah se fue a dormir a la residencia de Willy, así que cuando llamó mi madre al teléfono fijo no pude pasárselo a mi melliza como hago casi siempre. Lo cogí, y al colgar me pareció una estupenda idea darme a la bebida.

Bueno, no sucedió realmente así, pero casi.

Mi madre me contó que la policía iba avanzando con el asunto de Gia, que habían salido a la luz nuevas pruebas de otros casos relacionados con ella, otros casos claros de acoso, y que tenían la esperanza de que todo terminara pronto. Yo le pedí que nos quitara ya la escolta, que devolviera la señal del wifi, que dejáramos ya de hacer el idiota… pero ella no claudicó y me enfurecí.

Joder, entre lo de Jo y la llamada, no afronté muy bien las horas que pasé solo en casa. Una cerveza llevó a dos; y dos, a siete u ocho… En fin, no me siento orgulloso, y evidentemente no fue una buena idea, teniendo en cuenta el dolor punzante que me martillea ahora la cabeza.

Salgo de la habitación y entro en el baño a por un analgésico, después me dirijo a la cocina para servirme un vaso de agua, pero no llego muy lejos. Me detengo en el pasillo al oír las palabras de Willy, que está con mi hermana en el sofá, sobre todo me paralizo cuando oigo el nombre de Jo.

—Anoche Jo salió con alguien y parece que la cosa marchaba bien, incluso se fue a su casa. Me dijo que estuviera tranquila, que Taylor la había acompañado al bar, pero parece que no había por qué preocuparse.

—Joder, ¿en serio?

Menos mal que mi hermana está tan alucinada como yo.

—Eso. ¿En serio? —repito al entrar al salón.

Ambas dan un bote porque no esperaban que estuviera allí escuchándolas, y mi hermana me mira con una pena que no puedo soportar.

—Jared, espera… —me dice cuando me olvido del vaso de agua y voy a por el abrigo que cuelga de una silla del comedor—. Deberías hablar con ella, seguro que podéis aclarar las cosas.

—¿Hablar, Hannah? ¿Para qué coño voy a hablar con ella cuando se ha acostado con un tío antes de que transcurra una semana? ¿Qué coño…?

El pulso se me acelera y la ira me corroe el cuerpo. Joder. Tengo que salir de esta casa, me estoy agobiando tanto que me cuesta respirar.

Oigo que mi hermana me llama, pero ahora no puedo hablar con nadie. Necesito salir, que me dé el aire frío y reorganizar mis pensamientos. No puedo creer que haya hecho eso.

No puedo.

Sin duda alguna, mis sentimientos hacia Jo van mucho más allá que los suyos por mí. Tan solo siente atracción, ¿verdad? No puede sentir nada más por mí, porque, de lo contrario, ¿cómo sería capaz de irse con otro tan pronto, como si a mí simplemente me hubiera usado todo este tiempo? ¿O es por cabezonería?

En serio que no lo sé.

Y me vuelve loco desconocer qué es lo que realmente pasa por su cabeza.

En las últimas semanas parecía que la relación tomaba otra dirección, ya no había solo sexo; de hecho, teníamos menos sexo y más conversaciones. Más besos robados que magreos en algún aula de la biblioteca. Nos entendíamos mucho más, nos conocíamos mucho más.

Hasta que se acojonó y decidió tirarlo todo por la borda. Porque es eso, ¿no?

Aunque si ella se ha acostado con otro ¿qué sentido tiene lo nuestro? No sé por qué pienso tanto, pues no desaparece de mi cabeza… si se ha ido con otro tío, no merece la pena que malgaste mi tiempo pensando en ella.

Ando deprisa pero intentando no matarme por la acera helada de Jones Street, giro por la Cuatro y enseguida me sitúo frente al Washington Square Park. Entro en el parque y ando taciturno con las manos en los bolsillos hasta llegar a la fuente del centro de la plaza. El enorme arco está iluminado igual que el árbol de Navidad que decora el inicio de la gran extensión de cemento. El abeto me trae recuerdos de una semana atrás y aprieto las manos dentro del abrigo.

Vuelvo a cabrearme conmigo mismo.

Aunque yo tampoco buscara una pareja estable y me enrollara con las tías que me gustaban en todo momento y sin compromiso, sé reconocerlo cuando las cosas han cambiado.

Y me jode muchísimo ser el único en darme cuenta.

Llego a la fuente y, cuando rodeado de mucha gente desconocida voy a sentarme en el borde, distingo un gorro morado.

Un gorro morado sobre una media melena rubia, un abrigo azul y unas manoplas lilas. Está sentada en uno de los bancos alrededor de los jardines.

Es ella. Aunque no queramos vernos, parece que hay alguna energía en esta ciudad que nos atrae como a dos imanes.

Aprieto los dientes y me dirijo hacia allí.

Basta de tonterías. Necesito dejar las cosas claras de una vez.

50

El maldito miedo

El viento casi gélido típico de las semanas cercanas a Navidad en la Costa Este me da en la cara, la única parte del cuerpo que tengo al descubierto. Estoy sentada en un banco del parque que queda al lado de casa, en vez de cobijarme calentita en mi apartamento, pero Taylor esperaba compañía y he sentido la necesidad de salir a pensar en lo ocurrido las últimas semanas. O más bien en lo que yo solita he provocado. En quince días he pasado de vivir uno de los mejores momentos de mi vida a estar en la mierda... En fin, ¿por qué me gusta regodearme en una miseria autoimpuesta?

Quién sabe.

Desde luego, incluso yo lo desconozco.

Aunque quizá mi madre tenga razón, algo me afecta más a menudo de lo que debería: el miedo.

Y no hablo de los sustos de Halloween, pues más bien me dan risa, sino del miedo a repetir el mismo error, a arriesgarme y salir perdiendo, a que mi vida se trunque otra vez.

Quizá alguien considere que las vivencias de una chica de casi dieciocho años no implican nada tan tremendo como para sentirse así, pero eso solo lo sabe una misma. Nadie puede afirmar que mis miedos son infundados, que son una tontería, pues cada uno los siente de un modo concreto, y lo que a una persona le parece una chorrada, para otra es un mundo.

No pretendo autoconvencerme de ello, es simplemente lo que pienso como resultado de mis anteriores vivencias.

Lo de Charlie me resultó muy complicado, sobre todo porque me explotó en la cara sin haberlo sospechado siquiera; además, en el instituto los alumnos se hicieron eco y me convertí en la más pringada del penúltimo curso. ¿Qué podía hacer?

Tan solo se me ocurrió comportarme del modo opuesto a como era yo. De una niña que anhelaba una relación estable con su mejor amigo —nos imaginaba casados y con hijos—, pasé a ser una chica que evitaba enamorarse para no parecer nunca más una pringada, por eso buscaba rollos de una noche y sin compromiso. En el último curso me funcionó y quería que en este me saliera aún mejor.

Era lo único que deseaba.

Quizá parezca que exagero como para dejar de creer en el amor, pero ¿cómo puedo arriesgarme a que me tomen de nuevo por tonta? ¿Cómo puedo dejarme llevar y enamorarme, cuando hace dos años acabé tan escarmentada?

Saco las manos de los bolsillos y me las paso por las mallas térmicas de correr para calentarlas un poco más. A pesar de las manoplas, estoy helada, a punto de ponerme a temblar. Debería regresar, aunque quizá me detenga en una cafetería antes de volver al piso, así doy más tiempo a Taylor para que acabe sus cosas con la vecina.

Alzo la vista para entretenerme con la gente que pasea esta mañana, que corre, juega o intenta no resbalarse con los restos de la última nevada; entonces veo que Jared viene directamente hacia mí.

Sin moverme del banco, pongo bien recta la espalda.

Lleva cara de cabreado. Aprieta los dientes como nunca

lo había visto. Cuando se sitúa frente a mí, lo miro a los ojos y, sin pensarlo mucho, le pregunto:

—¿Jared?

Se le afila aún más la mirada, pero no contesta.

—¿Qué te pasa, estás bien?

Nada. Cero palabras.

—¿No me hablas? Una cosa es que dejemos de acostarnos, pero la otra es que también dejemos de ser amigos.

Sus ojos se oscurecen tanto que parecen el cielo en un día de furiosa tormenta.

—¿«Amigos»? ¿Ahora quieres que seamos amigos? —habla por fin.

Bueno, sería más exacto decir que me espeta las preguntas. El tono de su voz me hace cerrar la boca y escucharlo, pues, por su nerviosismo al moverse frente a mí, me queda claro que no ha terminado.

—¿Amigos de qué tipo? ¿De los que van a patinar juntos, de los que comparten una peli? ¿De los que se dan la mano bajo la mesa en un bar cualquiera? ¿O de los que se besan como si no hubiera nadie más alrededor?

Trago saliva sin poder apartar la mirada de él. Abro la boca para decir cualquier cosa, pero levanta la mano y continúa:

—¿O de los que prefieren joder lo que tienen en vez de afrontar que entre ellos hay mucho más que sexo?

—Jared, yo...

—Sé que anoche tuviste una cita —me corta—. Estuviste con otro tío. ¿Es eso lo que querías? ¿Te sentiste mejor contigo misma?

—No, yo en realidad no...

—¿No saliste con nadie? —me corta de nuevo—. ¿No te fuiste a su apartamento después?

—Sí, pero...

—Joder, Jo. ¿Cómo has podido fastidiarlo todo de esta manera? ¿¡Por qué coño lo has hecho!? —chilla, cada vez más cerca de mí.

Se me inundan los ojos de lágrimas, pero las contengo porque no quiero darle pena en este momento, porque en el fondo tiene razón.

Noto que una mujer sentada un par de bancos a la derecha me observa, y la tranquilizo con la mirada porque, aunque nos chillemos, no sucede nada grave. Parece que quiera intervenir en mi defensa. Ella asiente, yo vuelvo a afrontar la mirada tormentosa de Jared y me levanto para quedar a la misma altura.

—¡Porque no quiero enamorarme! No quiero sufrir por un tío, y tú eres de esos que si los dejas... te parten el corazón, estoy segura.

—¿YO? ¿Me vas a echar algo en cara? ¿No ha quedado demostrado que no hago las cosas horribles que dicen de mí? ¿Acaso no te he tratado bien? No entiendo tu manía de meter a todos los tíos en el mismo saco, como si todos estuviéramos en Nueva York para hacerte sufrir. Yo no he hecho nada, joder. —Se aprieta las sienes como si lo atormentara un dolor de cabeza horrible—. Yo no he sido el cobarde aquí, lo has sido tú.

—Nuestra relación no era nada serio, los dos estábamos de acuerdo. ¡No entiendo por qué te enfadas tanto! —lo rebato ahora yo, también encendida.

Entiendo que esté molesto, pero, joder, se lo dejé bien claro desde el principio.

—Lo estábamos, cuando empezamos, claro, pero las cosas han ido cambiando. Lo que sentía por ti cuando te conocí en aquella azotea era distinto a lo que siento ahora, y estoy seguro de que a ti te ocurre lo mismo. Por mucho que no quieras reconocerlo.

—Me gustas, sabes que sí... pero... —me interrumpo y me muerdo el labio, frustrada por no encontrar las palabras que necesito.

Estoy segura de que ahora mismo, por mucho que las busque, no las encontraré.

—Pero no me quieres. Lo entiendo.

Y mi boca simplemente intenta explicarse:

—No... sí... ¡no lo sé!, ¿vale? Estoy hecha un lío. Esto no entraba en mis planes. Tú no entrabas en mis planes —sentencio—. Si acepté nuestra relación de sexo sin compromiso era porque pensabas como yo, nos entendíamos...

Mi voz pierde fuerza con cada palabra, sobre todo porque veo en sus ojos el dolor que le causo. Él siente algo más por mí, y yo...

Tengo miedo.

El maldito miedo.

De repente se me acerca tanto que con el aliento roza mis labios. Se queda callado unos segundos; por un momento, creo que va a besarme, no sé si es buena idea, pero lo anhelo y lo temo con todas mis fuerzas. Sin embargo, no reduce los centímetros que nos separan, parece que precisamente ahora recuerde algo que lo cabrea de nuevo.

—¿Te acostaste anoche con otro tío, Jo? Necesito saberlo.

—Jared...

—Dímelo, por favor.

—No, no pude... —confieso, mirándome las zapatillas deportivas.

Él no deja que me escape y me coge de la barbilla para que volvamos a mirarnos a los ojos.

—¿Entonces? ¿Por qué no seguir como estábamos? Teníamos algo increíble.

Su voz es tan débil que no puedo evitar la humedad que se me acumula en los ojos.

—Resulta difícil cambiar la manera de ver las cosas de la noche a la mañana.

—Jo, esto no ha sido de un día para el otro. ¿No te das cuenta? No quieres ver que lo que tenemos empezó a cambiar hace muchas semanas…

No puedo seguir enfrentándole la mirada. Me doy la vuelta y me apoyo en el banco helado, necesito el soporte para no caerme de bruces debido a la intensidad de la situación. Jared, sin embargo, se cabrea aún más, lo noto a mis espaldas.

—Eres una maldita cobarde, joder. ¡No puedo creer que no lo veas!

Patea el banco y se da media vuelta. Yo intento cogerlo del brazo para que no se vaya enfadado, pero me esquiva y atraviesa la plaza a grandes zancadas.

No puedo hacer más que sentarme donde me ha encontrado hace unos minutos. Las lágrimas calientes se desbordan de mis ojos y enseguida se me hielan en la cara. Nunca he pretendido hacerle daño, nunca he querido que esto pasara, todo lo contrario, en cada momento procuré que los sentimientos no pesaran en esta relación, porque está claro que siempre lo fastidian todo.

Lo mejor para ambos será que no nos veamos en un tiempo, que nos demos unos días para pensarlo todo con calma.

Y sé adónde ir para lograrlo.

51

Esa cosa tan tonta llamada «esperanza»

JARED

Mirar al horizonte de la ciudad desde la azotea no ayuda una mierda a mi estado de ánimo. He subido aquí buscando algo de paz, espacio para pensar, quiero estar solo y autocompadecerme por el hecho de que Jo se haya ido a Providence sin siquiera despedirse. La última vez que hablamos fue en el parque y no salió muy bien.

Esta mañana he visto a Taylor y me ha dicho que adelantó su marcha, ayer cogió un tren para pasar las fiestas con su familia. Se ha saltado dos días de clase, pero como ya hemos hecho los exámenes, no se pierde nada.

Ojalá tuviera yo una familia como la suya, a la que pudiera acudir ante una situación así. Mis padres ni siquiera vendrán estas Navidades. Total, ¿para qué? Se les llena la boca justificándose con que hacen toda esta mierda por nuestro bien, pero no estoy seguro de que sea cierto. Mi padre debe de sentirse estupendamente en su pequeña mansión de embajador sin incordios juveniles con los que lidiar. Kay me ha comentado antes que los agentes en Roma están cada vez más cerca de tener un caso sólido contra Gia, pero estoy tan harto de todo que ni siquiera me alegro.

De verdad que no.

Me he refugiado en la azotea a pesar de que aquí varios recuerdos me saben ahora amargos, pero resulta difícil encontrar un sitio del barrio en el que ningún recuerdo de Jo me acapare el pensamiento.

Estoy jodido. Intento no pensar, pero no hay manera de arrancármela de la mente. Es tan cabezota que será la mejor agente del FBI que haya existido, estoy seguro. No parará en su empeño hasta encerrar a todos los malos entre rejas. Jodida testaruda. Sé que está hecha un lío, pero no me cabe duda de que siente algo más por mí. Lo sé. En el parque no me dijo a las claras que no me quería, y esta esperanza es lo que me impide dormir por las noches.

Esa cosa tan tonta llamada «esperanza».

Ojalá no la sintiera. Los últimos días que pasamos juntos fueron maravillosos, encajamos al cien por cien y no solo entre las sábanas. Congeniamos. Nos compenetramos. Conectamos.

Nunca me había ocurrido con ninguna chica antes de ella, por eso me cabrea aún más.

Y encima me carcome algo más: mañana es su cumpleaños. Justo el día antes de Nochebuena. Me enteré hace un par de semanas, en la fiesta de Willy. Odio no poder estar con ella. No poder felicitarla. Tal como estamos, no sé si debería mandarle un mensaje siquiera.

Cuando siento la nariz tan helada que con un ligero toquecito se me caería al suelo, decido volver al apartamento. Es una tontería pasar la tarde entera aquí arriba cuando tengo una habitación con calefacción para lloriquear a gusto sin ser visto.

Al entrar en el piso, Hannah está con Willy en el sofá. Intento pasar rápido para que no se percaten de mi presencia y sigan con sus arrumacos, pero no hay suerte.

Cómo no.

—Ey, Jared. ¿Qué pasa? —me pregunta Hannah tras separar la boca de la de su novia.

—Pues poca cosa. Me voy para que podáis seguir metiéndoos mano.

La comisura de mi boca se eleva un poco: casi un milagro, en estos días de mal humor. Al ver que Hannah enrojece hasta la raíz del pelo, me pongo muy contento.

—Anda, calla, ven un momento.

Las miro con recelo, no estoy de humor para un discursito o para aguantar la chapa una vez más. Ella se ha ido. ¿Qué más puedo hacer?

Me resigno; pero antes de sentarme, voy a la cocina, a por una taza de café. Tengo las manos heladas debido al maldito frío de la ciudad, me ha calado los huesos.

—¿Queréis un café? —les pregunto.

—No —contestan al unísono—. Ahora mismo me arde el cuerpo. —El último comentario, obviamente, es de Willy.

¿Son celos eso que siento en la boca del estómago?

Qué idiotez. No soy alguien que sienta celos de la felicidad ajena, y mucho menos cuando se trata de mi hermana; pero, joder, ahora mismo parece que cualquier muestra de cariño y felicidad me cause urticaria.

Me lleno la taza y me dejo caer en el sofá, a su lado.

—¿Cómo estás?

—¿Cómo crees que estoy, hermanita? Como una mierda.

—¿Has hablado con ella? —pregunta Willy.

—No, no desde el sábado pasado. La cosa no fue muy bien.

—¿Pero tú la quieres?

—¡Pues claro que la quiere! —contesta mi hermana por mí—. Por una vez en la vida que se enamora… Me alegro por ti, por cierto.

La miro como si se hubiera vuelto loca. ¿En serio?

352

—¿Cómo puedes alegrarte por mí? ¡Ella no me corresponde! Es una mierda.

—No seas idiota, Jared. Te creía un tío más listo…

Frunzo el ceño ante las palabras de la chica del pelo rosa, que continúa:

—… ¡Claro que te corresponde! Lo que pasa es que lleva unos días confusa, se dio cuenta de que la cosa se ponía seria de cojones y se hizo caquita.

Pongo los ojos en blanco al oírla y mi hermana suelta una risita. No puedo rebatirla porque Hannah vuelve a la carga:

—Creo que deberías ir a verla. Si la quieres, no dejes que sus miedos lo estropeen todo. Os hemos visto juntos, se os veía genial, hermanito. Es imposible que ella no sienta lo mismo por ti.

Abro la boca, pero no me deja emitir palabra, aún no ha terminado.

—Nunca te había visto tan relajado como cuando estás con ella. Ve, dile claramente que la quieres, y si no siente lo mismo, al menos lo habrás intentado. No te tenía por un cobarde.

—¡Eso! Dejad de ser un par de idiotas. Ve a buscar a nuestra amiga, y más vale que cuando regreséis a la ciudad ¡lo hagáis como pareja oficial!

Niego con la cabeza porque están excesivamente entusiasmadas.

—Creo que vuestro amor es el causante de que veáis las cosas demasiado bonitas. No todas las relaciones salen bien.

—No, todas no. Pero tengo el pálpito de que la vuestra no será una de ellas. Solo necesita un pequeño empujoncito más.

—Mi hermana, la bruja soñadora, señoras y señores.

Hannah me da una patada con el pie envuelto en un calcetín calentito de Superwoman. Regalo mío de las últimas Navidades, por cierto.

—No seas idiota y ve. No quiero que te arrepientas toda tu vida de lo que podría haber sucedido.

Las dejo tras permitirles que me acribillen un poco más con ideas para el bonito reencuentro. Menuda imaginación tienen este par cuando se juntan. Y mucho peligro, eso también.

Me tumbo en la cama con la vista fija en el techo. Reviso sus palabras. ¿Y si tienen razón? ¿No debería intentarlo, solo por si acaso? Quedaré como un idiota si realmente no me corresponde y me presento en su casa el día previo a Navidad, que encima coincide con su cumpleaños. Toda la familia estará ahí; sus tres hermanas, el marido y el hijo de la mayor, sus padres, y no descarto a algún abuelo.

Joder. Eso sería patético.

Pero y si...

Odio pensar en las oportunidades que se me podrían escapar. Nunca he sido un tío indeciso, pero esta chica me ha convertido en un despojo. El hecho de desconocer lo que realmente piensa me está matando. Muy probablemente, ella también esté hecha un lío, y eso me consuela un poco. Al menos ambos dormimos mal estos días.

Un consuelo muy pobre, todo sea dicho.

Lo nuestro habría resultado más sencillo si mis sentimientos hacia ella no hubieran cambiado. Al principio me estaba bien el sexo sin compromiso, todo el mundo lo sabe, pero ¿en qué momento cambió? ¿Fue cuando vi cómo defendía a Willy en la fiesta de la azotea? ¿Cuando vino a su habitación, toda empoderada, después de que le enviara aquella foto mientras estudiaba? ¿O quizá cuando me entretuvo de la mejor manera en la maldita Wonder Wheel?

Ignoro el momento preciso en el que me enamoré de Jo, pero lo estoy, y tengo que luchar por ella. Se lo merece. Ambos lo merecemos.

Ahora solo hay un pequeño problemita: ¿cómo voy a dar esquinazo a mis escoltas?

52

Fiesta prenavideña de la familia March

—Feliz cumpleaños, Jo, y ¡feliz fiesta prenavideña al resto de los March!

El grito de Meg al entrar en casa suscita la revolución de nuestra familia. Desde que se fue de casa para mudarse con Luke, siempre vienen a pasar aquí el día 23, que coincide con mi cumpleaños, el 24 para cenar todos juntos y el 25 para despertarnos y abrir los regalos depositados bajo el árbol.

Es una tradición familiar de los March. Y me encanta. Este año lo necesito más que nunca.

Llegué hace dos días, a pesar de que me quedaban algunas clases, pero necesitaba espacio, necesitaba estar aquí. El hecho de no haber venido a casa en tres meses me ha pasado factura; supongo que me empeñé en que no tenía tiempo que perder. Me doy cuenta de que siempre me exijo demasiado, igual debería frenar un poco. Al final, los exámenes me han ido bastante bien, incluso el de cierta asignatura con cierto gilipollas como profesor adjunto... No sacaré un sobresaliente, pero cuando en enero retome las clases será otro capítulo, no habrá más *violencia política*. Debo elegir mejor mis batallas.

Abrazo a mi hermana, a su marido y al pequeño Steve, que se me echa al cuello como si también me hubiera extrañado. Tiene dos años y es un auténtico terremoto. Resulta muy gracioso oírle hablar con la naturalidad de los niños pequeños, y esas preguntas inacabables que a veces nos ponen en un aprieto…

—Tía Jo —dice antes de darme un beso baboso en la mejilla.

—¿Cómo está mi hombrecito? ¿Has crecido mucho en mi ausencia?, ¡yo creo que sí! Por lo menos, un palmo más.

—¡O dos! —exclama su madre.

—Este niño nos sacará una cabeza a todas en cuanto crezca, ya apunta maneras —interviene nuestra madre.

Sí, mi madre está aquí con toda la familia. Los días de Navidad son sagrados para ella; por eso se convirtieron, desde pequeña, en mis favoritos del año. Siempre anhelaba que llegara mi cumpleaños porque mi madre se quedaba con nosotros al menos tres días, sin llamadas de trabajo, sin ausencias hasta altas horas de la noche debido a una campaña importante, simplemente estaba ahí con nosotras siendo lo que necesitábamos: una madre.

No le guardo rencor en absoluto por perseguir sus sueños; de hecho, creo que en este aspecto soy la hija que más se le parece, aunque si tuviera una familia… si tuviera hijos… igual me gustaría verlos más de un puñado de días al año. A ver, no es que no la viéramos, pero me refiero a compartir tiempo de calidad. En caso de hacerlo como ella, quizá a la larga acarrearía arrepentimientos.

El pequeño Steve se fija enseguida en mi diadema de cumpleañera. Como cada año, mi padre la ha tuneado para aportarle un toque de festividad, así que, aparte de añadirle un *Happy Birthday*, la ha adornado con luces de colores navideños y un bastón de caramelo a cada lado. El pequeño estira la mano e intenta coger uno.

—Quiero…

—No, cariño, esta no. Pero igual el abuelo tiene una para ti, ¿no?

Mi padre sonríe de oreja a oreja y responde:

—Pues claro que sí, pequeño ayudante de Santa Claus. ¡Verás lo que tengo para ti!

Mi sobrino se ríe y salta *literalmente* a los brazos de su adorado y alocado abuelo; todos aguantamos la respiración hasta que lo coge y le da vueltas como si fuera un pequeño tiovivo.

—Ojo, papá. No queremos empezar el día limpiando vómitos —avisa Meg.

Mi padre frena sin perder la sonrisa. El resto nos reímos al oír a mi sobrino soltar carcajadas infantiles hasta quedarse casi sin aire. Mi madre niega con la cabeza, pero sus ojos rebosan felicidad.

Me alegro tantísimo de estar aquí.

Sin embargo, echo de menos a los que he dejado en la Gran Manzana. Taylor y Willy me mandan mensajes con regularidad desde que me fui, me alegro muchísimo de tenerlos en mi vida. De Hannah no he sabido nada hasta que esta mañana me ha mandado un mensaje para felicitarme, y de su hermano… nada, ni un triste mensaje. La discusión del otro día nos dejó en un punto muerto, bueno, creo que me llevo la mayor parte de la culpa, por indecisa, pero me cuesta mucho cambiar de opinión y lanzarme. Y antes no era así, ¿eh? Debería ser valiente como en otros aspectos de mi vida.

Pero ahora mismo me siento una tonta absoluta. ¿Y si he perdido a Jared como algo más que un rollo, debido a mis miedos infundados? ¿Debería haberle dicho cómo me sentía en realidad?

Mis pensamientos retoman automáticamente la conversación que mantuve ayer con mi madre. Estábamos en el sofá del salón, con dos tazas navideñas de chocolate caliente y nubes por encima, llevábamos los pijamas rojos y blancos y los calcetines calentitos con motivos de la época. En estas fechas siempre nos permitimos estos pequeños placeres. Tras darnos un beso a cada una, mi padre se había ido a la cama, y mis hermanas se encontraban en sus respectivas habitaciones desde hacía ya unos minutos. Nos quedamos solas y ella se lanzó a preguntarme cómo estaba, como si conociera la respuesta de antemano. No sé qué extraño poder tienen las madres, que *saben* cuándo las cosas no marchan bien.

Imaginé que mi padre y mis hermanas la habían puesto al corriente sobre mis asuntos.

—Cuéntame qué pasa por tu cabecita, Jojo. ¿Acaso te arrepientes de haber ido a estudiar a Manhattan?

—Para nada. Creo que fue una decisión acertada. Las clases son duras, mucho más difíciles que en el instituto, pero he podido con ellas.

—No tenía ninguna duda. ¿Y entonces?, ¿es por la gente?

Negué con la cabeza.

—He conocido a gente maravillosa, mamá. Me alegro mucho de haber congeniado con Taylor, y con Willy y Hannah, ellos se están convirtiendo en amigos a pasos agigantados.

—Creo que te has dejado a alguien intencionadamente... —dijo con una sonrisilla tras dar un sorbo a la taza de chocolate.

—¿En serio? ¿Ya te lo han cascado todo? —pregunté, falsamente indignada.

—Soy tu madre, aunque no esté tan presente como me gustaría, tengo mis fuentes.

—Ya imagino —masculló antes de beber también.

—Dime la verdad, cariño. ¿Qué sucede entre ese chico y

tú? Si no te gusta lo suficiente, pues no pasa nada, hay muchísimos más chicos que se sentirán encantados de estar con alguien como tú, seguro.

Mis ojos se llenaron de lágrimas al oírla. A veces me olvido de cuánto la quiero y de lo buena que siempre ha sido con nosotras. Mi padre nos ha cuidado a todas la mayor parte del tiempo, pero ella… siempre tenía las palabras exactas para darnos los mejores consejos. Siempre ha estado allí para mí cuando la he necesitado. Y soy consciente de mi privilegio, hay mucha gente que no lo tiene.

Solo en ese momento abrí el corazón y solté todo lo que me guardaba desde hacía semanas.

—Me gusta mucho, mamá. Creo que podría estar enamorada de él.

Fue la primera vez que lo dije, aunque me rondaba por la cabeza desde hacía días.

Enamorada.

Lo último que quería que sucediera.

—¿Y cuál es el problema? —me preguntó al ver mi ceño fruncido.

—Pues que tengo mucho miedo de que vuelvan a hacerme daño como con Charlie. No quería abrirme tanto a alguien, ni siquiera quería que existiera esta posibilidad. Por eso solo buscaba divertirme en la cama, nada más.

Las últimas palabras me sonrojaron. No dejaba de ser mi madre, aunque en nuestra casa no hubiera este tipo de tabús (sí, la mojigatería que a veces expresa Meg es fingida).

—No debes tener miedo del amor, cariño. El amor es maravilloso cuando surge con la persona adecuada.

—¿Y cómo sé que es la adecuada?

—Nunca se sabe. Por eso hay que arriesgarse. No puedes tener miedo siempre que empieces con alguien… Charlie te hizo daño, lo sé. A todos nos decepcionó ese chico, pero no debes supeditar el amor por una mala experiencia.

—Lo sé y lo intento, pero la he cagado con Jared. Es posible que ese chico sienta cosas por mí, pero el otro día no supe corresponderle. Él me hace feliz cuando estamos juntos; llevamos viéndonos desde el día en que llegué al edificio, y aunque al principio me pareció un poco capullo, ahora no quiero que desaparezca de mi vida.

Cuando por fin logré pronunciar las palabras que llevaba atascadas en la boca, entendí —o, mejor dicho, reconocí para mí misma— que las cosas sí habían cambiado entre nosotros.

—Pues no dejes que eso suceda. Eres una chica increíblemente fuerte, mucho más de lo que crees. Haz lo que te dicte el corazón, sin miedo. Y si no funciona, no pasa nada. Te vuelves a levantar con la cabeza bien alta, y a seguir viviendo.

Asentí al oír sus palabras y me quedé callada un rato mientras las interiorizaba. Nos fuimos a la cama tras un abrazo y, después de varias noches durmiendo poco y mal, por fin logré conciliar el sueño profundamente.

—Estás embobada. ¿Ya vuelves a pensar en el chico de la gran ciudad?

La voz maliciosa de mi hermana Beth me devuelve al presente, al salón de nuestra casa, con toda la familia alrededor. Advierto que me he quedado demasiado tiempo callada mientras recordaba la conversación de anoche.

Le doy un golpecito en el hombro, y su diadema de muñecos de nieve se balancea ligeramente.

—Anda, calla. No seas tonta.

Pasamos todo el día juntos. Comemos uno de los banquetes de mi padre, con los platos que más me gustan —lo hace con cada una de nosotras en el día del cumpleaños—.

En mi caso, soy clásica: pollo rustido con las patatas especiadas que me prepara en cada cumpleaños; unas salchichas rebozadas con queso que, de tan buenas, no parecen reales, y, de postre, una enorme tarta de chocolate con las dieciocho velas.

Las soplo después de que me canten y pido un deseo que no cuento a nadie porque, como suele recordarme Amy cada año, «si no, no se cumple».

Estoy a punto de abrir los regalos, me siento expectante y se me dibuja una enorme sonrisa en los labios por empezar con el de Meg, pues el suyo suele ser algo que durante el año he mencionado que me gustaba y que ya no recuerdo. Entonces suena el timbre de la puerta. Todos exclaman un «Oooh» porque alguien ha osado fastidiarnos el momento.

Como a nadie le apetece levantarse, lo hago yo. Probablemente sea alguien que quiere felicitarme; tal vez alguna amiga del instituto o una vecina, porque este año mis abuelos no podían viajar hasta Providence.

Corro por la casa con los calcetines de reno puestos, unos que tienen rayas horizontales blancas y rojas, y en la parte superior unos pequeños cuernos marrones y una borla roja como la nariz de Rudolf. Obviamente, aún llevo la diadema de cumpleañera, no me permiten quitármela en todo el día.

Al abrir la puerta, me quedo tan flipada que no logro componer una frase decente.

—¿Qué haces…? ¿Cómo has sabido…? ¿Por qué…?

El chico que hay en la puerta de casa sonríe de esa forma que me encoge el estómago y le hace dar una voltereta.

—Feliz cumpleaños, Jo.

Jared está aquí.

Pues parece que Amy tiene razón: si no se cuentan los deseos, puede que se cumplan.

53

Estoy aquí para decirte

JARED

Esta mañana me he levantado antes de que amaneciera. De todos modos, tampoco he podido dormir mucho. Me he vestido y he escrito una nota para mi hermana que he dejado en la encimera de la cocina. He salido de casa a las seis, con mucho sigilo y el móvil apagado. Si de algo saben mis escoltas Kay y Dan es de tecnología y de cargarse a la peña, eso también. Por eso prefiero que no me localicen debido al móvil a la primera de cambio, sería un error de novato.

Sin embargo, no creo que a estas alturas alguien de mi entorno dude de mi lugar de destino. Estoy harto de esta mierda de situación. Gia está en Italia, lo sabemos. Pues punto. No encuentro peligro alguno en marcharme yo solo a Rhode Island.

A las siete de la mañana he cogido un tren en Penn Station que ha tardado más de tres horas en llegar al centro de Providence. Nunca había estado en esta ciudad de la Costa Este, por lo que, sin el móvil, me ha resultado difícil ubicarme. Además había otro problemilla, no conocía la dirección exacta de Jo. Y, claro, no podía preguntársela a ella. Salir disparado esta mañana sin ni siquiera confirmarlo con Taylor no ha sido muy inteligente. Solo recuerdo que un día me comentó que vivía en Prospect Street y que su casa era muy llamativa, una de las pocas pintadas en naranja en esa calle. He tardado una hora en llegar a la calle en cuestión y me la he pateado de arriba abajo. He llamado a dos puertas en las que no sabían nada de una tal Jo o Josephine March, bueno, exceptuando a la famosa *mujercita*. En la segunda, incluso han buscado la cámara oculta.

He encontrado otra casa con la fachada anaranjada, pero lo que más llama la atención es la vistosa decoración de figuras y luces navideñas. En el jardín nevado incluso hay un enorme trineo con renos y Santa Claus. Este Papá Noel es más alto que yo. Así que ahora tengo todas las esperanzas puestas en esta casa, dado que me ha repetido varias veces que su padre es un loco de la Navidad. Si esta no es la casa, yo ya no sé qué más hacer.

Llamo al timbre y tras un par de minutos me abre una chica rubia de media melena, con diadema medio cumpleañera, medio navideña y un pijama muy gracioso. ¿Esos calcetines son renos? Le dedico una sonrisa torcida cuando la veo alucinar y soltar preguntas sin ton ni son. Sonrío aún más al decirle:

—Feliz cumpleaños, Jo.

Por fin. Lo he logrado. Y al final ella consigue formar frases enteras.

—¿Qué haces aquí, Jared? ¿Cómo me has encontrado?

—He tenido que llamar a varias casas naranjas, pero por suerte no es un color que abunde en esta calle.

Sacude la cabeza y me mira con la boca abierta.

—¿En serio has hecho esto?

—Pues sí. Tenía que encontrarte.

—¿Y por qué no me has llamado?

Buena pregunta.

Podría haberlo intentado ayer por teléfono, pero no estaba seguro de que me contestara.

—Bueno, no sabía si querrías hablar conmigo, después de la última charla en la plaza.

Cierra los ojos por un momento, como si lamentara oír mis palabras. Eso hace que la esperanza que tenía ayer ascienda otro peldaño.

—Lo habría cogido, Jared. Seguimos siendo amigos.

Dios. Cómo odio esta palabra en su boca refiriéndose a nosotros. *Amigos*. No me jodas. No podemos ser solo eso.

Yo, con mis amigos —cuando me dejan conservar alguno— no quiero hacer lo que deseo hacer con Jo. Ni de coña. No es eso lo que somos, ni ahora ni nunca.

La miro de tal manera que se sonroja; espero que quede claro lo que pienso sobre el asunto.

—Pero pasa —dice para romper el contacto visual—. Estamos celebrando mi cumpleaños.

—Lo sé, tienes dos días de regalos seguidos, «la mejor semana del año»… Me lo contaste un día.

Se vuelve para mirarme por encima del hombro y sonríe de oreja a oreja.

—Es verdad que te lo conté.

Y muchas cosas más. En estos meses hemos hablado mucho más que dos simples follamigos. Ayer, en la cama, rememoré algunos de esos momentos y comprendí que, casi desde el principio, siempre fuimos más, aunque no lo reconociéramos.

Cierro la puerta tras de mí y me pongo tremendamente nervioso al oír alboroto al fondo del pasillo. No me equivocaba, toda la familia debe de estar ahí. Trago saliva despacio y me apresuro a seguirla. El pijama que lleva es graciosísimo, tiene el cuerpo repleto de palitos de caramelos y renos.

Cuando entramos en el salón y todos me ven, se callan de golpe. Un silencio expectante nos envuelve hasta que Jo, con una pequeña sonrisa, anuncia:

—Familia, este es Jared, ha venido a verme desde Nueva York.

—¡No me jodas! —chilla la que supongo que es Beth.

—Ahora lo entiendo todo —dice la mayor de sus hermanas.

No sé a qué se refiere.

Jo las mira insistentemente para que cierren el pico.

—Ahora sí que no te crees ni tú que solo sea una relación sexual —dice la hermana que faltaba.

—¡Amy!

Eso, Amy.

—Calla, por favor...

La voz de Jo se convierte en un susurro, sus mejillas no podrían estar más rojas.

Sonrío a todo el mundo y saco a pasear mi encanto natural, no quiero mostrar que los nervios me comen el estómago.

—Hola a todos, encantado.

—Nosotras sí que estamos encantadas —dice la mujer mayor.

Supongo que se trata de la madre de Jo. Ella le sonríe, me alegra mucho ver que las cosas entre ambas van bien. En alguna ocasión tuve la sensación de que no era la madre del año debido a sus ausencias.

—¿Y a qué debemos el placer de tu visita, chico-del-que-casi-no-sé-nada-y-que-parece-que-ha-estado-acostándose-con-mi-hija?

—¡Papá! —chillan las cuatro hermanas a la vez.

—¿Qué? ¿Acaso es mentira? Parece que ha habido un chico más especial que el resto, y lo tengo aquí en mi salón un día antes de Navidad. Siento curiosidad, solo soy un... *padre curioso*.

No sé por qué me da que no solo siente curiosidad. La

manera de pronunciar las dos últimas palabras ha sonado más a «padre-que-no-te-quitará-los-ojos-de-encima».

Vuelvo a tragar saliva antes de contestar. Esto es peor que estar frente a los *carabinieri* de Roma.

—He venido porque me gustaría hablar un momento con su hija, señor. Si es posible. Si... ella quiere.

Lo último lo digo mirándola, pues aquí y ahora es la única que importa y la que tiene mi corazón en sus manos.

—Claro, podemos subir a mi habitación.

Asiento y le dedico una sonrisa de agradecimiento.

Le dice al resto que enseguida volvemos y me tira de la manga del abrigo para que la siga.

—Encantado de conoceros —les repito antes de seguirla.

Subimos las escaleras en silencio y nos adentramos en un pasillo para dirigirnos a la última habitación. Enciende la luz y entra. La sigo y cierro la puerta.

—Pues este es mi cuarto —dice, sentándose en la cama.

—Ya veo, es enorme... y muy tu.

—Sí, siempre fue mi pequeño santuario. Mis hermanas se lo quieren rifar, ahora que estoy en la universidad.

Observo la cama grande, las estanterías con el fondo de papel pintado. Un armario del que cuelga un espejo de cuerpo entero y un escritorio esquinero con una silla en color naranja, a juego con la casa. Me acerco a ella y me siento a su lado.

De repente, todo el empuje que he sentido desde las seis de la mañana cuando he salido de casa parece haberse atascado. La miro y vuelvo a mirarla, pero las palabras no salen.

—¿Estás bien, Jared? Has perdido un poco de color.

Agito la cabeza y me concentro en lo que he venido a hacer.

Es mi última oportunidad y no ha empezado mal, al menos me ha traído aquí arriba.

—Estoy bien. Solo he venido… porque me gustaría…

Me trabo de nuevo.

¿Soy idiota? No he sido tímido en mi vida y voy a empezar ahora.

—Gracias por venir a verme, ha sido toda una sorpresa —dice, para animarme a seguir.

—Sí, estoy aquí para decirte que… Te quiero, Jo. Probablemente, desde mucho antes de que fuera consciente de ello. No quiero que seamos amigos, ni follamigos, ni compañeros ni nada de eso, quiero que salgas conmigo, que seas mi novia, quiero… que estemos juntos.

Se queda callada ante mi confesión. Me mira como si quisiera estudiar mis facciones, los secretos que esconde cada recoveco de mi rostro. Se muerde el labio y yo vuelvo a hablar para dejarle clarísimo cuáles son mis sentimientos. Espero que no quede ninguna duda.

—Te quiero por como haces eso con el labio, eso mismo que estás haciendo ahora, lo haces sin darte cuenta cuando te pones nerviosa. Te quiero por como me das una paliza en las carreras matutinas pero sin regodearte de ello, al menos, no siempre…

Ella suelta una risita y sus ojos se iluminan y brillan de emoción

—Te quiero por como me haces sentir a tu lado, cuando estoy contigo no pienso en nada más, no pienso en mi situación actual, ni en Gia, ni en mis padres ni en nada malo. Todo lo que me transmites es paz y seguridad.

Sus ojos se humedecen y una lágrima solitaria le resbala por el rostro. Mi mano no puede evitarlo y desliza un dedo para secársela.

—Te quiero porque me haces querer ser mejor cuando estoy contigo. Tú me completas, y empiezo a pensar en el hombre en el que quiero convertirme. Aún no tengo ni idea de a qué me dedicaré —admito, encogiéndome de hombros—, pero sé que aún tengo tiempo para pensarlo. Tú me has hecho verlo así. Y me enfrentaré a mis padres en cuanto vuelvan a llamarme.

—Jared… No tienes que hacer eso por mí, solo debes hacerlo por ti.

—Sí, es por mí. Sin duda, lo es. Solo que tú me has quitado la venda que ya se tambaleaba en mis ojos.

Una pequeña sonrisa se dibuja en su cara justo antes de que se aparte ella misma algunas lágrimas más que han rodado por su rostro. Parece que está lista para hablar.

—Creo que te debo una disculpa.

—No, tú no… —intento cortarla.

Pero no me deja.

—Sí, te la debo. Fui injusta contigo el otro día, toda la semana pasada, en realidad. Pagué mi frustración y mis miedos contigo, y no tenías ninguna culpa. Sabes que lo pasé mal por un amigo del instituto. En realidad, mi mejor amigo. Él nunca salió conmigo, lo cual probablemente sea más patético aún, muchos dirán que no fue para tanto, pero lo que me hizo me afectó mucho…

Le cojo la mano y entrelazo nuestros dedos. Quiero que sepa que estoy aquí para ella. Siempre.

—Él me dio falsas esperanzas y se burló de mis sentimientos pisoteándolos en el suelo de su habitación. Se acostó con una amiga mía cuando sabía que yo iría a su casa, para que los viera, simplemente para que me diera cuenta de una maldita vez de que entre él y yo nunca habría nada.

Vuelve a limpiarse la cara antes de continuar:

—Y no solo fue eso, sino que ella lo aireó en las redes sociales y el instituto entero supo lo tonta que yo era. Me afectó de tal manera que no quise volver a enamorarme de nadie más —confiesa—, porque colgarme de Charlie solo me trajo decepción y sufrimiento, así que creí que sería mucho más fácil sobrevivir en la universidad si me hacía la fuerte y evitaba enamorarme. Nada de sentir nada por nadie, nada de citas que llevaran a algo más. Estaba empeñada en que todo lo que experimentara o sintiera fuera lo opuesto al amor. Solo sexo. Bueno, eso ya lo sabes… —añade.

—Sí, me lo has recordado cada semana desde que nos acostamos.

—Lo sé, fui una pesada y una idiota, y todo para nada.

Mi estúpido corazón se trastabilla consigo mismo.

—¿«Para nada»?

—Porque, aunque he luchado contra ello con todas mis fuerzas, al final ha acabado ocurriendo. Me he dado cuenta al venir a casa y ver las cosas desde otra perspectiva: hace tiempo que somos algo más que follamigos.

—¿Lo somos?

—Bueno, eso espero. Porque yo también estoy enamorada de ti, Jared. Te quiero. Lo siento mucho, pero no he podido evitarlo.

—Qué declaración tan bonita —digo en tono sarcástico y con una sonrisa en los labios.

Me quiere.

Ella también me quiere.

Joder, el sufrimiento y el viaje hasta aquí han valido la pena.

—Calla…

Y, abochornada, intenta separar nuestras manos, pero no dejo que lo haga.

—Y me disculpo también porque tendrás que soportarme como novia si eso es lo que quieres…

—Joder que sí, hace mucho tiempo que es lo que quiero, Jo.

Me acerco para unir nuestros labios. No aguanto ni un

segundo más sin estrecharla entre mis brazos y subírmela en el regazo. El beso se profundiza a cada segundo y mis manos no dejan de acariciarle el pelo y la espalda. Ella hace lo mismo con mis largos mechones y me suelta un gemido en la boca cuando le mordisqueo el labio inferior.

—Cuánto te he echado de menos, Jared.

—Lo mismo digo.

Me reclino en la cama, ella se me encarama a la cintura y empieza a restregarse por mi entrepierna. Por un momento perdemos la cabeza, olvidamos dónde nos encontramos y quiénes aguardan en el piso de abajo. Nuestros cuerpos se reconocen y se saludan encendiéndose con cada roce de nuestros dedos. Jadeo cuando desliza la mano por encima de la tela de los pantalones, sobre mi polla, y sonríe pícara al oírme. Estoy a punto de arrancarle el ridículo pijama de renos cuando oímos a alguien en el pasillo.

—Josephine March, ¿qué te he dicho siempre sobre la puerta? ¡La puerta abierta cuando haya un chico dentro!

Los gritos de William March nos detienen, como dos estatuas, y al instante estallamos en carcajadas. Él llama a la puerta con los nudillos, pero tan solo podemos reírnos, uno encima del otro. Reír como nunca. Cuando por fin dejamos de temblar, Jo salta de la cama y me tiende la mano para que se la coja. Entrelazamos de nuevo los dedos y nos dirigimos a la puerta.

—Venga, vamos, que vas a descubrir de primera mano el nivel de locura que alcanza la familia de tu novia en esta época del año...

Epílogo

Seis meses después

—Enhorabuena, hemos superado nuestro primer año de universidad —le digo a Jared mientras, sentados en las hamacas de la azotea, chocamos los botellines de cerveza.

En cuanto llegó la primavera retomamos la costumbre de subir aquí, esta vez para hacer cosas mucho más interesantes que lamentarnos o chillarnos.

—Enhorabuena a ti también. Ya te queda uno menos para lograr tu sueño de atrapar a los malos.

—Sí, eso es cierto.

Doy un trago de cerveza y me acomodo en el asiento, junto a él; me queda medio culo fuera, pero no quiero sentarme en la otra hamaca, aquí estoy perfectamente.

Cómo cambian las cosas en tan poco tiempo, ¿verdad? En Navidad vi por fin que lo nuestro era mucho mejor de lo que había tenido con nadie, y que se merecía que estuviéramos al cien por cien. Se merecía que dejara de mirarme el ombligo y combatiera los miedos. Es fácil decirlo, pero algunos días aún pienso que una relación de pareja puede terminar en desastre, pero ¿y qué? También puede acabar en felicidad absoluta, que es lo que siento en este instante.

A veces encuentras amor, amistad y buen sexo en una misma persona. Debes experimentar, ser libre y no autoimponerte barreras. No se vale erigir muros alrededor pensando que son para protegerte, pues he aprendido que, realmente, solo logran aislarte de las cosas buenas. Hacen que te pierdas cosas maravillosas.

Cuando se inicia una relación con alguien, nadie sabe lo que sucederá, si solo será de amistad o de sexo o si se convertirá en algo más. Ahí reside la gracia de la vida, en no saber. ¿Qué es mejor, tener un destino planificado y premeditado o vivir día a día tropezándote y volviéndote a levantar? Antes habría optado por el destino, sin duda. Pero ahora... sonrío cuando Jared me da un beso frío en el cuello. Ahora quiero cometer errores, y espero que me mantengan a su lado hasta que ambos queramos.

Su vida ha cambiado un poco desde diciembre. Por fin pillaron a Gia, quien amenazó de muerte a otro chico, pero, para desgracia de ella, no era hijo de un diplomático sino de un policía. Había tantas pruebas de acoso contra ella que esta vez no pudieron evitar su encausamiento. Probablemente, la condena sea mínima, aún no se sabe. Pero Jared y Hannah se han librado de la escolta, de los inhibidores de frecuencia y de la prohibición de las redes sociales.

Él ha vuelto a abrir los perfiles que tenía como Jared Fairchild, pero ha decidido tomárselo con calma. Solo comparte cuando le apetece, no por imposición social.

También ha logrado que sus padres entiendan su postura respecto al futuro. Ha negociado con ellos un plazo de dos años para decidir qué hacer con su vida; pues a pesar de que el colchón económico de la familia le permite tomárselo con calma, él mismo quiere averiguar qué le apasiona. Más que nadie, diría yo.

Su padre puso el grito en el cielo cuando le aseguró que

no sería diplomático. Pero la cosa se enfrió en cuanto Hannah les anunció que era lesbiana y que tenía una novia con el pelo rosa.

Eso sí que fue un notición impactante para el embajador. Su mujer, en cambio, solo quería ver a sus hijos felices; así que, según me comentó Jared, por una vez en la vida plantó cara a su marido para defenderlos. Además, ahora también saben que su hermana quiere dedicarse a lo mismo que Clifford y ya se van haciendo a la idea. Sé que será duro para ella en algunas situaciones, puesto que sigue habiendo mucha gente con prejuicios lesbófobos u homófobos, pero también sé que es una chica encantadora, trabajadora e impresionante, y lo logrará.

Sus labios me hacen cosquillas y suelto una risita.

—Estate quieto...

—No sé por qué tendría que hacerte caso, si sé que te encanta.

—Me encanta, pero cualquiera podría subir ahora y pillarnos.

—Casi nadie sube aquí, y lo sabes. Las chicas del ático no están, las he visto salir; Hannah y Willy han ido a Central Park, y Taylor fijo que se está follando a alguien en algún rincón de la ciudad.

—¡Oye! —me quejo, y lo pellizco en el brazo para defender a mi mejor amigo.

Jared arquea una ceja e intenta apartarme las manos para que no vuelva a hacerlo.

—Anda que no será verdad.

Lo pienso un segundo y me dejo caer sobre su costado.

—En realidad, sí, muy probablemente esté acostándose con alguna chica. Es viernes noche, no ha fallado ni un día desde que empezó el curso.

Taylor y la vecina casada del ático pasaron a la historia

después de las fiestas. No es que Jennifer quisiera reanimar su matrimonio, más bien todo lo contrario. Se dio cuenta de que no quería a su marido y que no había marcha atrás, así que se divorció. Se marchó del edificio con muchas más maletas de las que veré juntas en la vida, y dejó a un Taylor algo pensativo durante unos días. Le duró poco, la verdad, prosigue con el plan inicial: sexo con quien quiera y cuando quiera, y nada más. Mientras esto le haga feliz —y me consta que lo hace—, yo también estaré feliz por él.

Jared me acaricia el vientre, y sus dedos se cuelan por debajo de la camiseta para deslizarse hacia un pecho y descubrir que no llevo sujetador.

—Mmm… Eres muy mala…

—No, tú estás salido…

—Contigo a mi lado, ya te digo yo que sí.

Intento apartarle la mano, pero él solo se ríe y me acaricia en círculos un pezón mientras lame esa zona sensible del cuello.

—¡Jared! ¡Nos pillarán!

Se aparta de repente y salta al suelo de la azotea.

—Que no nos van a pillar, mujer. Verás como no.

Corre hacia la puerta, quita el tope del suelo y la cierra de un portazo.

Lo miro con la boca y los ojos bien abiertos.

—¿Acabas de encerrarnos en la azotea del edificio como el día que nos conocimos?

Se encoge de hombros con una sonrisita de canalla y de nuevo se deja caer encima de mí, en la hamaca.

—Si es la única manera de que mi novia permita que la folle en la azotea, que así sea. Ya llamaremos luego a Hannah para que nos abra.

Lo miro como si fuera el mayor chiflado del mundo y luego me río a carcajadas. Está como una cabra, pero lo quiero muchísimo y ¡qué coño! Yo también quiero follar con mi novio en la azotea.

—Al menos ahora hay cobertura —le comento antes de quitarme la camiseta.

Me río mientras su boca se pierde entre mis pechos y baja depositándome un reguero de besos hasta el estómago. Me retuerzo por las cosquillas y las sensaciones.

Siento muchas cosas que creía que no sentiría en la universidad.

Cuando llegué el septiembre pasado, venía con la misma idea que Taylor, pero a veces conoces a alguien y simplemente encajas. Lo que considerabas mejor para ti se desvanece entre sonrisas, caricias y conversaciones. A veces encuentras a alguien con quien te compenetras, con quien te sientes cómoda dentro y fuera de la cama, y piensas: ¿por qué voy a negarme todo esto?, ¿por miedo?, ¿por las malas experiencias del pasado?

Pues no. Eso se acabó.

A veces, lo mejor es dejarse llevar.

Agradecimientos

¿Sabéis ese momento en el que la protagonista de una novela recibe una llamada, un e-mail o un mensaje que lo cambia todo? Pues así me sentí yo hace unos meses cuando la que se ha convertido en mi editora me contactó para proponerme que escribiera esta novela.

Mi primera intención fue decirle que no tenía nada —lo cual era cierto— y que en ese momento estaba muy liada con la corrección de mi tercera novela. Pero, empujada por mis amigas, quienes me incitaron a desarrollar una idea que me rondaba por la cabeza desde hacía un tiempo, surgió el proyecto «Edificio». ¿Y cómo sucedió? Pues inspirándome en mi propio problema de cobertura. Sí, sí, no me lo estoy inventando. Cada vez que entro en el portal de mi edificio me quedo sin señal. Es instantáneo, el móvil se muere. Y entre risas comenté con mi mejor amiga que ese hecho era digno de una novela. ¿Por qué pasará? La verdad es que sigo sin saberlo, pero no me importa, porque al menos me ha servido como punto de partida para el universo de Jared y Jo.

Una vez que empecé a pensar en ellos, las ideas fueron surgiendo, y a quien más tengo que agradecérselo es a Sara, mi disparadora de inspiración particular. Gracias una vez más —y ya van cinco—, por ayudarme a sacar todo el potencial, a desencallarme cuando parece que las cosas no salen bien de ninguna manera y por estar a mi lado en el día a día. Si hay una fiesta a la que tenga que ir, tú eres mi +1, amiga. 😌

También quiero agradecer su apoyo y amistad a tres personas que siempre están a mi lado y que son muy importantes para mí:

A Bea, gracias por estar ahí a pesar de encontrarte a cientos de kilómetros, por tu ayuda al pulir mis escritos y por todos los ratitos que compartimos. Me alegro infinitamente de que este *new adult* universitario te hiciera reír en los momentos apropiados; me doy por satisfecha, pues es uno de nuestros géneros favoritos. Te quiero mucho.

A Ricardo Carrasco, gracias por tu permanente apoyo y por nuestras conversaciones sobre diseños de portadas y *fangirleo* de libros. Ojalá que sigamos así muchos años más. Eres un gran amigo y escritor.

Y a Silvia Ferrasse, amiga, pingüina y compañera de letras, gracias por tus consejos, por los ratitos en WhatsApp, las risas y nuestros encuentros. Si algo se nos da bien es quedar para comer, hablar de libros y arrasar en las librerías.

Quiero agradecer también al equipo de Grijalbo y de Penguin Random House por acogerme con los brazos abiertos y por creer en mi proyecto desde el principio, en especial a Ana, mi editora, que confió en mi manera de contar historias y me dio la oportunidad de publicar en esta casa en la que me siento tan a gusto.

También doy un gracias enorme a mi familia. A mis padres, mi hermano, mi cuñada, mis tíos y mi primo. En especial, a mi madre, por ayudarme en todas las aventuras que se me ocurren y por ser como es. ¡Ya puedes decir que hay una novela mía en las librerías!

A Cherry Chic, Anna Casanovas, Abril Camino y Alexan-

380

dra Roma, por leer esta historia antes de que saliera a la luz y por vuestros comentarios. Gracias por querer formar parte de este sueño y por vuestras historias, que siempre me inspiran.

A las que sois mis amigas desde hace muchos años, María y Neus, y a las que he ido haciendo gracias a las redes, Lucía y Laura. Gracias por seguir a mi lado y compartir ratitos de café o copa y mucha charla.

A mis compañeras de trabajo, Fanny, Mamen y Anna, que habéis aguantado todas mis emociones desde que firmé el contrato hasta el día en que se materializó en papel. Compartirlo con vosotras siempre resulta mucho mejor.

No quiero olvidarme de las blogueras, *bookstagrammers*, *booktokers* y lectoras en general que han dedicado un tiempo a leer alguna de mis anteriores novelas y a dejar una opinión en sus redes. Gracias de corazón; el trabajo que hacéis es muy importante, lo sé muy bien porque me sigo sintiendo una de vosotras. También me encantará conocer vuestra opinión de esta última.

A Sam y Dean, Lucía y Óscar, Paula y Matt, y Eva y Álvaro, por haberos convertido en mis primeros personajes y hacerme crecer como autora en cada novela. Ha sido un placer perderme en vuestros mundos y me siento una mamá orgullosa de todos vosotros.

Y, por último, siempre cierro este apartado dándote las gracias a ti, que tienes el libro en tus manos. Sin ti, este sueño no existiría. Mil gracias por brindarme una oportunidad, ya sea porque me conocías de antes —de Amazon o de Instagram— o porque me lees por primera vez tras haberme encontrado en una librería. De cualquier modo, espero que la historia de Jo y Jared te haya hecho disfrutar, reír y pasar un buen rato. Prometo traerte nuevas historias muy pronto.